ANDREAS RUSSENBERGER

Bellevue

ANDREAS RUSSENBERGER

Bellevue

KRIMINALROMAN

Personen und Handlung sind frei erfunden.
Ähnlichkeiten mit lebenden oder toten Personen
sind rein zufällig und nicht beabsichtigt.

Die automatisierte Analyse des Werkes, um daraus Informationen
insbesondere über Muster, Trends und Korrelationen gemäß § 44b UrhG
(»Text und Data Mining«) zu gewinnen, ist untersagt.

Immer informiert

Spannung pur – mit unserem Newsletter informieren wir Sie
regelmäßig über Wissenswertes aus unserer Bücherwelt.

Gefällt mir!

Facebook: @Gmeiner.Verlag
Instagram: @gmeinerverlag

Besuchen Sie uns im Internet:
www.gmeiner-verlag.de

© 2024 – Gmeiner-Verlag GmbH
Im Ehnried 5, 88605 Meßkirch
Telefon 0 75 75 / 20 95 - 0
info@gmeiner-verlag.de
Alle Rechte vorbehalten
1. Auflage 2024

Herstellung: Julia Franze
Umschlaggestaltung: U.O.R.G. Lutz Eberle, Stuttgart
unter Verwendung eines Fotos von: © Andreas Russenberger
Druck: GGP Media GmbH, Pößneck
Printed in Germany
ISBN 978-3-8392-0673-7

Seien Sie auf der Hut –
das Hirn ist eine Fälscherwerkstatt!

ERSTER AKT

DIE TOTE ATTRAPPE

Zürich, 4. August

Die Sonne brannte auf die hohe Glaskuppel über dem imposanten Lichthof der Universität Zürich. Die Luft war drückend wie in einem Gewächshaus. Zwei Tauben, die sich durch eine offene Luke ins Gebäude verirrt hatten, flatterten auf. Während des regulären Universitätsbetriebs herrschte unter dem opulenten Gewölbe ein konstantes Rauschen: Studierende trafen sich zum Lernen, zum Diskutieren oder auf eine Tasse Kaffee. Zahlreiche Freundschaften und Liebesbeziehungen fanden hier ihren Anfang – manche ihr Ende. Da die Semesterferien bereits begonnen hatten, war es heute ruhiger als üblich.
Vermeintlich.
In einem abgegrenzten Bereich stand eine Menschentraube. Zwei Frauen beugten sich diskutierend über ein Dokument, und Techniker hantierten mit Kameras. Es überraschte kaum, dass an einem der runden Tische vier junge Männer in eine Partie »Schieber« vertieft waren, denn das traditionelle Schweizer Kartenspiel erfreute sich im Lichthof großer Beliebtheit. Vermutlich handelte es sich um Studenten der Wirtschafts- oder Rechtswissenschaften. Trotz der Schwüle trugen sie akkurat gebügelte Hemden und lange Stoffhosen, während ihre Füße in weißen Sneakers steckten. Zweifellos waren sie dafür

bestimmt, früher oder später in einer der in Zürich ansässigen Banken oder Anwaltskanzleien ihr Geld zu verdienen. Die vier beendeten ihre Runde, zählten die Punkte zusammen und vermerkten sie mit einem Kreidestift auf einer Schiefertafel. Dann mischte einer der Mitspieler sorgfältig die Karten und teilte erneut aus.

»Obenabe isch Trumpf«, verkündete der junge Mann rechts vom Kartengeber feierlich und legte ein Ass auf den Tisch. Seine Mitspieler kamen nicht mehr dazu, darauf zu reagieren. Plötzlich und ohne Vorwarnung fiel ein Körper wie aus dem Nichts krachend auf die Tischplatte. Kaffeetassen wurden zu Boden geschleudert und zerbrachen klirrend in ihre Einzelteile. Im Hintergrund ertönte ein lauter Schrei, der durch die weite Kuppel hallte. Einer der Studenten rannte in Panik einige Schritte davon, bevor er ungläubig die roten Spritzer auf seiner Kleidung betrachtete. Auch seine Kollegen waren aufgesprungen, einer presste sich die Hand vor den Mund, ein anderer griff sich an den Kopf und fand als Erster seine Sprache wieder.

»Das ist Professor Mummenthaler. Wir haben bei ihm die Ethikvorlesungen besucht. Mein Gott, er ist tot!«

Der vierte Student hielt nach wie vor seine Karten in der Hand und hob sie wie beim historischen Rütlischwur in die Höhe. »Das kann doch nicht wahr sein, ich hatte ein Traumblatt. Wir hätten gewonnen ...« Offensichtlich stand er unter Schock.

Nun trat eine der beiden Frauen, die das Geschehen aufmerksam beobachtet hatten, an den Tisch. »Cut!«, rief sie laut und klatschte in die Hände. »Gut gemacht, Jungs.

Noch eine kleine Szene zum Nachbessern und wir haben alles im Kasten.«

Die vier Laiendarsteller gingen zu einem anderen Tisch und die Kameras schwenkten in ihre Richtung.

Regina Meister, die Regisseurin und Chefin am Set, gab letzte Anweisungen und blickte dann verärgert auf ihre Armbanduhr. »Wo zum Teufel steckt Wellnitz denn wieder?«

In diesem Moment betrat ein gut aussehender Mittfünfziger den Lichthof und breitete jovial die Arme aus. »Habt ihr etwa ohne mich angefangen?«, rief er mit einem vorwurfsvollen Unterton der Crew zu.

Meister verdrehte die Augen. »Du bist zu spät, wieder einmal.« Ihre Stimme war kühl wie der Zürichsee im Winter.

»Der Hauptdarsteller ist nie zu spät. Er kommt, wann er kommt, und ist daher immer pünktlich«, entgegnete Hermann Wellnitz, der mit bürgerlichem Namen Anton Müller hieß. Aber für alle am Set, inklusive ihm selbst, war er nun mal Hauptkommissar Hermann Wellnitz. Sogar Restaurant- oder Theaterreservationen tätigte er ausschließlich unter dem Namen Wellnitz.

Meister strich sich eine Haarsträhne aus der Stirn und beließ es dabei. Bald wäre der Dreh beendet und sie Wellnitz los. »Also, es geht gleich los mit der letzten Aufnahme!«

Die vier Studenten hatten sich schon an einen Tisch gesetzt, der für die zu drehende Szene bereitstand, und die Kameralichter wechselten auf Rot. Wellnitz richtete seine Lederjacke und trat breitbeinig ins Bild. Er wirkte wie eine moderne Version von Schimanski, mit gegelten Haaren und solariumgebräuntem Teint.

»Was könnt ihr mir über diesen Mummenthaler erzählen?«, fragte Hermann Wellnitz in seiner Rolle als Hauptkommissar der Kriminalpolizei und setzte sich ebenfalls an den Tisch. Dann zog er eine Packung Marlboro Gold aus der Jackentasche und zündete sich eine Zigarette an.

»Hier darf man nicht rauchen«, belehrte ihn einer der Studenten.

Wellnitz lächelte schief und blies ihm den Rauch entgegen. »Werd mal nicht frech, Bürschchen. Oder willst du etwa behaupten, dass der Professor an einer Rauchvergiftung gestorben ist?«

»Cut!«, rief Regina Meister zum letzten Mal bei diesem Dreh. »Das war's, Leute.«

Sofort entspannten sich die vier Laiendarsteller, und sie gaben sich die Ghettofaust. Ihr kurzer Auftritt in der nächsten Ausgabe des Schweizer »Sonntagskrimis« hatte ihnen sichtlich Spaß gemacht, ganz zu schweigen vom kleinen Nebenverdienst. Die Regisseurin bedankte sich persönlich bei ihnen und entließ sie in das wohlverdiente Wochenende.

Für die Filmcrew war die Arbeit indes noch nicht beendet. Das Team begann ohne Umschweife, den Tatort zu säubern. Die Körperattrappe wurde sorgsam in einer Kiste verstaut, die überall verteilte rote Farbe mit einem feuchten Lappen entfernt und die Scherben der zersprungenen Tassen akribisch aufgesammelt. Die Techniker bauten die Kameras und Mikrofone wortlos ab. Das koordinierte Vorgehen zeugte von Routine, jeder Handgriff dutzendfach durchgeführt. Der Film konnte nun geschnitten und die Szenen in die korrekte Abfolge gebracht werden. Die Zeit bis zur Ausstrahlung im Dezember würde ohne Schwierigkeiten für den letzten Feinschliff ausreichen.

Die Schweizer Produktionen des renommierten Sonntagskrimis, der auch in Deutschland und Österreich gedreht und ausgestrahlt wurde, hatten in der Vergangenheit nicht zu den Glanzlichtern der Reihe gehört. Daher lastete beträchtlicher Druck auf dem Produktionsteam und insbesondere auf der Regisseurin. Jetzt, nach Abschluss der Dreharbeiten, war sie sichtlich erleichtert. Regina Meister strahlte über das ganze Gesicht und atmete tief durch.

»Alle mal herhören! Wir räumen hier auf und fahren anschließend zurück ins Hotel. Um 19 Uhr treffen wir uns zum Abschlussessen im Restaurant Weisser Wind. Wenn ihr vorher noch Zeit habt, lade ich euch zu einem Drink an der Hotelbar ein!«

Die Mitteilung der Regisseurin kam an, und das Team legte einen Gang zu. Wellnitz schlenderte selbstsicher zu Meister hinüber, wahrscheinlich um sich das aus seiner Sicht wohlverdiente Lob abzuholen. Doch stattdessen gab es eine Standpauke.

»Du bist unmöglich, so macht das Arbeiten wirklich keinen Spaß«, sagte die Chefin. »Wann kapierst du endlich, dass ein Dreh Teamwork und kein Egotrip ist?«

Wellnitz setzte sein Filmlächeln auf und zündete sich eine weitere Zigarette an.

»Hier darf man nicht rauchen!«, bellte ihn Meister an.

»Du bist echt eine Spaßbremse«, entgegnete Wellnitz und verließ beleidigt das Universitätsgebäude.

Vom zweiten Stock aus betrachtete Rektorin Fries das Geschehen. Sie hatte sich im Wandelgang in den Schatten eines Rundbogens zurückgezogen und stützte sich mit einer Hand an der kühlen Sandsteinwand ab. Seichte Unterhaltung war nicht ihr Ding, aber die Aufmerksamkeit, die der Sonntagskrimi der Universität bringen würde, konnte sie gut gebrauchen – und die würde sie auch bekommen.

DAS DIGITALISIERTE HIRN

Zürich, 4. August

»Das Drehbuch ist totaler Schwachsinn«, sagte Armand Muzaton, Leiter der Zürcher Kriminalpolizei, und nippte an seinem Negroni. Er saß gemeinsam mit Philipp Humboldt, seines Zeichens Bankprofessor an der Universität Zürich, vor der Odeon-Bar. Aufgrund seiner Nähe zum See war dieser Teil Zürichs an warmen Sommerabenden rappelvoll.

Die beiden Freunde waren zur Abschlussfeier der Filmcrew eingeladen worden. Regina Meister hatte sie um Hilfe bei dem Filmprojekt gebeten. Denn für die Aufnahmen in Zürich waren nicht nur Nervenstärke, sondern auch die richtigen Ansprechpartner gefragt. Und wer konnte da nützlicher sein als zwei bekannte Persönlichkeiten, die in der Vergangenheit bereits mehrere spektakuläre Fälle gelöst hatten? Armand hatte die Regisseurin bei einigen Szenen beraten, welche die Arbeit der hiesigen Polizei betrafen, während Philipp dafür gesorgt hatte, dass an der Universität gedreht werden durfte. Die Rektorin war von der Idee zunächst gar nicht begeistert gewesen, doch sie schuldete Philipp einen Gefallen als Gegenleistung für einige bedeutende Legate, die der Universität in der Vergangenheit dank ihres unkonventionellen Lieblingsprofessors zugeflossen waren.

»Ich finde die Handlung witzig«, widersprach Philipp und stellte das Bierglas auf den kleinen Tisch vor ihnen.

»Das kann nicht dein Ernst sein«, echauffierte sich Armand. »Ein amerikanischer Tech-Milliardär baut in Zürich einen gigantischen Quantencomputer, lässt sein Gehirn digitalisieren und treibt als elektronischer Verbrecher sein Unwesen im weltweiten Netz. Und nur durch das beherzte Eingreifen eines verwegenen Schönlings kann die Welt gerettet werden. Komm schon, das ist doch völliger Humbug! Ich bin überzeugt, dass der Film ein totaler Flop wird.«

Philipp grinste. »Ist da jemand eifersüchtig, weil der Hauptdarsteller besser aussieht als das Original?«

Armand versuchte vergeblich, eine ernste Miene aufzusetzen, und brach in lautes Gelächter aus. Die Leute an den angrenzenden Tischen drehten sich zu ihm um. Der Polizeihauptmann hob entschuldigend die Hände und sammelte sich wieder.

»Was die Frisur betrifft, könntest du tatsächlich recht haben«, erwiderte er und strich sich über den glatt rasierten Schädel.

Armand und Philipp verband eine lange Freundschaft. Sie hatten sich in einer für beide schwierigen Lebensphase kennengelernt. Armand war damals noch Priester gewesen und hatte Philipp zurück auf den richtigen Weg gebracht – nicht mit Gebeten, sondern dank seiner guten Menschenkenntnis. Philipp hatte im Gegenzug Armand aus den Händen der Engel und den Klauen der Teufel gerettet. Sie hatten daraufhin neue Wege eingeschlagen: Armand war zurück zur Polizei gegangen, und Philipp hatte von seinem CEO-Posten bei der Zürcher Investment Bank an die Universität gewechselt. Sie kannten die dunkle Seite des Lebens und hatten keine Geheimnisse voreinander.

»Nein, im Ernst. Ich finde die Grundidee des Filmes gar nicht so abwegig«, fuhr Philipp fort. »Der Mensch ist ständig auf der Suche nach etwas Höherem und Besserem. Was könnte also das nächste Ziel für jemanden sein, der schon alles hat? Vermutlich Unsterblichkeit und ewige Jugend. Der Bösewicht des Films ist ein narzisstischer Milliardär aus dem Silicon Valley, für ihn ist der Tod ein technisch lösbares Problem. Er betrachtet menschliches Handeln als mathematischen Algorithmus, nicht als Folge wertbasierter, bewusster Entscheidungen. Kannst du dir vorstellen, was ein solcher Mensch dafür tun würde, sein Bewusstsein in einen Computer zu übertragen und es so auf ewig zu bewahren? Alles!«

»Das mag sein, aber Fernsehkommissar Wellnitz geht mir so richtig auf den Senkel«, sagte Armand unmissverständlich.

»Denk dran, Toleranz ist gefragt, wenn es schmerzt«, erwiderte Philipp. Er spürte instinktiv, dass Armand etwas bewegte, das über den Schauspieler hinausging. Er ließ ihm Zeit, von sich aus darauf zu sprechen zu kommen. Eine Tram der Linie 4 knatterte in Richtung Bellevue, und ein junger Mann wippte mit einem aus der Zeit gefallenen Ghettoblaster auf der Schulter an ihnen vorbei. Eminem machte für einen Moment jegliche Konversation unmöglich. Philipp sprach die eingehenden Zeilen, die er aus seiner Jugend kannte, so gut wie möglich aus seinem Gedächtnis nach: »*Look, if you had one shot ... to seize everything you ever wanted ... Would you capture it or just let it slip?«*

Ein Malteser unter dem Nachbartisch quittierte den Lärm mit lautem Bellen. Als die Beats verebbt waren und sich der Hund beruhigt hatte, räusperte sich Armand.

»Mich ärgern vor allem die kitschigen Happy Ends in diesen Krimis. Hier die Guten, dort die Bösen, und am Ende siegt die Gerechtigkeit. Wir wissen beide, dass die Realität komplexer ist. Recht und Gerechtigkeit sind nicht immer dasselbe, die Guten können auch böse sein und die Bösen handeln manchmal aus guten Motiven. Ich frage mich sowieso, ob wir in der Vergangenheit immer die richtigen Entscheidungen getroffen haben. Schlussendlich ändern wir eh nichts. Kaum haben wir einen Verbrecher erwischt, kriecht schon der nächste aus einem Loch.«

Philipp wusste genau, wovon sein Freund sprach. Durch ihr Leben führte ein dunkler Riss, den sie so gut wie möglich gekittet hatten, um nicht wieder in die Dunkelheit zu fallen.

»Wir haben getan, was wir tun mussten. Das wenige, was du ändern kannst, Armand, ist viel!«

»Vielleicht hast du recht«, erwiderte Armand und seine Miene entspannte sich etwas. »Aber in Zukunft gibt es nur noch Polizeiarbeit nach Dienst- und Gesetzbuch. Verbrecher sind Verbrecher – kein Raum mehr für eigene Interpretationen, auch wenn die Motive verständlich erscheinen. Sie werden eingebuchtet und der Justiz übergeben, Punkt! Verstehst du, was ich meine?«

»Das brauchst du mir nicht zu erklären. Bei der Aufklärung einiger deiner Fälle habe ich schließlich tatkräftig mitgewirkt«, sagte Philipp schmunzelnd.

»Na, da würde ich nicht übertreiben«, scherzte Armand. »Du bist allenfalls ein guter Dr. Watson. Die Rolle von Sherlock Holmes überlasse bitte mir.« Er fläzte sich behaglich in den Stuhl zurück und schlug seine langen Beine übereinander.

»Da habe ich die Angelegenheit mit der Bank von Werdenberg und die Ermordung der Generaldirektoren der Zürcher Investment Bank anders in Erinnerung«, entgegnete Philipp. Er spürte, wie ihm eine Schweißperle den Rücken hinunterlief, als würde ein kalter Finger über seine Haut streichen.

»Das Gedächtnis spielt einem manchmal die wildesten Streiche, mein Freund. Man sollte nicht immer glauben, was man denkt«, konterte Armand.

Philipp warf einen Blick auf seine Armbanduhr. »Lass uns ins Restaurant gehen. Es ist schon fünf nach sieben. Die Filmcrew wird sicher bereits am Tisch sitzen.«

»Dann auf ins Gefecht, ich bin am Verhungern«, sagte Armand.

Philipp sah ihn überrascht an. »Hast du nichts zu Mittag gegessen?«

»Natürlich«, erwiderte Armand. »Aber das ist schon eine Weile her.« Der Hauptmann stand auf und leerte gleichzeitig seinen Negroni in einem Zug.

Multitasking.

DER KOMMISSAR

Zürich, 4. August

Als die beiden Freunde den kleinen Saal im ersten Stock des Restaurants Weisser Wind betraten, wurden sie von den Anwesenden mit einem großen Hallo begrüßt. Das Gebäude war im 15. Jahrhundert erbaut worden und hatte 300 Jahre später seinen Namen erhalten, in Anlehnung an den weißen Windhund des damals hier ansässigen Jägers. Das Restaurant war längst zu einer Institution in Zürich geworden. Neben seinen regulären Gästen beherbergte es eine Zunft sowie eine Studentenverbindung und hatte einen eigenen Theatersaal.

Es herrschte eine aufgeräumte Stimmung unter den Anwesenden. Auf einem langen Esstisch standen mehrere Flaschen Weißwein und Häppchen – oder das, was davon übrig geblieben war. Neben der Filmcrew waren auch Universitätsrektorin Fries, Martin Hegel und dessen Assistentin anwesend. Hegel war Germanistikprofessor an der Universität und der Autor des Bestsellers, der als Grundlage für die Verfilmung des neuesten Schweizer Sonntagskrimis gedient hatte.

Am Tisch waren noch zwei Plätze frei. Philipp schlängelte sich grinsend an Armand vorbei und setzte sich zwischen Fries und Hegel, sodass für den Polizeihauptmann nur der andere Stuhl blieb. Der dortige Tischnachbar, ein gebräunter Mann, winkte ihm enthusiastisch zu.

»Setzen Sie sich zu mir! Dann können wir fachsimpeln, von Kommissar zu Kommissar«, rief Wellnitz.

Armand stieß Philipp im Vorbeigehen den Ellbogen in die Seite und ergab sich seinem Schicksal.

Das konnte ja ein langer Abend werden.

Der Abend wurde tatsächlich lang – und vergnüglich. Selbst Rektorin Fries schien sich gut zu unterhalten. Sie diskutierte intensiv mit der Regisseurin über den Sinn und Unsinn von Kriminalromanen und -filmen, wobei Meister der Kritik der Rektorin geschickt auswich und ihr schmeichelte.

»Sie können sich gar nicht vorstellen, wie angenehm es war, an Ihrer Universität zu drehen. Ein wunderschöner Ort! Und die Gratisparkplätze für unsere Logistik, die großzügigen Maskenräume und erst das Essen, das Sie für uns bereitgestellt haben, ein Traum ...«, schwärmte Regina Meister.

Die Rektorin lächelte geschmeichelt und wandte sich an Philipp. »Im Nachhinein bin ich froh, dass ich die Dreharbeiten an der Universität erlaubt habe. Das ist kostenlose Werbung für uns im gesamten deutschsprachigen Raum. Sonst hört man ja überall nur von der ETH.« Fries war es ein Dorn im Auge, dass von ihrer Warte aus die Eidgenössische Technische Hochschule der Universität in Bezug auf Renommee und Nobelpreise den Rang abgelaufen hatte.

»Ich habe ziemlich hartnäckig mit Ihnen verhandeln müssen und dabei alle meine Bonuspunkte für meine Verdienste um die Universität aufgebraucht«, entgegnete Philipp. Dass Fries sich außerdem eine namentliche Erwähnung im Abspann des Filmes gesichert hatte, erwähnte er höflicherweise nicht.

»Unsere Studierenden haben schon genug Flausen im Kopf, da wollte ich nicht zusätzlich durch die Dreharbeiten für Ablenkung sorgen. Ich konnte mit dem Kompromiss leben, die Szene mit dem Mord an diesem fiktiven Ethikprofessor in den Ferien zu drehen, praktisch unter Ausschluss der Öffentlichkeit. Und Ihre Bonuspunkte, mein lieber Humboldt, sind nicht nur aufgebraucht, sondern tief ins Minus gerutscht. Ich werde sicher eine Gelegenheit finden, dies wieder auszugleichen.«

Fries mochte die feingliedrige Erscheinung eines Rehs haben, aber ihr Gedächtnis war das eines Elefanten. Philipp war sich sicher, dass sie diese Androhung früher oder später wahr machen würde. Zu diesem Zeitpunkt ahnte er jedoch nicht, wie bald und unter welchen tragischen Umständen dies geschehen würde.

Fries beließ es für den Moment dabei und widmete sich Regina Meister, um gemeinsam mit der Regisseurin in das Smartphone eines Kellners zu lächeln, der sich als Fan des Sonntagskrimis geoutet und um ein Foto gebeten hatte.

Philipp rückte seinen Stuhl leicht zu Martin Hegel, damit die beiden Damen exklusiv auf dem Schnappschuss verewigt werden konnten. Der angesehene Germanistikprofessor wirkte ein wenig deplatziert in der geselligen Runde. Als Einziger trug er Anzug und Krawatte – sein Markenzeichen. Auch das weiße Einstecktuch durfte nicht fehlen. Hegel war über 60 Jahre alt, doch er wirkte bedeutend jünger und sah blendend aus. Philipp hatte gehört, dass Hegel von seinen Studentinnen unter der Hand als

»George Clooney der Literatur« bezeichnet wurde. Sein krauses Haar war immer noch dicht und dunkel. Philipp hatte den Verdacht, dass Hegel dabei etwas nachhalf.

»Wie bist du eigentlich dazu gekommen, einen Kriminalroman zu schreiben?«, fragte Philipp seinen Tischnachbarn.

Hegel zuckte leicht zusammen. »Entschuldigung, ich war mit den Gedanken gerade woanders. Wahrscheinlich wollte ich einfach meine angeheiratete Verwandtschaft ärgern. Ein Verbrechen hat mich dann endgültig inspiriert, eine solche Geschichte zu schreiben. Wie du vielleicht weißt, haben meine Schwiegereltern adlige Wurzeln und residieren in einer schlossähnlichen Villa in Mecklenburg: altes Geld, ein Stammbaum länger als der Ferienstau vor dem Gotthard, das volle Programm. Die Verwandtschaft meiner Frau deckt alle Präpositionen ab: von, mit, zu. Man darf sich davon nicht beeindrucken lassen, sonst wird man bei lebendigem Leib aufgefressen! Nun gut. Vor einer Weile gab es dort einen Einbruch. Es wurden nicht nur zahlreiche Wertgegenstände gestohlen, sondern meine Schwiegereltern wurden dabei auch verletzt. Ein Riesendrama für meine Frau Agathe. Ich habe alles stehen und liegen gelassen, um mit ihr in den Osten Deutschlands zu reisen. Wir sind durchgerast und haben nur einmal haltgemacht. Ihre Eltern mussten eine ganze Woche im Krankenhaus verbringen.«

»Von alldem wusste ich nichts. Das war sicher ein Schock für alle«, antwortete Philipp mitfühlend.

»Für meine Frau und ihre Eltern war es das bestimmt. Für mich war es eine Erleichterung«, entgegnete Hegel kühl und zupfte an seinem Einstecktuch.

»Erleichterung?«, fragte Philipp erstaunt.

»Meine Schwiegereltern haben Agathe immer übel genommen, dass sie einen aus ihrer Sicht mittellosen Universitätsprofessor geheiratet hat. Sie können mich nicht ausstehen. Literatur, so sind sie felsenfest überzeugt, ist eine brotlose Kunst und alle, die sich damit beschäftigen, sind Taugenichtse. Ich lasse sie in ihrem Glauben, denn ich ärgere mich prinzipiell nur über Dinge, die es wert sind. Ich habe schließlich Agathe geheiratet, nicht ihre Verwandtschaft«, sagte Hegel lächelnd. Trotz seiner distinguierten Art versprühte er einen gewissen Charme, dem man sich nur schwer entziehen konnte.

Der Literaturprofessor beendete seine Kunstpause und fuhr fort: »Wo war ich stehen geblieben? Ja genau, Agathe und ich haben uns in Berlin bei der Premierenlesung eines meiner Bücher kennengelernt, wir blieben in Kontakt und so hat das eine das andere ergeben. Aber ich bin in ihrer Familie weiterhin ein Fremdkörper. Zu wenig vermögend, nicht adelig. Daher empfand ich eine gewisse Genugtuung, als ich damals im Spital mitbekam, dass auch blaues Blut rot ist.«

Philipp wartete auf ein Lächeln von Hegel. Vergebens. Er meinte es ernst, todernst. Oder er kokettierte damit. Der Professor tunkte eine Ecke seiner Serviette ins Wasserglas und wischte sich damit über die Augen. Dann lehnte er sich leicht zu Philipp hinüber und senkte seine Stimme. »Jemand um uns herum benutzt wohl ein lächerlich billiges Rasierwasser. Meine Augen tränen schon den ganzen Abend.«

Philipp überlegte kurz, ob er darauf hinweisen sollte, dass dies nicht auf ihn zutraf. Doch glücklicherweise wurde das Gespräch von Fernsehkommissar Hermann Wellnitz unterbrochen, der begeistert von einer spektakulären Filmszene erzählte.

»Der Höhepunkt des Filmes ist zweifellos die Szene, in der ich mit einer Handgranate den verdammten Quantencomputer in die Luft sprenge. Bum und weg! Eine gewaltige Explosion – hollywoodreif!« Wellnitz geriet ins Schwärmen. »Die örtliche Feuerwehr war mit einem Großaufgebot vor Ort, ebenso der Rettungsdienst. Ich habe mich selbstverständlich nicht durch einen Stuntman ersetzen lassen. Ehrensache! Du hättest dabei sein sollen, Armand. Das war Action pur!«

Wellnitz schenkte sich großzügig Rotwein nach.

Nur sich.

»Hast du nicht bereits genug getrunken, Hermann?«, erkundigte sich Rahel Studer, Hegels Assistentin, besorgt.

Der Schauspieler war anderer Meinung. »Mach dir keine Sorgen, Schätzchen. Wir Polizeibeamte sind harte Kerle«, erwiderte er grölend und klopfte Armand kumpelhaft auf die Schulter.

Philipp machte sich Sorgen – um Armand. Es brauchte einiges, um seinen Freund aus der Ruhe zu bringen, doch wehe dem, dem dies gelang. Der Hauptmann bewahrte jedoch seine Fassung, und seine Pranken blieben ruhig auf dem Tisch liegen. Armand war glücklicherweise weder schlecht gelaunt noch hungrig. Dafür schlagfertig. »Wenn wir Polizeibeamte wie Sie hätten, würden die Verbrecher ohne Zweifel freiwillig das Weite suchen«, brummte er.

Wellnitz entging die feine Ironie. Er nickte zufrieden und lehnte sich mit einem tiefen Seufzer im Stuhl zurück.

Die langen Drehtage und der schwere Rotwein forderten ihren Tribut.

Regina Meister beendete den Abend, indem sie die Rechnung bestellte. Stühle wurden gerückt und Gläser geleert. Einige Crewmitglieder verließen schnell den Raum, um vor dem Restaurant eine Zigarette zu rauchen. Wellnitz bildete die Spitze. Nachdem der Kellner die Rechnung gebracht hatte, wandte sich die Regisseurin an ihre Tischnachbarn.

»Die Gesamtsumme beträgt 1.781 Franken. Wie viel Trinkgeld ist in Zürich üblich?«

Hegel meldete sich zu Wort. »Runden Sie auf den nächsten Hunderter auf. Das Gehalt ist ohnehin in der Rechnung enthalten. Die Gastwirte greifen den Gästen schon tief genug in die Tasche.«

Meister befolgte den Rat, und der Kellner bedankte sich höflich. Philipp ärgerte sich über Hegels Geiz, da der Service einwandfrei gewesen war und alle Extrawünsche professionell erfüllt worden waren. Als die letzte Gruppe das Restaurant verließ, drückte er dem Kellner unauffällig eine Hunderternote in die Hand und sagte: »Für Sie und das Personal, das uns heute Abend so exzellent bedient hat.«

Der Mann nahm den Schein diskret entgegen. »Vielen Dank, das ist sehr aufmerksam von Ihnen.«

»Wir haben zu danken«, erwiderte Philipp und folgte den anderen nach draußen.

Die Straßenbeleuchtung warf dunkle Schatten an die Wände, und für einen Moment wurden die Crewmitglieder zu Pantomimen. Wellnitz lehnte sich schwankend gegen seinen Schatten an der Hauswand und zündete sich eine Zigarette an. Nach einem tiefen Zug kramte er in seiner Jackentasche und holte den Autoschlüssel heraus, den ihm Hegels Assistentin sofort abnahm.

»Du wirst definitiv nicht mehr fahren. Du hast genug getrunken, Hermann«, sagte sie bestimmt.

Regina Meister, die gerade von Philipp Abschied nahm, hatte die Situation mitbekommen und reagierte prompt. »Wenn du betrunken ins Auto steigst, war das deine letzte Rolle. Ist das klar?«

»Und wie komme ich nach Hause?«, lallte Wellnitz. Er logierte nicht im Hotel wie der Rest des Teams, sondern hatte seit Jahren eine Wohnung im Zürcher Kreis 3. Dies war einer der Gründe, weshalb er sich in der Rolle so wohlfühlte. Der Leiter der hiesigen Kriminalpolizei, wenn er auch nur fiktiv war, würde ja wohl kaum in Hamburg oder Wien wohnen wie andere Schauspielkollegen. Wellnitz stemmte sich sowohl gegen die Wand als auch gegen die Ansage seiner Regisseurin. »Kannst du nicht ein Auge zudrücken?«

Meister blieb unnachgiebig. »Die Frage kannst du dir sparen!« Ihre Stimme hatte einen bedrohlichen Unterton angenommen.

»Wenn es Ihnen recht ist, Herr Hegel, werde ich Hermann nach Hause fahren. Ich wohne ganz in der Nähe, das macht mir keine Umstände«, schlug Rahel Studer vor.

Hegel nickte knapp und sah zu Wellnitz. Seine Züge hatten etwas Raubtierhaftes, als ob er ihn zum Nachtisch verspeisen wollte. Der vornehme Professor versuchte erst gar nicht, sein Missfallen über die Trunkenheit des Schauspielers zu verbergen. Philipp wunderte sich über das förmliche »Sie« der jungen Studer. Normalerweise duzte sich das akademische Personal an der Universität. Und warum musste Hegels Assistentin ihn überhaupt um seine Zustimmung bitten?

In diesem Moment öffnete sich ein Fenster, das auf die kleine Gasse führte. »Ruhe da unten, sonst rufe ich die Polizei!«, ertönte eine erboste Stimme.

»Die ist längst da«, gab Wellnitz zurück.

Nachdem sich alle verabschiedet hatten, spazierten Philipp und Armand gemeinsam in Richtung Bellevue. Armand wollte von dort aus die Tram nach Hause nehmen, und Philipp, der die öffentlichen Verkehrsmittel aufgrund unangenehmer Erfahrungen – betrunkene Sitznachbarn, Frauen, die ihn küssen wollten, von ihm aus der Straßenbahn geworfene Taschendiebe – wann immer möglich mied, hatte seinen Wagen im Opernparkhaus abgestellt.

»Noch auf einen Absacker?«, fragte Armand gut gelaunt. Er schien froh zu sein, dass er die schauspielernde Kommissarattrappe ohne Kollateralschaden losgeworden war.

»Heute lieber nicht, mein Freund. Ich muss morgen früh ins Appenzellerland fahren. Du weißt schon ... Davids Bootcamp«, antwortete Philipp.

»Beginnt das morgen?«

»War das nicht deine Idee?«, fragte Philipp rhetorisch.

Armand zuckte unschuldig mit den Schultern. »Zwei Wochen frische Luft, Bewegung und klare Regeln. Das wird dem Kleinen guttun und den Eltern auch. Ein Kollege vom Revier hat seinen Sohn vor zwei Jahren dort hingeschickt. Er hatte nur Gutes zu berichten. Mach dir keine Sorgen, die werden Tag und Nacht ein Auge auf den jungen Humboldt haben.«

»Ich bin mir nicht sicher, ob eines reicht«, sagte Philipp nachdenklich. »Ich hoffe nur, dass David das Camp nicht komplett auf den Kopf stellt.«

Seine Sorge war nicht unbegründet.

DREI SILBEN

Appenzellerland, 5. August

»Nehmen Sie im Kreisverkehr die zweite Ausfahrt.«
Philipp tat, wie ihm geheißen.
»Nach 300 Metern links abbiegen. Dann erreichen Sie Ihr Ziel.«
»Hör endlich auf, das Navi zu imitieren!«, bemerkte David mit einem mürrischen Blick in Richtung seiner Schwester. »Da vorne gibt es doch gar keine Abzweigung. Wenn Papa jetzt links abbiegt, landen wir im Fluss.«
»Sieh an, du kannst also doch noch sprechen«, neckte Michelle ihren kleinen Bruder. David hatte die ganze Fahrt über schmollend in einem Comic geblättert. Er war wenig begeistert von dem bevorstehenden Ferienlager mit fremden Kindern.
»Du bist wirklich eine …« David konnte den Satz nicht beenden.
»Es reicht!«, griff Philipp entschieden ein. »Michelle lag mit ihrer Schätzung gar nicht so daneben. Da vorne ist bereits das Gebäude.«
Philipps Frau Sophie versuchte die Stimmung im Auto zu heben. »Schaut doch mal, was für eine fantastische Aussicht wir haben. Man sieht die Berge gestochen scharf.«
Ihre Worte waren keineswegs übertrieben. Die sanfte Hügellandschaft des Appenzellerlands lag hier in Brü-

lisau wie gemalt vor ihnen. Mächtige Kühe mit Glocken um den Hals grasten auf den saftigen Wiesen, und dank des föhnigen Wetters schienen die Gipfel des Alpsteins zum Greifen nahe. Man spürte förmlich, wie die Natur atmete. Postkartenidylle.

Fast.

»Ich will nicht in das blöde Lager«, beklagte sich David. Seine Stimme zitterte.

»Ach komm, mein Großer, das wird mit Sicherheit ein Riesenspaß«, sagte Philipp so zuversichtlich wie möglich. Obwohl ihm sein Sohn oft das Leben schwer machte, liebte er ihn von ganzem Herzen.

»Warum freust du dich nicht auf zwei Wochen mit neuen Freunden an einem so schönen Ort?«, fragte Sophie sanft.

»Weil ihr mich loswerden wollt! Weil ihr Michelle lieber habt als mich! Weil ihr mich wegwerft wie einen Pappbecher!« David verschränkte die Arme vor der Brust und schob die Unterlippe nach vorn.

Philipp blickte überrascht in den Rückspiegel. »Wegwerfen wie einen Pappbecher?« Hatte sein Sohn das wirklich gesagt? Er überlegte, was er antworten sollte, doch Michelle kam ihm zuvor.

»Zumindest die Aussage, die mich betrifft, stimmt definitiv«, foppte sie ihren Bruder und erntete dafür einen strengen Blick ihrer Mutter.

Philipp setzte den Blinker und fuhr auf den Kiesweg, der zu einem stattlichen Anwesen mit weitläufigem Umschwung führte. Der Parkplatz war bereits gut gefüllt. Erwachsene luden Gepäckstücke aus, während Kinder neugierig die Umgebung erkundeten und ihre Lagergefährten der nächsten zwei Wochen musterten. Philipp parkte seinen kompakten Elektro-SUV zwischen einem Range Rover und einem Mercedes.

»Sie haben Ihr Ziel erreicht«, meldete sich Michelle aus dem Fond des Wagens.

Eine sportliche junge Frau begrüßte die Neuankömmlinge am Eingang des Hauptgebäudes. »Herzlich willkommen, Herr und Frau Humboldt. Wir freuen uns, dass Sie den Weg zu uns gefunden haben, obwohl das Anwesen abgelegen ist.«

»Danke, das Navigationssystem hat uns gut geführt«, erwiderte Philipp.

Die Unbekannte stellte sich als Patrizia Neukomm vor, Co-Leiterin des Lagers, das sie gemeinsam mit ihrem Bruder Sascha führe. Das Anwesen sei seit einigen Jahren im Besitz ihrer Familie. Es sei der Wunsch ihres Vaters gewesen, die schönen Gebäude nicht nur für Seminare und Hochzeiten zu nutzen, sondern auch Aktivitäten für Kinder anzubieten. »Wir führen das Bootcamp bereits zum dritten Mal durch und möchten das Programm in Zukunft durch kostenlose Angebote erweitern. Aber wir sind uns da familienintern noch nicht einig geworden.«

Philipp fühlte sich erleichtert angesichts der offenen und sympathischen Art der Leiterin. Es war nicht einfach gewesen, seinen Sohn hier anzumelden. Doch nachdem David erneut einen Verweis an der Schule bekommen hatte, musste reagiert werden. David schien Philipps dunkle Seite geerbt zu haben, während Sophies Gene ihn halbwegs auf Kurs hielten. Guter Rat war deshalb teuer.

Auf Empfehlung von Armand hatte sich Philipp die Webseite des Bootcamps angesehen.

Wir kümmern uns zwei Wochen lang intensiv um Ihr Kind. Kameradschaft, gute Gespräche, Bewegung an der frischen Luft und ein klar strukturierter Tagesablauf stehen im Mittelpunkt. Alles eingebettet in die wunderschöne Landschaft des Appenzellerlands. Bei uns kann Ihr Kind abschalten und sein Selbstbewusstsein stärken.

Zu Philipps Überraschung hatte Sophie sofort zugestimmt, ihrem Sohn und ihnen selbst eine Auszeit zu gönnen. Intensive Sportaktivitäten und neue Freunde würden dem Lausebengel mit Sicherheit guttun.

»Sie können Ihren Sohn bedenkenlos in unsere Obhut geben«, versicherte Neukomm. »Sollte etwas Unvorhergesehenes passieren, werden wir Sie selbstverständlich umgehend informieren. Ansonsten empfehlen wir den Eltern, ihren Kindern zu vertrauen und sie die beiden Wochen eigenständig bewältigen zu lassen. Scheitern und immer wieder aufstehen ist wichtig in diesem Alter.«

Definitiv.

Zum Abschied schüttelte Neukomm den Humboldts freundlich, aber bestimmt die Hand. Philipp wünschte ihr im Stillen viel Glück.

Als sie zum Parkplatz zurückkehrten, plauderte Michelle angeregt mit zwei Mädchen. Es schien, als hätte sie nichts dagegen, selber hier zu bleiben. David hingegen saß nach wie vor im Wagen.

»Na komm, steig aus«, ermutigte ihn Philipp und öffnete die hintere Tür. Doch David verharrte regungslos.

Sophie versuchte, ihn zu überzeugen. »Es wird dir gefallen. Frau Neukomm ist wirklich nett, und Michelle hat schon zwei neue Freundinnen. Du wirst sicher schnell Anschluss finden.«

David war anderer Meinung. »Mädchen sind doof!«, sagte er aus tiefster Überzeugung.

»Lass uns in ein paar Jahren wieder über dieses Thema sprechen«, antwortete Sophie mit einem Zwinkern in Philipps Richtung.

*

David sah dem Wagen mit geröteten Augen nach, bis er aus seinem Blickfeld verschwand. Dann schwang er seinen Rucksack über die Schulter, der gefüllt war mit allem, was er in den nächsten beiden Wochen benötigen würde, und schlurfte zum Eingang. Dort standen zwei Kinder, der Rest war bereits hineingegangen, um sich die besten Betten zu sichern. Ein groß gewachsener, etwas pummeliger Junge nickte David zu.

»Ich bin Alexander«, stellte er sich vor und streckte die Hand aus.

David ergriff sie zögerlich und verriet ihm seinen Namen. Alexander schien ein netter Kerl zu sein. Er trug ein T-Shirt mit Scooby-Doo-Aufdruck – Davids Lieblingshund, zumindest seit die kleine Hündin Bella, das fünfte Mitglied im Hause Humboldt, vor einiger Zeit gestorben war. Aber das behielt er für sich.

Alexander deutete auf das Mädchen neben sich. »Das ist Stephanie. Sie ist meine beste Freundin, wir haben uns letztes Jahr hier im Lager kennengelernt. Sie ist schwer in Ordnung!«

David blickte zu dem Mädchen auf und verlor sich im Strahlen ihrer Augen.

Ste-pha-nie.

Die schönsten drei Silben, die David jemals gehört hatte.

DER VERPASSTE TERMIN

Zürich, 8. August

Professor Hegel betrat das Büro seines Assistenten und tippte auf die klobige Rolex an seinem Handgelenk. »Haben Sie Frau Studer heute Morgen gesehen? Wir haben eine Besprechung und sie ist schon zehn Minuten über der Zeit.«

Sandro Odermatt unterbrach die Korrektur der vor ihm liegenden Seminararbeit »Gendern in Bedienungsanleitungen« und schob seine Lesebrille nach oben. »Nein, ich habe Rahel heute noch nicht gesehen. Soll ich sie anrufen?«

Hegel winkte ab. »Das habe ich bereits getan, sie nimmt nicht ab. Hat sie gestern mit Ihnen über einen unerwarteten Termin gesprochen oder über Unwohlsein geklagt?«

Odermatt verneinte. Seit über zwei Jahren teilte er nun das Büro mit der ebenso talentierten wie attraktiven Postdoktorandin und hatte während dieser Zeit vergeblich versucht, ihr Interesse zu wecken. Bedauerlich – für ihn. Beide befanden sich in den letzten Zügen ihrer Habilitation, die ihnen die Tür zu einer Professur weit aufstoßen sollte. Odermatt war sich sicher, dass Studer eine vielversprechende Karriere vor sich hatte. Sie übertraf ihn nicht nur fachlich, sondern war auch eine begabte Schriftstellerin. Ihre Kurzgeschichten und Essays waren mehrfach ausgezeichnet worden und einige der renommiertesten deutschen Verlage rissen sich um sie. Ihr Traum, so hatte sie ihm bei einem ihrer seltenen Feierabenddrinks erzählt, sei aber eine Professur in Zürich. Sie liebte ihre Geburtsstadt.

Verständlich.

Odermatt nahm ihr das Desinteresse an seinen diskreten Annäherungsversuchen nicht übel. Vielleicht hatte sie diese nicht einmal bemerkt. Seine letzte große Liebe hatte er am Gymnasium erlebt, sie dauerte vier Jahre. Das Problem war nur, dass seine Angebetete nichts davon gewusst hatte. Was hatte er einer Frau wie Rahel schon zu bieten? Seine Hobbys, Lesen und Spazierengehen, waren wenig spektakulär, sein Gehalt als Assistent nicht gerade berauschend, sein Aussehen in Ordnung, wenn auch durchschnittlich. Persönlich mochte er seine blauen Augen, doch da war ja noch die dicke Lesebrille ... Träumen jedenfalls durfte er, und genau das tat er oft, von Rahel – seiner Traumfrau.

Hegel riss ihn aus seinen Gedanken. »Studer soll sich umgehend bei mir melden, wenn sie endlich auftaucht«, knurrte der Professor und hatte sich bereits abgewandt, als Odermatt eine Bemerkung wagte.

»Rahel wirkte gestern aufgewühlt und erwähnte eine Bombe. Ich konnte mir allerdings keinen Reim darauf machen und hatte auch keine Gelegenheit nachzufragen. Sie verließ das Büro früher als sonst.«

Hegel blieb stehen. »Eine Bombe? Ich habe klargestellt, dass der Sonntagskrimi ab sofort kein Thema mehr ist! Wir betreiben seriöse Forschung, keine seichte Unterhaltung. Die Verfilmung meines Romans mag der Fakultät Schlagzeilen und höhere Einschreibungen bringen, nun ist der

Dreh abgeschlossen und ich dulde keine Nachlässigkeiten. Wenn Frau Studer sich zu gut für die Betreuung von Seminaren und Kolloquien ist, kann sie von mir aus beim Fernsehen anheuern. Sagen Sie ihr das!«

Der wissenschaftliche Assistent presste die Lippen zusammen. Hegel war ein exzellenter Vorgesetzter, anspruchsvoll und akribisch. Es gelang ihm, trotz der professionellen Distanz eine erstaunliche emotionale Nähe entstehen zu lassen. Doch wenn man von der vorgegebenen Marschroute abwich, reagierte er ungehalten, ja geradezu cholerisch. Schnell fand man sich dann für einige Tage, wenn nicht Wochen auf seiner schwarzen Liste wieder und bekam das zu spüren: durch die Leitung von Proseminaren zu den frühest- oder spätestmöglichen Tagesstunden, einen zusätzlichen Stapel zu korrigierender Seminararbeiten oder schlicht Nichtbeachtung. Hegel war ein Patron alter Schule.

Odermatt versuchte die Situation zu retten. Alles durfte er seinem Vorgesetzten jedoch unter keinen Umständen erzählen, das wäre einem akademischen Selbstmord gleichgekommen. »Entschuldigen Sie meine Ungenauigkeit, Herr Hegel. Rahel war gestern Nachmittag kurz abwesend und kehrte wie erwähnt völlig aufgelöst zurück. Sie meinte, dass sie in den nächsten Tagen eine Bombe platzen lassen würde, und – verzeihen Sie bitte – sie nannte Fries eine dumme Kuh. Es hatte wirklich nichts mit dem Sonntagskrimi zu tun. Mein Fehler, ich hätte ...«, stammelte er.

»Alles in Ordnung, Odermatt«, erwiderte Hegel in sanfterer Tonlage. »Hat Studer angedeutet, was sie so aufgebracht hat?«

Der Assistent zuckte mit den Schultern. »Nein, sie hat danach einfach ihre Sachen gepackt und ist ohne Abschied gegangen.«

»Seltsam«, sagte Hegel und tat das Gleiche.

In seinem Büro an der Schönberggasse, nur einen Steinwurf vom Hauptgebäude der Universität Zürich entfernt, hob Hegel seinen rechten Lederschuh auf das Sideboard und band sich den Schnürsenkel neu. Anschließend polierte er gleich noch die Spitze des zeitlosen J. M. Weston mit seinem Einstecktuch. Schuhe, so stand für Hegel außer Zweifel, waren die wichtigste Visitenkarte und sagten mehr über einen Menschen aus als die berühmten tausend Worte. Er konnte nicht verstehen, wie einige seiner Kollegen, notabene im gleichen Alter wie er, ihre Füße in vornehmlich weiße Sneakers steckten und einen auf jung und dynamisch machten.

Anbiedernd.

Als sein Smartphone vibrierte, richtete er sich auf und zog das Gerät aus der Innentasche seines Jacketts. Eine Nachricht von Studer. Hegel las sie aufmerksam durch und ließ sich schwer in den ledernen Chefsessel fallen. Die Rückenlehne gab mit einem Knarzen nach und der Professor blieb einen Augenblick lang nachdenklich sitzen. Dann wählte er eine Nummer und wartete.

»Bist du im Büro? Es ist wichtig«, sagte Hegel eindringlich.

Nach dem kurzen Gespräch atmete er tief aus, steckte das Smartphone in die Innentasche zurück und verließ den Raum. Dass Odermatt versuchte, etwas unter einer

Seminararbeit zu verstecken, als sein Vorgesetzter durch dessen Büro hastete, entging dem sonst so aufmerksamen Hegel.

DIE NACHRICHT

Zürich, 8. August

Fünf Minuten später betrat Hegel das Büro im Wirtschaftswissenschaftlichen Seminar an der Rämistrasse. Philipp spürte sofort, dass etwas passiert sein musste. Der Germanistikprofessor sah elend aus, er griff nach dem Einstecktuch und wischte sich damit über die Stirn, was er unter normalen Umständen nie getan hätte. Dann öffnete Hegel sogar den obersten Hemdknopf und lockerte seine Krawatte.

Philipp stand auf und bot seinem Kollegen einen Stuhl an. »Setz dich erst einmal, Martin«, sagte er besorgt. »Was ist passiert?«

Hegel ließ sich in den Stuhl sinken, beugte sich nach vorne und stützte die Unterarme auf den Oberschenkeln ab. Sein Kopf hing schlaff zwischen den Schultern, und er atmete schwer. Philipp goss Mineralwasser in ein Glas und platzierte es auf dem Abstelltisch neben dem Besucherstuhl. Langsam beruhigte sich Hegels Atmung.

Philipp legte ihm eine Hand auf die Schulter und fragte erneut: »Was ist passiert, Martin? Kann ich dir irgendwie helfen?«

Hegel zog sein Smartphone aus der Tasche und reichte es Philipp wortlos. Dieser nahm das Gerät und blickte auf den Bildschirm. Er erkannte Rahel Studer auf dem WhatsApp-Profilbild und las die Textnachricht.

Um Rahel Studer lebend wiederzusehen und einen Skandal zu vermeiden, fordern wir von Ihnen 100.000 Schweizer Franken in bar. Wenn Sie nicht bis morgen um 10 Uhr antworten, wird dies ein bitteres Ende für Sie und Ihre Assistentin nehmen. Sollten Sie die Polizei einschalten, tragen Sie alleine die Verantwortung dafür, wenn Rahel nicht unversehrt bleibt. Die Kommunikation wird ausschließlich über diesen Kanal laufen. Bis dahin – ein freundlicher Gruß!

Philipp war fassungslos und las die Nachricht zweimal. »Ist das ein schlechter Scherz von Frau Studer? Das kann doch nicht sein ... Wurde vielleicht ihr Account gehackt?«

Hegel seufzte. »Rahel ist heute nicht zur Arbeit erschienen. Wir hatten einen Termin, den sie ohne Absage verpasst hat. Das ist untypisch für sie. Ich dachte zunächst, sie sei aufgehalten worden oder krank, aber dann habe ich diese Nachricht erhalten. Ich befürchte, die Drohung ist ernst gemeint.«

»Warum sollte jemand Frau Studer entführen und dich erpressen? Das ergibt doch keinen Sinn. Wir müssen sofort die Polizei und Rektorin Fries informieren«, sagte Philipp entschlossen.

Hegel reagierte energisch. »Hast du den Text nicht gelesen? Wir sollen die Polizei nicht einschalten, das könnte Rahel gefährden. Wir dürfen nichts überstürzen! Ich habe mich bei dir gemeldet, weil ich dir vertraue und du mit Hauptmann Muzaton befreundet bist. Kannst du ihn nicht inoffiziell um Rat fragen, ohne dass die Sache an die Öffentlichkeit gelangt? Alles andere wäre grob fahrlässig.«

Philipp stieß einen Seufzer aus. Er blickte eine Weile ratlos aus dem Fenster auf die Rämistrasse. Die Luft flimmerte über dem heißen Asphalt. Ein Radfahrer brauste die Straße freihändig in Richtung Bellevue hinunter, die Arme lässig vor der Brust verschränkt. Etwas, das Philipp als kleiner Junge oft versucht hatte, erfolglos mit Schrammen als Folge. Die schmerzhaften Erinnerungen brachten ihn in die bedrohliche Gegenwart zurück.

»Ehrlich gesagt, fühle ich mich etwas überfordert. Weder du noch ich haben Erfahrung in solchen Dingen. Es wäre besser, wir überließen das den Profis.«

Hegel nickte, stellte jedoch eine Bedingung: »Gut! Ruf jetzt gleich Muzaton an. Aber die Entführung muss unter dem Radar bleiben. Du hast die Nachricht gelesen: keine Polizei! Danach schauen wir weiter. Ich hoffe nur, dass wir es nicht mit einem durchgeknallten Psychopathen zu tun haben. Ich gehe zurück ins Büro. Vielleicht ist Rahel inzwischen doch aufgetaucht, und wir können uns alle einen Drink gönnen.« Hegel richtete sich die Krawatte neu und verließ den Raum.

Philipp griff nach dem Telefonhörer und wählte Armands Nummer. Während er ungeduldig auf die Stimme seines Freundes wartete, schoss ihm eine Frage durch den Kopf: Warum duzte Hegel seine Assistentin und nannte sie beim Vornamen?

VON KÜHEN, FLIEGEN UND SORGEN

Appenzellerland, 8. August

David betrachtete mit Stolz die Schwielen an seinen Händen und tauchte beide Arme bis zum Ellbogen in das Brunnenwasser. Es war kalt wie Schnee. Eine Wohltat. Zum weitläufigen Anwesen des Bootcamps gehörte auch ein landwirtschaftlicher Betrieb samt Stall, in dem Kühe gemolken und bei schlechtem Wetter untergebracht wurden. Jeden Tag hatte eine Gruppe die Aufgabe, den Stall auszumisten. Bauer Ernst Roduner leitete das dafür abgestellte Dreierteam an, das heute aus David, Stephanie und Alexander bestand. Das Trio nannte sich selbstbewusst »die Züzis«, in den Schweizer Ferienkantonen war dies eine ironische Anspielung auf die oft als vorlaut empfundenen Unterländer aus Zürich. Die drei Kinder waren im Lager die einzigen aus der inoffiziellen Hauptstadt der Schweiz sowie deren Umland.

Alexander hatte seine Mistgabel mit doppelt so viel Dung wie David und Stephanie beladen, und so konnten die drei dank seiner Muskelkraft, die optisch unter reichlich Kinderspeck verborgen war, früher als geplant ihre wohlverdiente Brotzeit genießen. Die Temperatur war auf dieser Höhe angenehm, und die Luft flirrte honiggelb. Über dem Alpstein türmte sich eine gewaltige weiße Wolke auf.

David schüttelte das kalte Wasser von seinen Armen und setzte sich zu den anderen an den großen Holztisch hinter dem Stall. Roduner servierte Trockenfleisch und frisch gepressten Apfelsaft. »En Guete«, sagte er mit tiefer Stimme und blinzelte in die Sonne.

Eine neugierige Kuh schlenderte heran und beäugte den gedeckten Tisch sowie die Zweibeiner von der anderen Seite des elektrischen Zauns. Sie wedelte mit ihrem Schwanz wie ein Fahnenschwinger, um die Schmeißfliegen zu vertreiben, die sich auf ihren Hinterläufen niedergelassen hatten. Die im Stall von der Decke baumelnden Klebestreifen waren zwar für die Fliegen gedacht, aber für diese weit weniger appetitlich als der eingetrocknete Kuhmist am lebenden Vieh.

»Stephanie, wie oft warst du eigentlich bereits im Lager?«, fragte David, während er eine Brotscheibe mit dünn geschnittenem Appenzeller Mostbröckli belegte.

Das Mädchen schob sich eine blonde Strähne aus dem Gesicht und hob drei Finger in die Luft.

»Dann muss es dir ja sehr gefallen im Appenzellerland«, kommentierte David mit feiner Stimme. Der Stimmbruch ließ bei ihm noch auf sich warten.

»Eigentlich schon«, erwiderte Stephanie. Ein Hauch von Traurigkeit legte sich auf ihr mit Sommersprossen gesprenkeltes Gesicht. »Die Ferien verbringe ich bei meinem Vater in Basel, zumindest auf dem Papier. Ansonsten lebe ich bei meiner Mutter in Zürich.«

»Und dein Alter hatte weleweg keine Zeit, richtig?«, knurrte Roduner und zerlegte mit einem Messer grimmig den restlichen Brotlaib. Er kannte die oftmals traurigen Geschichten der Ferienkinder nur allzu gut.

»Ihm gehört eine Pharmafirma. Die machen Medikamente und so. Er muss oft auf Geschäftsreise und wichtige Leute treffen. Blöderweise immer in meinen Ferien.«

»Für deinen Vater solltest du das Wichtigste sein«, sagte David mit Inbrunst und spürte, wie sich seine Wangen röteten. Alexander stieß ihm kameradschaftlich den Ellbogen in die Rippe.

Stephanie schien das nicht zu bemerken. »Warum bist du hier?«, fragte sie David.

»Mein Lehrer hat gedroht, mich von der Schule zu schmeißen. Ich habe einen Mitschüler verprügelt, der meine Schwester beleidigt hat. Als Dankeschön haben meine Eltern mich ins Camp geschickt.« David blickte nicht ohne Stolz in die Runde.

Alexander brach in prustendes Lachen aus. »Einen Schüler verprügelt? Du meinst wohl eher einen Kindergärtler.«

David fand die Bemerkung gar nicht lustig. »Der Junge war einen Kopf größer als ich. Auf meine Schwester lasse ich nichts kommen. Da ist es mir egal, wenn ich mir ein blaues Auge hole.«

»Wir Mädchen können uns selbst verteidigen«, erklärte Stephanie selbstbewusst.

»Genug mit der Angeberei«, mischte sich Roduner ein. »Ihr könnt froh sein, dass Frau Neukomm und ihr Bruder asewäg gutmütig sind. Jeder trägt seinen eigenen Rucksack. Macht das Beste draus!«

»Arbeiten Sie schon lange hier auf dem Gelände, Herr Roduner?«, fragte Alexander.

Roduner zog die Augenbrauen hoch und überlegte eine Weile. Er war kein Mann der großen Worte. »Meine Familie bauert seit 400 Jahren. Wir haben die Landwirtschaft im Blut. Leider Gottes haben meine Eltern das ganze Land vor rund zehn Jahren an Neukomm senior verkauft. Ich arbeite nur als Angestellter auf dem Hof. Aber das geht euch eigentlich gar nichts an!«

»Warum haben Ihre Eltern den Hof verkauft? Wollten Sie den Familienbetrieb nicht weiterführen?«, hakte Alexander nach.

Roduner leerte sein Glas Apfelsaft auf einen Zug und strich sich mit dem Handrücken über den Mund. »Ich war noch zu jung und ein Galöri. Die Landwirtschaft rentiert sich eh kaum noch. Als Angestellter muss ich mich zum Glück nicht darum kümmern. Ich wäre lieber Friedhofsgärtner geworden, wie einige der Öserige.«

»Friedhofsgärtner?«, rief Stephanie und hielt erschrocken die Hände vor den Mund.

David übernahm die Rolle des Gentleman. »Keine Sorge, das Riesenbaby und ich passen auf dich auf.« Er hoffte, dass niemand die Gänsehaut auf seinen Armen bemerkte. Wenn er vor etwas Angst hatte, dann vor Friedhöfen und Geistern. In seiner Vorstellung bedeutete Mut nicht, mit bloßen Händen gegen zehn hungrige Löwen zu kämpfen, sondern nachts pfeifend über einen Friedhof zu spazieren.

»Wenn ein Riesenbaby und ein Knirps auf mich aufpassen, dann bin ich ja beruhigt«, entgegnete Stephanie postwendend und grinste ihre Freunde an.

Bevor die Jungs reagieren konnten, erzählte Roduner in gedämpftem Ton weiter, ja er wurde geradezu redselig. »Unser Stammbaum im Appenzeller Staatsarchiv geht sehr weit zurück. Es gab einmal eine Zeit, wo ein Chapeli mit Friedhof an unser Land grenzte. In den alten Urkunden wurden einige Roduners als Friedhofsgärtner genannt. Der Friedhof lag dort, wo jetzt das Haupthaus mit euren Schlafzimmern steht. An kalten Winterabenden hat mein Großvater uns früher föcheligi Gruselgeschichten erzählt, während er mit seiner Pfeife, einem Lendaueli, am Kachelofen saß. Aber ich will euch keine Angst einjagen.« Roduner stand auf und streckte seinen breiten Rücken durch.

David schauderte es. »Was für Geschichten waren das?«, fragte er ängstlich.

Roduner winkte ab. »Ach, Geistergeschichten halt. Märchen von Verstorbenen, die auf dem Friedhof begraben worden sind und keine Ruhe gefunden haben. Eeeding, alles nur erfunden. Macht euch keine Gedanken. So, Goofe, jetzt müssen wir wädli 's Vech in den Stall bringen, heute Abend wird es strääze.«

David tauschte verstohlene Blicke mit Stephanie und Alexander aus. Ein Friedhof? Untote? Gruselgeschichten? Er sah in ihren Augen das, was er selbst empfand – Sorgen.

DAS MACHTWORT

Zürich, 8. August

»Es ist unmöglich, diese Geschichte unter Verschluss zu halten«, sagte Armand bestimmt. Der Hauptmann trug ausnahmsweise Uniform, was seine Statur noch imposanter erscheinen ließ. Er hatte über Mittag einen Vortrag an der Polizeischule gehalten. Jetzt hingen aber keine Polizeiaspiranten und Polizeiaspirantinnen an seinen Lippen, sondern zwei gestandene Universitätsprofessoren.

»Wenn die Polizei nicht offiziell eingeschaltet wird, kann ich keine Fahndung einleiten. Das bedeutet: kein Tracking von Studers Smartphone, keine Einbindung von Streifen, keine Untersuchungen im Umfeld der Vermissten, geschweige denn eine Durchsuchung der Wohnung. Ich kann nicht einmal überprüfen, ob überhaupt etwas an der Geschichte dran ist. Ich empfehle dringend, die Staatsanwaltschaft und die Universitätsleitung zu informieren. Dann machen wir uns auf die Suche nach Rahel Studer. Es besteht immer noch die Möglichkeit, dass es sich um einen geschmacklosen Scherz handelt.«

Hegel wirkte wie ein gebrochener Mann und sah aus wie sein eigener Großvater. »Die Nachricht ist eindeutig«, sagte er verzweifelt. »Die Polizei darf nicht involviert werden, sonst gefährden wir das Leben meiner Assistentin.«

Ein starkes Argument, aber nicht stark genug für den Hauptmann. »Die Entscheidung liegt nicht bei Ihnen, Herr Hegel. Ich möchte Sie daran erinnern, dass wir uns in der Zürcher Kantonspolizei befinden. In dem Moment, als Sie mir die Geschichte erzählt haben, wurde der Fall offiziell. Wir sind nicht in einem Kriminalfilm, das ist die Wirklichkeit. Tami no mol!« Armand konnte sich einen Seitenhieb auf den Sonntagskrimi nicht verkneifen und unterstrich dies mit seinem Lieblingsschimpfwort. »Warum haben sich die Erpresser ausgerechnet an Sie gewendet, Herr Hegel? In welcher Beziehung stehen Sie zu Rahel Studer?«

Hegel reagierte ungehalten. »Was unterstellen Sie mir? Ich habe keine Ahnung, was hier gespielt wird, und bin genauso ratlos wie Sie!«, blaffte er Armand an. Sein Körper straffte sich, und aus der traurigen Gestalt wurde wieder der distinguierte Professor.

Philipp versuchte zu vermitteln. »Hauptmann Muzaton unterstellt gar nichts, Martin. Seine Frage ist berechtigt. Warum erpresst jemand ausgerechnet dich? Wäre es nicht naheliegender, Rahels Eltern oder ihren Freund unter Druck zu setzen?«

»Rahel hat keinen Freund«, antwortete Hegel wie aus der Kanone geschossen.

»Martin, du musst uns ins Vertrauen ziehen«, sagte Philipp nachdrücklich. »Nur so können wir dir helfen.«

Hegel stand auf und steckte die Hände in die Hosentaschen. Er starrte lange auf die Gleise, die zum nahe gelegenen Hauptbahnhof führten. Das halb heruntergelassene Rouleau zerschnitt die Stadt in horizontale Streifen.

Das neue Polizei- und Justizzentrum im Stadtteil Aussersihl war auf dem Areal eines ehemaligen Güterbahnhofs errichtet worden. Große Teile der Kantonspolizei, der Staatsanwaltschaft, des Forensischen Instituts und der Polizeischule waren darin untergebracht worden. In dem mächtigen Gebäudekomplex gab es etwa 2.000 Arbeits- und 300 Gefängnisplätze. Der Germanistikprofessor rang sichtlich mit sich. Schließlich drehte er sich langsam um und setzte sich wieder.

»Was ich Ihnen jetzt sage, ist absolut vertraulich.«

Armand gab stillschweigend sein Einverständnis. Sie hörten das Rauschen eines vorbeifahrenden Intercity-Zuges.

»Rahel und ich haben eine Beziehung«, sagte Hegel leise. »Wir haben versucht, es geheim zu halten, solange ich an der Universität arbeite. Ich habe vor, am Ende des nächsten Semesters meine Kündigung einzureichen. Dann wollen wir das unwürdige Versteckspiel beenden und zusammenziehen.«

»Was! Du hast eine Beziehung mit Rahel Studer? Weiß deine Frau davon?« Philipp konnte seine Überraschung nicht verbergen. Die Vorstellung, dass der so angesehene Hegel eine Affäre mit seiner Assistentin eingegangen war, überstieg seine Vorstellungskraft.

Hegel nestelte an seiner Krawatte herum. Die Situation war ihm offensichtlich peinlich. »Unsere Ehe steckt schon lange in einer Sackgasse. Mehr Schein als Sein. Ich vermute, dass Agathe etwas spürt und sich deswegen noch weiter von mir entfernt hat. Wir haben nie offen darüber gesprochen. Ehrlich gesagt, wird mich diese Geschichte wohl weit mehr kosten als die geforderten 100.000 Franken. Wir haben im Ehevertrag festgehalten, natürlich auf Wunsch von Agathes Eltern, dass im Falle einer Scheidung aufgrund von Untreue das ganze Geld an den betrogenen Partner geht. Das ist mir jedoch egal. Ich würde alles dafür geben, mit Rahel zusammen zu sein. In der Liebe verliert man sich nun mal selbst um des anderen willen. Ich hatte bislang nicht den Mut, damit an die Öffentlichkeit zu gehen. Meine Karriere wäre zu Ende gewesen – oder vielmehr ist sie das jetzt, so wie die Dinge stehen. Ein Verhältnis innerhalb des Instituts und dazu mit diesem Altersunterschied … Wie soll ich künftig vor die Studenten treten? Rektorin Fries wird mich sofort beurlauben, daran kann ich nichts mehr ändern. Ich werde Agathe heute reinen Wein einschenken. Das Lösegeld wird von unserem gemeinsamen Konto bezahlt. Dafür brauche ich sowieso ihr Einverständnis. Agathe wird zweifellos zustimmen, selbst wenn es ihr ausschließlich darum geht, einen Skandal zu vermeiden. Ich bin froh, dass die Heimlichtuerei endlich ein Ende hat, auch wenn ich mir dies unter anderen Umständen gewünscht hätte. Im Moment zählt nur Rahel!«

Armand rieb sich das Kinn, und seine Stimme wurde versöhnlicher. »Danke für Ihre Ehrlichkeit, Herr Hegel. Das macht die Situation nicht besser, aber verständlicher. Sie waren allerdings kein besonders überzeugender Schauspieler.«

»Wie meinen Sie das?«, fragte Hegel verwirrt.

»Jemand muss von Ihrer Beziehung mit Frau Studer gewusst haben, und dieser jemand erpresst Sie jetzt.

Haben Sie eine Vermutung, wer in Ihrem Umfeld zu einer solchen Tat fähig sein könnte und Ihnen Schaden zufügen will?«

Hegel schüttelte den Kopf. »Ich pflege nicht in dubiosen Kreisen zu verkehren. Abgesehen von meiner Frau könnte höchstens mein Assistent Odermatt Verdacht geschöpft haben. Ein schlauer Bursche ... das macht ihn jedoch nicht zu einem Verbrecher. Und Agathe? Unvorstellbar!«

»Vielleicht jemand aus Rahels Umfeld?«, warf Philipp in die Runde.

»Rahel ist eine außergewöhnlich intelligente Frau. Sie hat Stil und ist äußerst diskret. Nie hätte sie sich einem Studenten anvertraut«, sagte Hegel unbescheiden.

Armand ließ diese Aussage unkommentiert stehen. »Zum jetzigen Zeitpunkt dürfen wir niemanden ausschließen. Jeder Mensch kann zu einem Verbrecher werden, es braucht lediglich ein gutes Motiv und einen schlechten Tag. Zudem besteht immer noch die Möglichkeit, dass Frau Studer wohlbehalten auftaucht und das Ganze ein Missverständnis war.«

»Mein Gefühl sagt mir etwas anderes. Wer sollte denn so etwas tun? Rahel bestimmt nicht«, entgegnete Hegel.

»Gefühle bringen uns nicht weiter«, meldete sich Philipp wieder zu Wort. »Wenn wir es tatsächlich mit einem Verbrechen zu tun haben, müssen wir rasch das weitere Vorgehen abstimmen. Hope for the best, prepare for the worst. Wenn es ein Glück im Unglück gibt, dann ist es der freigesetzte Adrenalinschub. Diese Energie müssen wir jetzt kanalisieren.« Philipp kannte dieses Gefühl zur Genüge, hätte jedoch gerne darauf verzichtet.

Armand sah es ebenso. »Ich bin ganz deiner Meinung. Ich schlage vor – nein, ich bestehe darauf, dass ich Oberstaatsanwältin Emmenegger informiere und dass Philipp Rektorin Fries ins Vertrauen zieht. Gleichzeitig wird meine rechte Hand, Priya Schweizer, unauffällig Nachforschungen anstellen. Herr Hegel, wäre es möglich, uns die wichtigsten Kontaktpersonen von Frau Studer zu nennen? Familie, Freunde, Arbeitskollegen?«

Hegel war einverstanden. »Das mache ich sofort. Was kann ich in der Zwischenzeit tun? Ich kann doch nicht einfach rumsitzen und Däumchen drehen!« Der Professor trommelte mit den Fingern auf dem Tisch.

»Davon spricht auch niemand«, antwortete Armand ruhig. »Sie haben ein schwieriges Gespräch mit Ihrer Frau vor sich. Und wenn Sie wirklich bereit sind, das Lösegeld zu zahlen, müssen Sie die notwendigen Schritte unverzüglich in die Wege leiten. Die Deadline ist morgen um 10 Uhr!«

Hegel nickte müde und machte sich auf den Weg. An der Tür drehte er sich noch einmal um. »Ich vermute, dass es sich beim Erpresser um eine Einzelperson handelt.«

»Wie kommen Sie darauf?«, fragte Armand. »In der Nachricht steht doch ›wir‹.«

»Ich, du, er, wir, ihr, sie … Vertrauen Sie einem alten Literaturprofessor. Achten Sie auf die Wortwahl: ›unversehrt‹. Die Person hat einen großen Wortschatz, ist gebildet und weiß genau, was sie schreibt. Wenn es sich um mehrere Personen handelte, würde es doch nicht heißen ›ein freundlicher Gruß‹. Das Gehirn unseres Verbrechers ist geschult und funktioniert unbewusst wie ein Autokorrekturprogramm, daher nur *ein* Gruß. Aber vielleicht täusche ich mich ja, meine Nerven sind überstrapaziert.«

»Danke für den Hinweis«, sagte Armand, den die Argumentation wenig überzeugte.

DUMM GELAUFEN

Greifensee, 8. August

Priya lief mit langen Schritten über die Wiese beim Schloss Greifensee, als ihr am Oberarm befestigtes Smartphone vibrierte. Mit einem Kraftausdruck blieb sie stehen, um das Gespräch anzunehmen. Die Haare und das Shirt fühlten sich an wie an ihrem Körper festgeklebt. Armand hatte ihr kurzfristig den Nachmittag freigegeben und ihr gleich noch einen zivilen Polizeiwagen zur Verfügung gestellt. Das Korps war in den Sommerferien immer etwas ausgedünnt, und aufgrund der langen Arbeitszeiten hatte Priya ihr Training in den letzten Wochen vernachlässigt. Umso mehr hatte sie sich auf die Runde um den Greifensee gefreut, und die brandneuen Joggingschuhe mit Carbonsohle liefen wie von alleine. Ihre Lieblingsstrecke war lang genug, um sich richtig auszupowern, und kurz genug, um sich nicht zu langweilen. Alles eingebettet in eine wunderschöne Seelandschaft. Es roch nach Sommer, Wasser und einem aufziehenden Gewitter.

Priyas Gesichtsausdruck erhellte sich, als sie Armands Stimme hörte. Sie arbeitete gerne mit und für den Hauptmann. Darüber hinaus gab es etwas, das sie für sich als Tochter-Vater-Gefühl bezeichnete. Aber davon wusste Armand natürlich nichts.

»Was ist los, Chef?«, schnaufte sie. »Willst du eine Runde mit mir joggen?«

»Nur das nicht. Wie du weißt, bin ich mehr der Arnold-Schwarzenegger-Typ«, erwiderte Armand.

»Na, dann schieß mal los, Arni«, witzelte Priya.

Armand wurde ernst und teilte ihr die bislang bekannten Fakten im Fall Rahel Studer mit. »Ich wäre froh, wenn du dich sofort in Rahels Umfeld umhören könntest. Es fällt dir dazu sicher etwas ein. Hegel hat mir einige Kontaktadressen gegeben. Vorerst aber kein Wort über die mögliche Entführung. Vielleicht löst sich die Sache ja von selbst auf. Hoffentlich.«

Priya zog eine Ferse ans Gesäß und dehnte so ihren Oberschenkel. »Das mit dem ›sofort‹ dürfte schwierig werden, du hast mich wirklich im dümmsten Moment erwischt.«

Armand fragte nach dem Grund, indem er nichts sagte. Priya erklärte dem Hauptmann ihre Situation. »Ich laufe gerade um den Greifensee, meine Lieblingsstrecke, genau 18 Kilometer. Der Wagen steht in Maur und ich bin bei der Anlegestelle Greifensee, beim Schloss und der Kirche.«

»Und?«, fragte Armand dann doch noch.

»Das ist exakt in der Mitte, also neun Kilometer bis zum Wagen, egal welche Richtung ich nehme. Und über das Wasser kann nicht einmal ich laufen. Hättest du nicht etwas früher oder später anrufen können?«

»Als ehemaliger Priester kann ich dir versichern, dass jeder Mensch über Wasser gehen kann, es muss nur gefroren sein. Ich gebe dir eine Stunde. Ruf an, wenn du verschwitzt den Fahrersitz meines Dienstwagen ruinierst.«

Priya beendete das Gespräch und rannte los, als wäre der Teufel höchstpersönlich hinter ihr her.

40 Minuten später ratterte Armands Handy auf dem Besprechungstisch von Oberstaatsanwältin Emmenegger, die er gerade über die undurchsichtige Lage informierte. Der Hauptmann blickte auf seine Armbanduhr, nickte anerkennend und drückte den Anruf weg.
»Nichts Wichtiges?«, fragte Emmenegger.
»Nein, nur eine junge Spitzensportlerin.«
»Eine junge Spitzensportlerin?« Emmenegger legte den Kopf leicht schief.
Armand lachte. »Ach, hör doch auf! Eine talentierte junge Frau, die es noch weit bringen wird und für die ich väterliche Empfindungen hege, aber davon weiß sie natürlich nichts.«

EIN GEFÜHL

Kilchberg, 8. August

»Jetzt brauche ich Alkohol!«
Sophie ging zum Kühlschrank und öffnete eine Flasche Weißwein. Sie füllte zwei Rotweingläser bis zur Hälfte und gab Mineralwasser und Eiswürfel dazu. Anschließend schnitt sie eine Zitrone in dünne Scheiben, legte je zwei davon in die Gläser und rührte mit dem Zeigefinger um. Nachdem sie den Finger an ihren Jeans abgewischt hatte, setzte sie sich wieder zu Philipp auf das Sofa. Dem Stress geschuldet, tranken sie ausnahmsweise britisch, ohne vorher anzustoßen. Beide hatten sich nach dieser Erfrischung gesehnt – aber nicht aufgrund des drückenden Sommerabends, für dessen Ausklang sich gerade ein Gewitter mit ersten Regentropfen ankündigte.

»Wie hat Fries reagiert, als du ihr die Geschichte erzählt hast?«, fragte Sophie und stellte ihr Glas behutsam auf den Salontisch aus Altholz.

»Du kennst ja unsere Rektorin«, antwortete Philipp. »Zuerst fegte sie durch ihr Büro wie eine Walküre und stauchte mich zusammen. Nach einer Weile beruhigte sie sich ein wenig und widmete sich dem eigentlichen Verursacher ihres Ärgers. Hegel sei ein Trottel und eine Schande für die Universität. Er könne von ihr aus sofort in den Ruhestand gehen. Außer diesem Schundroman, damit meinte sie seinen Krimi, habe er sowieso seit Jahren nichts mehr publiziert. Dann sagte sie noch etwas nicht Zitierfähiges über alte weiße Männer und setzte mich sozusagen vor die Tür. Um Rahel schien sie jedoch überhaupt nicht besorgt zu sein, kein einziges Wort über sie.«

»Wie sagt man doch so schön: Don't kill the messenger ...«, kommentierte Sophie gereizt. Sie konnte es nicht ausstehen, wenn jemand ihren Mann oder ihre Kinder respektlos behandelte.

»Fries kann schon differenzieren«, beruhigte Philipp. »Ich habe ihr erklärt, dass ich ihr die Nachricht nur überbringe, da Hegel sich mit seiner Frau aussprechen musste. Zudem sei ich genauso von der Sache überrascht worden wie sie.«

Sophie strich ihre langen schwarzen Haare nach vorn, sie legten sich wie ein Vorhang aus Samt über ihre Schultern. »Das hätte ich Hegel nie zugetraut. Hegel ein Schwerenöter?« Sie schüttelte ungläubig den Kopf.

»Stille Wasser sind eben tief«, sagte Philipp müde und streckte seine Beine auf dem niedrigen Tisch vor sich aus.

Sophie lächelte. »Du bist ein miserabler Philosoph. Stille Wasser sind nicht tief, sie haben nur keine Kohlensäure«, scherzte sie, um gleich wieder ernst zu werden. »Dein Argument mag zwar stimmen, aber als Frau spürt man einfach, ob ein Mann offen für das andere Geschlecht ist oder nicht. Ich habe Hegel einige Male getroffen, und er hat auf mich nie den Eindruck eines Casanovas gemacht. Wenn er sich für jemanden interessiert, dann für sich selbst.«

»In diesem Fall kann ich mich ja glücklich schätzen, dass er dir nie den Hof gemacht hat«, neckte Philipp sie.

Sophie nahm ihr Weinglas wieder zur Hand und ihre Wimpern klimperten wie die Eiswürfel, nur lautlos. »So habe ich das nicht gemeint. Frauen haben einfach ein Gefühl dafür. Tu nicht so, als ob du nicht bemerken würdest, wenn dich eine Frau länger anschaut als nötig. Rahel Studer ist hübsch und intelligent. Warum sollte sie sich einem alten Knacker an den Hals werfen?«

»Geld, Autorität, Prestige – wer weiß? Und Hegel hat sich für sein Alter gut gehalten. Er ist ein attraktiver Mann. Ich bin auch nicht mehr der Jüngste.«

»Aber du bist mein Ehemann«, unterbrach Sophie und schmiegte sich an Philipp. »Und mit den grauen Haaren an den Schläfen gefällst du mir sogar noch viel besser.«

Philipp küsste sie zärtlich auf die Stirn. Er konnte sich nach wie vor in ihren dunkelblauen Augen verlieren, und die kleine Zahnlücke zwischen ihren Schneidezähnen raubte ihm immer noch den Verstand. Die perfekte Imperfektion. Die Humboldts kuschelten einige Minuten schweigend miteinander.

Mittlerweile war das Wetter endgültig umgeschlagen, und schwere Regentropfen klopften an die gläsernen Verandatüren. Die drei riesigen Maine-Coon-Katzen der Familie schauten dem Schauspiel gebannt zu und versuchten die an der Scheibe herunterlaufenden Tropfen mit ihren Pfoten zu erwischen. Ihre buschigen Schwänze wedelten synchron hin und her. Der Kater gab als Erster auf und widmete seine Aufmerksamkeit seinen beiden Schwestern, die davon wenig begeistert waren und fauchend aus dem Salon flüchteten.

»Ich frage mich, wie es wohl unserem Sohnemann geht.

Der Vergleich mit dem Pappbecher hat mir zu denken gegeben«, unterbrach Philipp die Stille.

Sophie beruhigte ihn. »David wird das schon schaffen. Ich vertraue ihm. Das Sommercamp wird ihm guttun und ihn auf andere Gedanken bringen.«

Sie sollte recht behalten, doch anders als gedacht.

SQUID GAME

Zürich, 8. August

»Den Schlüssel!« Frau Hegel hatte sich im Türrahmen der herrschaftlichen Villa am Zürichberg aufgebaut und hielt die Hand ausgestreckt vor sich.
»Aber Agathe …«, flehte Martin Hegel, der im Garten stand.
Vergeblich.
»Nichts Agathe!«, fauchte die weibliche Hegel zurück und riss ihrem Ehemann den Schlüssel aus der Hand. »Das hättest du dir früher überlegen sollen. ›Ich muss heute länger arbeiten, Schatz.‹ ›Ich übernachte nach der Vorlesung in München, es wird zu spät, um heimzukommen.‹ – Am Arsch!« Sie knallte ihrem Mann die Tür vor der Nase zu.
Hegel hielt noch eine Weile inne und betrachtete die Fassade des prächtigen Hauses. Rechts und links von ihm standen zwei mit Wäsche vollgestopfte Taschen, wie Pudel, die auf den Befehl ihres Herrchens warteten. Hegel nahm sie auf und schlich davon.

Agathe Hegel beobachtete ihren Mann, bis er hinter der dichten Eibenhecke verschwunden war. Dann ging sie in die Küche und öffnete eine Flasche Dom Pérignon. Das erste Glas diente der Beruhigung ihrer Nerven, das zweite dem Genuss. Mit dem Glas in der Hand schlenderte sie in den Wohnbereich und ließ sich auf die Récamiere sinken.

»Alexa, Max anrufen«, rief sie der digitalen Assistentin auf dem Mahagonitisch zu. Ihr bald ehemaliger Ehemann war ein leidenschaftlicher Technikenthusiast, als Ausgleich zu den alten Schmökern, mit denen er den Großteil seiner Tage verbrachte.

»Von Löwenstein«, ertönte eine dünne Stimme im Raum.

Hegel überkreuzte die Beine, und die roten Sohlen ihrer eleganten Schuhe, die sie auch zu Hause bevorzugte, glänzten im Licht der Deckenbeleuchtung. »Du wirst es nicht glauben, Martin hat mich betrogen.«

Die Antwort ließ nicht lange auf sich warten. »Das ist ja fantastisch! Endlich können wir deine Eltern informieren. Wir haben viel zu lange gewartet.«

Hegel trat auf die Bremse. »Nicht so schnell, Mäxchen. Du kennst meinen Ehevertrag. Eine selbst verschuldete Scheidung kann sehr teuer werden. Wer sich zuerst bewegt, hat verloren …«

GESTÖRTE NACHTRUHE

Appenzellerland, 9. August

»Wach auf, David!«

Doch statt zu reagieren, drehte dieser sich im Tiefschlaf auf die andere Seite. Alexander ließ nicht locker und rüttelte seinen Freund kräftig an der Schulter. Mit Erfolg.

»Spinnst du? Es ist noch stockdunkel«, murmelte David und rieb sich die Augen. Er erkannte die verschwommene Silhouette seines Freundes. Die beiden teilten sich mit vier weiteren Jungs ein Zimmer mit drei Etagenbetten. David hatte sich direkt unter Alexander einquartiert.

Draußen tobte ein heftiges Gewitter, das sich nach der schwülen Hitze über dem Alpstein entlud. Die Baumwipfel der mächtigen Tannen wogten im stürmischen Regen hin und her wie riesige Scheibenwischer. Die Nacht war windig, garstig und schwarz.

»Hörst du das denn nicht?«, fragte Alexander ängstlich.

»Ich höre deine Stimme laut und deutlich, den Regen auch. Lass mich schlafen«, antwortete David und schloss die Augen wieder.

Doch Alexander gab nicht auf. »Vom Flur kommen gruselige Geräusche. Als ob jemand stirbt – oder schon lange tot ist.« Der Junge zitterte am ganzen Körper.

David tastete nach der Nachttischlampe und knipste sie an. Warmes Licht durchflutete den Schlafraum und die Außenwelt verschwand hinter der Fensterscheibe. Die restlichen vier Zimmergenossen saßen aufrecht in ihren Betten und warfen ängstliche Blicke zur Tür. Jetzt nahm es auch David wahr. Ein schlurfendes Geräusch näherte sich dem Zimmer, begleitet von einem schaurigen Wimmern. Plötzlich Stille. Nur das rhythmische Trommeln der Regentropfen war noch zu hören. Die Jungs blickten sich besorgt an. David sah auf die Anzeige seines Weckers. Es war kurz nach Mitternacht.

Dann, wie aus dem Nichts, kratzte es an der Tür und die Klinke bewegte sich langsam nach unten. David und Alexander schrien laut auf, während sich die anderen unter ihren Decken verkrochen. Die Geräusche entfernten sich und kurz darauf war lautes Kreischen aus dem benachbarten Mädchenzimmer zu hören.

Ste-pha-nie!

David löste sich aus der Schockstarre und rannte zur Tür. Da diese neueren Datums war, gab es kein Schlüsselloch, durch das er hätte spähen können. Daher blieb ihm nur eine Möglichkeit ... Vorsichtig legte er seine Hand auf die Türklinke.

»Tu das nicht, bist du verrückt?«, rief Alexander panisch.

Vergebens. David hatte die Tür bereits geöffnet. Als er in den Flur trat, stockte ihm der Atem. Vor ihm lag dichter Nebel, der ihm entgegenkroch. Er streckte seine Hand aus, die Luft fühlte sich eiskalt an. Plötzlich bemerkte er eine Bewegung, vielmehr spürte er sie. Ein Schatten, kaum erkennbar.

»Frau Neukomm, sind Sie das?«, flüsterte David.

Keine Antwort. David nahm allen Mut zusammen und machte einen Schritt nach vorne. In diesem Moment erhellte sich der Flur, das Licht schimmerte wie unter Wasser. David konnte nicht glauben, was er sah. Gebannt starrte er auf die grüne Gestalt, die einige Meter vor ihm im Nebel schwebte. Es war eindeutig kein Mensch, denn David konnte durch die Erscheinung hindurchsehen.

Was?! War?! Das?!

David wollte schreien, aber es kam kein Laut über seine Lippen. Die grüne Gestalt richtete ihre Augen auf ihn und näherte sich ihm. Es fühlte sich an, als würde sie ihm direkt in die Seele kriechen. Er erstarrte und hielt sich die Hände schützend vors Gesicht. Kälte durchdrang ihn bis ins Mark.

Es geschah ... nichts. Als David nach einer gefühlten Ewigkeit, die tatsächlich nur wenige Sekunden gedauert hatte, zwischen seinen Fingern in den Flur guckte, war die Erscheinung verschwunden. Der Nebel lichtete sich langsam. David wagte kaum zu atmen. Was zum Teufel war das? War er verrückt geworden, oder hatte er tatsächlich einen Geist gesehen?

Dann bemerkte er einen Kopf, der sich aus dem Mädchenzimmer in den Gang schob. Stephanie blickte ihn entgeistert an. Sie musste ihn auch gesehen haben – den Geist!

PUNKT 10 UHR

Zürich, 9. August

Als Philipp Armands Büro betrat, wehte ihm heiße Luft entgegen. Obwohl das moderne Gebäude wassergekühlt war, hatte Armand die Fenster weit geöffnet, und der kleine Ventilator auf dem Schreibtisch verteilte die schwüle Sommerluft im Raum. Das Gewitter war weitergezogen, geblieben war die Feuchtigkeit.

»Das ergibt jetzt echt keinen Sinn«, bemerkte Philipp zur Begrüßung. »Es fühlt sich an wie bei einer offenen Backofentür.« Er humpelte zum Fenster und schloss es.

»Könntest du wenigstens ein Fenster kippen? Ich mag es nicht, wenn alles geschlossen ist«, insistierte Armand, ohne seine kleine Klaustrophobie zu erwähnen.

Philipp tat, wie ihm geheißen, und setzte sich mit schmerzverzerrtem Gesicht an den Besprechungstisch. Es war kurz vor 10 Uhr und Hegel war noch nicht eingetroffen.

»Was ist denn mit dir passiert?«, erkundigte Armand.

»Hexenschuss ...«

»Gartenarbeit?«

»Nein, Katzenklo! Große Katzen, schwere Kisten.«

Armand lachte dröhnend. Die drei Maine-Coon-Fellnasen im Hause Humboldt waren wirklich riesig und anhänglich wie Hunde. Armand hatte überlegt, sich selbst welche anzuschaffen, aber seine Stadtwohnung war dafür nicht geeignet. Tiere brauchten Auslauf, sonst wurden sie im schlimmsten Fall aggressiv – wie er selbst.

In diesem Moment betrat Hegel das Büro, ohne Krawatte und Einstecktuch, dafür mit tiefen Augenringen. »Es freut mich, dass Sie sich so gut amüsieren«, sagte er vorwurfsvoll.

Armand war kein Mensch, der sich rechtfertigte. Er überging Hegels Bemerkung und fokussierte sich auf den eigentlichen Grund ihres Treffens. »Hat das mit den 100.000 Franken geklappt?«

Hegel nickte und griff sich instinktiv an die nicht vorhandene Krawatte. »Agathe war sofort einverstanden. Die Zürcher Investment Bank, wo Philipp früher gearbeitet hat, ist informiert und das Geld steht bereit. Rahel darf nicht für meinen Fehler büßen. Bleibt nur zu hoffen, dass der Verbrecher zu seinem Wort steht.«

Armand war überrascht. Während seiner Zeit als kirchlicher Würdenträger hatte er es oft mit untreuen Ehemännern zu tun gehabt, aber selten mit einer betrogenen Frau, die gefasst blieb.

»Und Ihre Frau hat das einfach so hingenommen?«, fragte er nach.

»Wir sind kultiviert, Herr Muzaton«, antwortete Hegel angesäuert. »Meine Frau hat eingewilligt, die Summe zu zahlen – unter der Bedingung, dass ich sofort ausziehe. Ich habe gestern Abend im Hotel Widder eingecheckt. Hoffentlich ist Ihr moralisches Weltbild wieder im Lot.«

Offensichtlich lagen Hegels Nerven blank. Die Luft knisterte förmlich vor Spannung.

Philipp schaltete sich ein. »Danke für die Information, Martin. Es ist kurz vor 10 Uhr. Der Erpresser, oder wer auch immer, wartet auf deine Antwort. Da Rahel bisher nicht aufgetaucht ist, müssen wir davon ausgehen, dass es ernst ist. Sehr ernst sogar!«

Hegel zog sein Smartphone aus dem Jackett. »Ich werde wie gefordert bestätigen, dass die 100.000 Franken bereitstehen.«

Der Germanistikprofessor gab einige Worte auf dem Bildschirm ein und wartete, bis die Zeitanzeige auf 10 Uhr umschaltete. Dann schickte er die Nachricht ins digitale Nirwana, auf der Suche nach Rahels Smartphone und dem unbekannten Empfänger. Plötzlich bekam er einen allergischen Anfall und nieste mehrmals kräftig in seine Armbeuge.

»War hier vor Kurzem ein Polizeihund im Büro?«, fragte er mit tränenden Augen.

Armand schüttelte den Kopf, und Philipp griff sich an den schmerzenden Rücken.

DAS STUTTGARTER HUTZELMÄNNLEIN

Zürich, 9. August

Priya Schweizer schlenderte durch das Gebäude der Germanistischen Fakultät, in dem sich auch Hegels Büro befand. Die Polizistin trug eine verwaschene Jeans, ein weißes T-Shirt, Turnschuhe und hatte einen kleinen Rucksack über die Schulter gehängt.

Zwei Studenten grüßten sie lässig im Vorbeigehen und drehten sich nach ihr um. Priya war es als Halbinderin gewohnt, aufzufallen. Ihr brauner Teint bildete einen auffälligen Kontrast zu ihrer hellen Kleidung, und ihre Figur, der man das viele Training ansah, war beneidenswert. Die Polizistin blickte sich ebenfalls um und blieb lächelnd stehen.

»Könnt ihr mir sagen, wo ich das Büro von Professor Hegel finde? Ich muss eine Seminararbeit besprechen.« Sie klopfte mit der Hand auf den Rucksack und zwinkerte den beiden zu.

Die jungen Männer strahlten über das ganze Gesicht. »Treppe rauf und dann rechts den Flur runter«, sagte der eine von ihnen.

»Sollen wir dich begleiten?«, fragte der andere hoffnungsvoll.

Priya schüttelte lachend den Kopf, wobei ihr dunkles Haar, das zu einem Pferdeschwanz gebunden war, munter mitwippte. »Schon gut, Jungs. Danke für das Angebot. Aber ich finde mich zurecht.« Sie winkte den enttäuschten Studenten freundlich zu und machte sich auf den Weg.

Priya fand Hegels Büro ohne unfreiwillige Umwege. Vor der Tür hielt sie einen Moment inne und konzentrierte sich auf ihre Aufgabe. Gestern hatte sie bereits unter dem Vorwand, Rahel von der Uni zu kennen, mit deren Mutter gesprochen. Aufgrund der Drohung im Erpressungsschreiben musste der eigentliche Grund geheim bleiben. Frau Studer hatte keinen Verdacht geschöpft und Priya die Mobilnummer ihrer Tochter gegeben. Sie solle sie herzlich grüßen. Die Polizistin hoffte inständig, dass sie dies bald würde tun können. Sie klopfte an die Tür und trat ein.

Im Raum saß ein Mann, kaum älter als sie. Anhand der Türbeschriftung musste es sich um Hegels Assistent Sandro Odermatt handeln. Er machte einen übernächtigten Eindruck. Sein Haar war zerzaust und die Kleidung zerknittert wie eine zerlesene Zeitung. Der Assistent war in sein Smartphone vertieft, sodass er die Besucherin nicht bemerkte. Er tippte auf dem Bildschirm herum, las das Geschriebene und schickte es ab. Dann hob er den Kopf und zuckte erschrocken zusammen, als er Priya sah.

»Herrgott noch mal, kannst du nicht anklopfen!«, schnauzte er sie an.

Priya hob entschuldigend die Hände. »Sorry, muss ich wohl vergessen haben«, log sie, ohne eine Miene zu verziehen. Sie wollte den Assistenten nicht unnötig verunsichern, was immer schlecht war, wenn man sich Informationen erhoffte.

Tatsächlich schlug Odermatt sofort einen sanfteren Ton an. »Schon gut. Ich war gerade beschäftigt und muss dein Klopfen wohl überhört haben. Wie kann ich dir helfen?«

»Ich habe einen Termin bei Rahel. Wir wollen das Konzept meiner Semesterarbeit besprechen.« Priya lächelte und zeigte ihre weißen Zähne.

»Damit bist du nicht allein. Rahel ist heute aber nicht ins Institut gekommen. Gestern auch nicht. Weiß der Geier, wo sie sich rumtreibt.«

»Das ist wirklich blöd«, sagte die Polizistin und sah Odermatt mit ihren Rehaugen an. »Ich studiere eigentlich in Bern und habe mich für das kommende Semester in Zürich eingeschrieben. Die Luftveränderung wird mir guttun.«

Die Worte weckten Odermatts Helferinstinkt. »Kann ich dir vielleicht weiterhelfen? Professor Hegel ist auch nicht da, und ich habe gerade etwas Zeit.«

Priya betrat nun dünnes Eis. Doch was hatte Armand sinngemäß gesagt? »Alle können über Wasser gehen – wenn es gefroren ist.« Man darf nur keine Fehler machen und einbrechen. Priya war vorbereitet, sie hatte sich über die Aufgabenbereiche von Studer informiert. »Ich habe mich bei Rahel für das Seminar über deutsche Literatur im 19. Jahrhundert eingeschrieben und plane meine Seminararbeit über ›Das Stuttgarter Hutzelmännlein‹ von Mörike zu schreiben.«

Odermatt seufzte mitleidig. »Oje, du Arme! Bei diesem Schmöker kann ich dir echt nicht weiterhelfen.«

Priya lachte. Sie war froh, dass sie Odermatts Interessen nicht getroffen hatte. In ihrem Rucksack befand sich lediglich eine Tageszeitung, kein Märchen von 1853. »Ich bin übrigens Priya«, stellte sie sich vor.

»Odermatt. Sandro Odermatt«, antwortete der Assistent und schmunzelte. »Das ist sonst wirklich nicht Rahels Art. Sie wird dich sicher kontaktieren, sobald sie wieder im Büro ist. Ich werde ihr ausrichten, dass du sie gesucht hast.«

Priya seufzte laut. »Danke. Wir haben den Termin am Montag am Telefon vereinbart, da klang sie sehr aufgeregt. Habt ihr zwei euch gestritten?«

Odermatt stutzte. »Nein, wir streiten nie. Rahel ist eine gute Freundin. Aber sie stand am Montag tatsächlich etwas neben den Schuhen. Keine Ahnung, was vorgefallen ist.«

»An Hegel kann es ja nicht liegen. Rahel lobt ihn in den höchsten Tönen«, bemerkte Priya und traf damit ins Schwarze.

»Rahel lobt Hegel?« Odermatt verzog verächtlich das Gesicht. »Da war wohl Ironie mit im Spiel. Hegel macht ja mittlerweile einen auf Krimiautor, während sein Renommee immer noch von den Romanen zehrt, die er vor einer Ewigkeit geschrieben hat. Die eigentliche Arbeit hier an der Uni überlässt er Rahel und mir. Ich kann mir beim besten Willen nicht vorstellen, dass Rahel so begeistert ist von ihm. Das hätte sie mir sicher erzählt.«

Zweifellos ist Odermatt in Studer verliebt, dachte Priya, und eifersüchtig dazu. Aber der Assistent schien ihr nicht der Typ Entführer oder Erpresser zu sein. Doch das wollte nichts heißen. Neulich hatte sie eine reizende Dame im Altersheim verhaftet, die ihrer Pflegerin ein Messer in den Bauch gerammt hatte wegen des nur lauwarmen Kaffees…

Sie blickte auf ihre Sportuhr. Es war kurz nach 10 Uhr. Sie verabschiedete sich von Odermatt, der ins Grübeln geraten war. Als sie die Tür hinter sich zuzog, war er bereits wieder mit seinem Smartphone beschäftigt.

Die digitale Welt kann süchtig machen …

Vor dem Seminargebäude wurde Priya von den Studenten erwartet, die sie zuvor im Flur getroffen hatte. Sie rauchten auffällig unauffällig und traten die Zigaretten aus, als sie die junge Frau sahen.

»Warst du erfolgreich?«, fragte der eine.

Priya schüttelte den Kopf. »Nein, weder Rahel noch Professor Hegel waren da. Dabei wäre es so dringend gewesen. Ich bin nur Gaststudentin für ein Semester und kenne kaum jemanden.«

Volltreffer.

»Du kennst doch uns«, nutzte der andere die Gelegenheit. »Wenn du möchtest, können wir dir gerne die Stadt zeigen.«

Priya setzte eine traurige Miene auf. »Ich weiß nicht, ob das meinem Freund gefallen würde. Ich wohne momentan bei ihm hier in Zürich.«

Die Körperspannung der Charmeure fiel in sich zusammen wie ein abgekühltes Soufflé, was Priya sofort zu einer Reaktion veranlasste, denn sie musste die beiden ein wenig an der Angel zappeln lassen. »Aber ich bin mir nicht sicher, ob das eine gute Idee war. Unsere Fernbeziehung hat super funktioniert, aber …«, schwindelte sie vielsagend.

Sofort wuchsen die Studenten wieder um einen Zentimeter.

»Ich überlege, ob ich meine Arbeit bei Rahel schreiben soll oder doch lieber bei Odermatt«, schob die Polizistin hinterher. »Was meint ihr?«

Die jungen Männer tauschten Blicke aus, was Priya nicht entging.

»Nun ja«, sagte der eine, »wenn du etwas lernen und hart arbeiten möchtest, dann empfehle ich dir Rahel Studer. Die ist top!«

»Andererseits«, fügte sein Kollege mit einem Grinsen hinzu, »wenn du lieber Zürich genießen willst und ein wenig Geld übrig hast, dann bist du bei Odermatt an der richtigen Stelle.«

Priya war überrascht. »Ihr meint, ich kann bei Odermatt meine Seminararbeit kaufen?«

»Zumindest ist niemand durchgefallen, der sich großzügig gezeigt hat. Aber das hast du nicht von uns!«

Priya pfiff leise durch die Zähne. »Danke, Jungs. Das war sehr nützlich. Ich muss jetzt leider los – man sieht sich.«

An der Tramhaltestelle Kantonsschule stieg sie in die Linie 9, die in Richtung Kreis 3 fuhr. Vielleicht gab es ja Nachbarn von Rahel, die genauso redselig waren wie die zwei netten Studenten.

DIE ANTWORT

Zürich, 9. August

Die Sekunden dehnten sich zäh wie Kaugummi. Die drei Männer tigerten durch den Raum und warteten auf eine Antwort. Philipp drückte immer wieder mit schmerzverzerrtem Gesicht seinen Rücken durch, Armand zog es zum Kippfenster, und Hegel starrte auf sein Smartphone.

»Ich habe eine Nachricht«, rief er endlich und begann laut vorzulesen: »*Sehr vernünftig, Herr Hegel. Die Geldübergabe findet diesen Samstag statt. Über Ort und Zeit werden Sie informiert. Zur Erinnerung: Keine Polizei!*«

Hegel war außer sich. »Dieser Bastard kann mich nicht herumkommandieren wie einen Schuljungen!« Sofort begann er eine Antwort zu tippen.

Philipp versuchte ihn zu beruhigen. »Martin, überstürz bloß nichts.«

»Ich bin die Ruhe selbst«, schrie Hegel und tippte weiter.

Armand machte einen Schritt auf Hegel zu. Sein rechter Arm war leicht angehoben, jederzeit bereit, dem Professor das Smartphone zu entreißen. Doch das erwies sich als unnötig.

»Bevor ich auf den Deal eingehe, fordere ich einen Beweis dafür, dass es Rahel gut geht«, sagte Hegel mit gesenktem Kopf.

Sinnvoll.

Armand ließ seinen Arm wieder sinken und nickte Philipp zu. Dennoch wollte der Polizeihauptmann auf Nummer sicher gehen. »Bitte lesen Sie uns Ihre Antwort vor, bevor Sie diese absenden. Wenn sie erst mal draußen ist, gibt es kein Zurück mehr.«

Hegel blickte Armand mit zusammengekniffenen Augen an. Er war es offensichtlich nicht gewohnt, Anweisungen entgegenzunehmen. »Man kann eine Nachricht sehr wohl noch löschen oder ändern. Sie müssen mir nichts über Technik erzählen, da kenne ich mich fast so gut aus wie in der Literatur. Das habe ich geschrieben: *Bevor ich weiter mit Ihnen kommuniziere, will ich einen Beweis, dass es Rahel gut geht. Ansonsten platzt unser Deal hier und jetzt!* Ich denke, das ist akzeptabel, oder? Die Nachricht muss sofort verschickt werden.«

Armand war einverstanden und Hegel drückte auf »Senden«.

Der unbekannte Empfänger schien mit dieser Reaktion gerechnet zu haben, denn kurze Zeit später erhielt Hegel den gewünschten Beweis. Der Professor sank bestürzt auf einen Stuhl und hielt Armand wortlos sein Smartphone hin. Der Hauptmann betrachtete das Foto auf dem Bildschirm.

»Mein Gott«, entfuhr es ihm.

Philipp trat an seine Seite und verstand die Reaktion seines Freundes. Auf dem Bildschirm war eine Frau zu sehen, geknebelt und gefesselt. Eine Zeitung lag auf ihrem Schoß. Das Licht war schummrig, Details nicht gut zu erkennen, doch es war eindeutig Rahel Studer.

»Von wann ist die Zeitung?«, fragte Philipp den Hauptmann.

Die Antwort kam von Hegel. »Das ist die aktuelle Ausgabe der Zürcher Zeitung. Ich habe sie heute Morgen auf meinem iPad überflogen, das Titelbild ist nicht zu verwechseln.«

Armand hörte Hegels Stimme nur gedämpft. Er konzentrierte sich auf das Foto. Die junge Frau hatte ihre Augen vor Angst weit aufgerissen und dieses Gefühl beschlich ihn nun ebenfalls.

DIE DREI Z.

Appenzellerland, 9. August

Patrizia Neukomm hatte die Kinder und das Personal des Sommerlagers in der Turnhalle versammelt. Die Kinder saßen auf blauen Matten und warteten gespannt, während sich die Erwachsenen hinter Neukomm aufgestellt hatten wie bei einer Ansprache des amerikanischen Präsidenten. Die Sonne schien durch die großen Fenster, dünne Wolkenstreifen kündigten einen föhnigen Sommertag an. Das heftige Gewitter war abgeklungen, doch der Schrecken war geblieben. Durch die offene Eingangstür waren die Schläge der nahe gelegenen Kirchturmglocke zu hören – elf an der Zahl.

Neukomm begann ihre Ansprache mit einem lauten Räuspern. »Jemand hat sich in der Nacht einen schlechten Scherz erlaubt und alle erschreckt. Wenn sich die Verantwortlichen jetzt melden, wird es keine Konsequenzen nach sich ziehen. Wir Erwachsene waren auch mal jung und haben den einen oder anderen Unsinn angestellt. Diese Aktion war überhaupt nicht witzig, und wir werden das nicht tolerieren.« Sie verschränkte die Arme und ließ ihren Blick über die Kinder schweifen.

Ein Mädchen hob die Hand. Neukomm gab ihr das Wort. »Ja, Karin?«

»Ich möchte mit meinen Eltern telefonieren. Darf ich bitte mein Telefon zurückhaben?«, fragte das Mädchen.

Neukomm war einverstanden. »Eigentlich wollen wir ja im Lager auf Smartphones verzichten, in diesem speziellen Fall mache ich eine Ausnahme.«

Sofort meldeten sich weitere Kinder mit der gleichen Bitte. Neukomm sah zu ihrem Bruder, der mit den Schultern zuckte. »Na gut. Ihr könnt eure Geräte bei Sascha abholen. Aber vor dem Mittagessen gebt ihr sie wieder ab. Und am Nachmittag unternehmen wir eine Radtour. Unser Geist von gestern kann sich dann immer noch bei mir melden«, fügte Neukomm mit ernster Miene hinzu. Damit beendete sie die Versammlung, und die Kinder strömten ins Freie. Die Tagesroutine vermittelte ihnen Sicherheit. Alles nahm wieder seinen gewohnten Lauf.

Schien es.

»Patrizia und Sascha wollen die Sache unter den Teppich kehren«, flüsterte David Stephanie und Alexander zu, als sie auf dem Vorplatz angekommen waren.

»Wieso glaubst du das?«, fragte Stephanie. »Sie haben uns ja zur Versammlung gerufen. Patrizia ist super.«

»Ich weiß, was ich letzte Nacht gesehen habe. Und du auch …«, antwortete David und blickte sich vorsichtig um.

»Ich habe Nebel und eine grüne Gestalt gesehen. Jetzt, im Tageslicht, bin ich sicher, dass es kein Geist war. So etwas gibt es nicht«, sagte Stephanie bestimmt.

Doch Alexander war nicht überzeugt. »Roduner hat uns von diesem Friedhof erzählt. Glaubt ihr, dass …?«

David unterbrach seinen Freund. »Hör mit diesen Schauermärchen auf, Alexander! Es gibt keine Geister, auch wenn ich mir gestern fast in die Hose gemacht hätte.

Da will uns jemand loswerden. Und dieser jemand ist ein Erwachsener. Die Kinder waren in ihren Betten.«

»Wer würde das tun, und vor allem, warum?«, gab Alexander zu bedenken.

David schüttelte den Kopf. »Keine Ahnung. Aber die Show war nicht von schlechten Eltern: der Rauch, das Stöhnen und der grüne Schatten. Wir drei werden dieses Rätsel zusammen lösen.«

Philipps Befürchtung, dass sein Sohn nach ihm kommen könnte, bewahrheitete sich einmal mehr.

»Du meinst, wie ›Die drei Fragezeichen‹?«, fragte Alexander.

»Es gibt auch ›Die drei Ausrufezeichen‹«, ergänzte Stephanie selbstbewusst. »Die Zeiten, in denen nur Jungs Rätsel gelöst haben, sind längst vorbei. Willkommen im 21. Jahrhundert.«

»Weder drei Fragezeichen noch drei Ausrufezeichen: Wir sind ›Die drei Züzis!‹«, verkündete David stolz und streckte seine rechte Hand aus. Ohne groß zu überlegen, legten Stephanie und Alexander ihre Hände darauf.

Als die Gründungszeremonie der Detektei »Die drei Züzis« abgeschlossen war, kratzte sich Alexander am Kinn. »Was steht als Nächstes auf dem Programm?«

»Das Mittagessen. Wir kauen mit geschlossenem Mund und offenen Augen und Ohren«, antwortete Stephanie, ohne zu zögern.

»Guter Plan, Stephanie«, lobte David und fuhr geheimnisvoll fort: »Davor rufe ich aber erst noch jemanden an.«

»Will unser erster Detektiv mit seiner Mutti reden?«, neckte Alexander ihn.

David lächelte verschmitzt. »Nein. Ich hole mir Rat beim Leiter der Zürcher Kriminalpolizei!«

DAS FENSTER ZUM INNENHOF

Zürich, 9. August

Priya stieg an der Schmiede Wiedikon aus der Tram und lief die Zurlindenstrasse entlang bis zur Ecke Bremgartnerstrasse. An der Vorderseite des Eckgebäudes befand sich der Coiffeursalon »Team im 3«. Priya erinnerte sich an einen Bericht in einer Zürcher Zeitung über dieses Geschäft. Der Salon bot demnach nicht nur erstklassigen Service, sondern bildete auch Jugendliche mit Förderbedarf aus und coachte Auszubildende anderer Firmen. Der Artikel war Priya im Gedächtnis geblieben, weil es ihrer Ansicht nach viel zu wenige Unternehmen gab, die sich um Jugendliche kümmerten, denen nicht alles in den Schoß fiel. Sie beschloss, ihren nächsten Coiffeurtermin hier zu buchen. Aber heute war Polizeiarbeit gefragt.

Der Eingang zu Studers Wohnung lag auf der hinteren Seite des Gebäudes und war über einen Innenhof zu erreichen. Die Tür zum Treppenhaus war verschlossen.

Vernünftig.

Priya drückte den Klingelknopf neben dem Namen »R. Studer« und wartete. Kein Surren, kein Klicken, keine Stimme über die Gegensprechanlage. Für einen Moment hatte die Polizistin die irrationale Hoffnung, dass Rahel sich melden würde. Doch wie der Wunsch die Mutter des Gedankens, so ist die Enttäuschung der böse Bruder

der Realität. Nachdem sie eine Minute vergeblich gewartet hatte, trat sie einige Schritte zurück in den Hof und blickte nach oben. Rahels Wohnung musste entsprechend der Logik der Klingelknöpfe im ersten Stock liegen. Doch es rührte sich nichts.

Im Gegensatz zu unten links, wo eine ältere Frau ihren Kopf aus dem Fenster schob und sich mit den Unterarmen auf die Fensterbank lehnte. Misstrauisch musterte sie Priya.

»Heute geht es hier ja zu und her wie in einem Taubenschlag«, sagte sie mit rauchiger Stimme. »Wollen Sie etwa auch zu Frau Studer? Sie wären bereits die Dritte! Ich fürchte, ich muss Sie enttäuschen. Das Vögelchen ist ausgeflogen. Studer hat gestern ihre Wohnung verlassen und ist seither nicht mehr zurückgekommen«, fügte sie hinzu, gefolgt von einem Hustenanfall.

Priya wechselte von der Studentin zur Polizistin und zog ihren Dienstausweis aus der Gesäßtasche. »Mein Name ist Schweizer, ich bin von der Zürcher Kriminalpolizei. Es wurde ein versuchter Einbruch in Frau Studers Wohnung gemeldet.« Sie befolgte Armands Anweisung und verschwieg die mögliche Entführung. »Zum Glück scheint ja nichts passiert zu sein.«

»Das hätte ich mitbekommen, das Gebäude ist ringhörig. Und seit Frau Studer gegangen ist, war bestimmt niemand in der Wohnung über mir«, sagte die auskunftswillige Frau.

»Wer hat sich denn heute schon nach Ihrer Nachbarin erkundigt?«, fragte Priya.

»Das ging in aller Herrgottsfrühe los. Um 6:04 Uhr schlich eine Dame vor dem Eingang herum und machte sich an Studers Briefkasten zu schaffen. Mit schicken Schuhen stöckelte sie herum. Ich bin gleich raus mit meinem Müllbeutel in der Hand, denn den muss ich ja eh mal rausbringen – zusammengezuckt ist die noble Dame, als sie mich bemerkt hat«, berichtete die offenkundig gut informierte Bewohnerin.

»Können Sie mir die Frau, ich meine, die Dame etwas genauer beschreiben?«

»Muss eine Zürichberg-Tussi gewesen sein. Sprach geschliffenes Hochdeutsch, das nach teurem Internat klang, sie sah aus wie eine 45-Jährige, die viel arbeitet, oder wie eine 60-Jährige, die nie gearbeitet hat«, erklärte sie augenzwinkernd.

Priya schmunzelte. Ihrer Gesprächspartnerin entging zweifellos nichts, was im Hof und Haus geschah.

Perfekt.

Ihrer Intuition folgend, zückte Priya ihr Smartphone und gab den Namen »Agathe Hegel« in die Suchmaschine ein. Dann trat sie mit einem kurzen »Entschuldigung« in den kleinen Vorgarten unter dem Fenster und hielt den Bildschirm nach oben. »Könnte es diese Frau gewesen sein?«

»Ja, das war das Bütschgi«, antwortete die gute Beobachterin mit einem nicht gerade schmeichelhaften Zürcher Ausdruck. Frau Hegel war ihr definitiv nicht sympathisch.

Priya nickte zufrieden. »Hat sie Ihnen gesagt, was sie von Frau Studer wollte?«

»Nein, sie meinte nur, dass sie ihre alte Freundin Rahel besuchen wolle, aber die hat gelogen wie gedruckt! Besuchen um 6:04 Uhr ... Anschließend ist sie davongewackelt, ohne auf Wiedersehen zu sagen. Ich bin übrigens Berta.« Sie beugte sich gefährlich weit aus dem Fenster und hielt Priya die Hand hin.

»Sie haben eine weitere Person erwähnt, die Rahel gesucht hat.« Priya nutzte die Redseligkeit von Rahel Studers Nachbarin.

Berta strahlte, sichtlich erfreut über das Interesse an ihren Beobachtungen. »Der zweite Besuch war noch kurioser. Ein gut aussehender Kerl mit gefärbten Haaren, der lieber mal das ›Team im 3‹ aufsuchen sollte. Der Typ kam um 9:17 Uhr hier angeschlichen, mit einem Strauß roter Rosen. Rote Rosen! Kannst du dir das vorstellen, meine Kleine?« Berta war nun richtig in Fahrt und nicht mehr zu bremsen. »Ich bin gleich runtergegangen, man muss ja zwischendurch den Briefkasten leeren, und sehe also, wie dieser Schwachkopf versuchte, die Rosen in Rahels Briefkasten zu stecken. ›Mein lieber Herr‹, habe ich gesagt, ›sehen Sie denn nicht, dass die Rosen viel zu lang sind für diesen winzigen Briefkasten?‹ Ich habe die Hausverwaltung schon oft darauf aufmerksam gemacht, dass mein Briefkasten – vielmehr ›Kästchen‹– viel zu klein ist, vor allem wenn man zwischendurch eine Bestellung kommen lässt, du weißt schon, von Amazon, Galaxus oder Digitec, sogar von Coop kann man sich mittlerweile die Einkäufe nach Hause liefern lassen, wobei ich nur haltbare Dinge bestelle, Früchte und Gemüse kaufe ich lieber frisch und kontrolliere, dass nichts faul ist, man kann heutzutage ja niemandem mehr vertrauen, erst recht nicht diesen Großverteilern, denen geht es doch nur um den Profit, und wenn wir gerade von Profit reden, ich hatte den Eindruck, dass ich den gut aussehenden Kerl schon einmal gesehen hatte, vielleicht im Fernsehen, ich schaue gerne Krimis und Thriller, dann kann ich gut einschlafen, das gibt mir so ein wohlig-schauriges Gefühl und das Bett fühlt sich richtig kuschelig und sicher an, also fragte ich ihn, ob er berühmt sei, worauf er wie ein Maikäfer gestrahlt hat ...« Berta ging mitten im Satz die Luft aus und ein Hustenanfall schüttelte sie kräftig durch. Ihr Oberkörper bebte heftig, und Priya befürchtete, dass sie aus dem Fenster kippen würde.

Aber Berta fing sich wieder und setzte ihre farbenfrohe Schilderung fort: »Also, dieser Mann war niemand anderes als der Kommissar vom Sonntagskrimi. Er hat mir sogar ein Autogramm gegeben. Ende des Jahres kann man ihn wieder sehen. In diesem Film geht es um einen ...«, strömte es weiter aus Berta heraus.

»Hatten Sie den Mann schon zuvor einmal hier gesehen?«, unterbrach Priya ihren Redeschwall. Armand hatte ihr bereits von Wellnitz und dem Inhalt des Films erzählt. »Oder gibt es vielleicht noch andere Leute, die Rahel regelmäßig besuchen?«

Berta legte den Kopf schief und sah Priya beleidigt von oben herab an. »Meinst du etwa, ich hätte den ganzen Tag nichts Besseres zu tun, als in den Hinterhof zu starren?«

Grußlos schloss sie das Fenster und ließ die Polizeibeamtin verdutzt, aber zufrieden zurück.

DER RATSCHLAG

Zürich, 9. August

»Danke für die Informationen. Sie wissen, was zu tun ist: diskret aus dem Hintergrund ermitteln, keine Wohnungsdurchsuchung, keine Medien. Sonst sind am Schluss wir schuld, falls die Dinge aus dem Ruder laufen, sofern an der ganzen Sache überhaupt etwas dran ist. Sehr nebulös, diese Angelegenheit«, sagte Guggisberg, seines Zeichens Leiter der Zürcher Kantonspolizei, unter Armand. Das »unter« hatte sich Guggisberg selber zuzuschreiben. In dem nervenaufreibenden und von den Medien eng begleiteten Fall um den ominösen »Maskenmann«, der die Zürcher Verbrecherwelt in Angst und Schrecken versetzt hatte, war dem Kommandanten der Fehler unterlaufen, auf das falsche Pferd zu setzen. Der damalige Regierungsrat Braunschweiler, der gegen Armand intrigiert hatte, hatte sich als lahmer Gaul erwiesen und war abgewählt worden. Seither war Guggisberg angezählt und hatte nur im Amt bleiben können, weil Armand sich für ihn eingesetzt hatte. Nicht ganz uneigennützig: Der Hauptmann hatte befürchtet, dass er als Nachfolger von Guggisberg berufen werden könnte, was zweifellos noch mehr Administration und Politik bedeutet hätte. Das unausgesprochene Arrangement lautete seither: Der Kommandant befasste sich mit der Administration, der

Politik und allen anderen Abteilungen, während Armand selbstständig und mit direktem Draht zur Staatsanwaltschaft die Kriminalpolizei leitete. Das funktionierte für beide, aber eine Freundschaft würde es zwischen ihnen nicht mehr werden, zu viel Glas war zerschlagen worden. Die formelle Berichterstattung bei seinem Vorgesetzten gehörte aber zum Geschäft.

Als Armand in sein Büro zurückkam, klingelte der Festnetzapparat. Der Beamte von der Zentrale meinte, es sei dringend, also ließ Armand den Anruf durchstellen. Er begrüßte die unbekannte Person, musste dann aber zweimal nachfragen, mit wem er da sprach, denn mit einem Anruf seines Patensohnes David hatte er wirklich nicht gerechnet. Da seine Nerven bereits arg strapaziert waren, rechnete er unwillkürlich mit dem Schlimmsten.

»Ist etwas passiert im Lager? Geht es dir gut, David?«, fragte er besorgt.

Doch David war bei bester Laune. »Nein, Armand. Alles in Ordnung. Ich brauche nur deinen Rat. Bei uns treibt ein Verbrecher sein Unwesen, deswegen dürfen wir ausnahmsweise telefonieren.«

Der Hauptmann atmete tief aus. Bitte nicht noch eine Baustelle, dachte er. »Ein Verbrecher? Wurde etwas gestohlen?«

David schilderte ihm die Ereignisse der vergangenen Nacht und beendete seine Erzählung mit der Mitteilung über die Gründung der Detektei »Die drei Züzis«. »Es ist sogar ein Mädchen dabei. Sie heißt Stephanie und ist wirklich ... nett.«

Armand entspannte sich und seine Mundwinkel glitten nach oben. Er mochte den Lausebengel, auch wenn ihm bewusst war, dass David seinen Eltern das Leben nicht immer leicht machte. Als »Götti« hatte Armand das Privileg, ab und zu etwas mit dem Jungen zu unternehmen, sei es ein Kinobesuch, ein Ausflug in den Zoo, in den Zirkus oder einfach Eis à discrétion irgendwo in der Stadt. Aber danach brachte er David nach Hause. Der Kelch der Diskussionen mit Lehrern oder anderen Eltern, wenn der Junge etwas angestellt hatte, ging an ihm vorüber. Wie hieß es doch so schön: Der Apfel fällt nicht weit vom Stamm, und Philipp war manchmal selbst keine einfache Person. Niemand wusste das besser als Armand, der die dunkelsten Seiten seines Freundes kannte. Er konzentrierte sich wieder auf das Telefongespräch. »Wie kann ich euch helfen? Soll ich einen Polizeihubschrauber mit bewaffneten Grenadieren organisieren?«

David lachte laut, er schien förmlich aufzublühen. »Wir sind im Appenzellerland, da darf die Zürcher Kantonspolizei nicht einfach ihre Einsatztruppe vorbeischicken. Außerdem neigen Geister dazu, ihren Schabernack nachts zu treiben, nicht am Tag.«

»Ich bin beeindruckt«, erwiderte Armand. »Da kennt sich ja jemand bestens aus mit der Polizeiarbeit.«

»Ich habe einen Freund, der vom Fach ist«, schmeichelte David zurück. »Du musst mir helfen. Meine Freunde und ich glauben natürlich nicht an Geister, obwohl ich bei Alexander nicht ganz sicher bin. Wenn das gestern Nacht jedoch kein Geist war, dann steckt ein Mensch hinter dem

Rauch, dem Lärm und der gruseligen grünen Figur. Wie würdest du da anfangen zu ermitteln?«

Armand überlegte eine Weile, bis David nachfragte, ob er noch da sei. »Geduld, Geduld«, meldete sich der Hauptmann zu Wort. »Bei der Verbrecherjagd muss man umsichtig vorgehen und alle Möglichkeiten in Betracht ziehen. Hast du Feuer bemerkt?«

David verneinte.

»Hat der Gang nach Rauch gerochen?«

»Nein, nach gar nichts. Es wurde mir sogar kalt ...«

»In diesem Fall könnte es sich um Trockeneis gehandelt haben, das mit einem Ventilator verteilt wurde«, erklärte Armand und blinzelte in die warme Zugluft seines eigenen Lüfters. »Das Zeug ist geruchlos und ungefährlich. Die grüne Gestalt ist etwas komplizierter. Vielleicht hat jemand Drähte gespannt und eine Puppe damit durch den Gang gezogen?«

»Ist mir nicht aufgefallen, aber wir werden das überprüfen«, antwortete David. »Danke für deine Tipps. Ich muss los, gleich gibt es Mittagessen.«

»Na, dann einen guten Appetit!«, wünschte Armand, doch David hatte bereits aufgelegt.

Er rieb sich nachdenklich über den kahlen Schädel. Geister im Appenzellerland – die männlichen Humboldts schienen Probleme geradezu magisch anzuziehen, sowohl der junge als auch der alte. Letzteren informierte Armand sofort über die seltsamen Vorfälle in der fernen Ostschweiz. Anschließend ging er, von Davids Bemerkung hungrig geworden, hinunter in die Kantine und bestellte sich eine Portion Spaghetti Frutti di

Mare. Seine Bemerkung »abundante« war überflüssig, denn nicht nur er selbst, sondern auch sein Appetit war legendär.

HEISSER TRANSFERMARKT

Zürich, 9. August

Nachdem ihn Armand über den seltsamen Telefonanruf von David informiert hatte, saß Philipp eine Weile regungslos an seinem Arbeitstisch in der Wirtschaftswissenschaftlichen Fakultät. Er lehnte sich zurück und hielt sich die Hände vor das Gesicht. Steckte am Ende David selbst hinter dem Streich oder war einfach die Fantasie mit ihm durchgegangen? Er überlegte kurz, ob er bei Patrizia Neukomm nachfragen sollte, entschied sich jedoch dagegen. »Vertraue David«, hatte Armand gesagt. »Er zieht die Probleme an wie sein Vater, kann sie aber auch selber bewältigen.«

»Dein Wort in Gottes Ohr«, murmelte Philipp. Er war keineswegs so zuversichtlich wie Armand, und auch wenn er sonst nicht abergläubisch war, begleitete ihn die irrationale Angst, dass er für seine Sünden mit Neurosen seines Sohnes bestraft werden könnte. Weiteres Ungemach kündigte sich durch das Klingeln seines Telefons an.

»Humboldt.«

»Das ist mir klar, wer soll es denn sonst sein?«, stichelte Fries am anderen Ende der Leitung. »In fünf Minuten bei mir im Büro!«

Die Leitung war tot, und Philipp knallte den Hörer auf. Er hasste es, herumkommandiert zu werden, und folgte der rüden Anweisung nur, weil sie möglicherweise mit

Rahel zu tun hatte. Also machte er sich unverzüglich auf den Weg zum Büro der Rektorin. Er sollte mit seiner Vermutung recht behalten.

Zumindest teilweise.

Fries' Büro wurde vom einzigen männlichen Sekretär an der Universität bewacht, Patrick Huber sein Name. Philipp konnte ihn nicht ausstehen, obwohl Huber ihm gegenüber immer äußerst zuvorkommend war. Das war aber nicht bei allen Besucherinnen und Besuchern der Fall, wie Philipp wusste, und deshalb mochte er ihn nicht. Huber behandelte die »wichtigen« Professoren, also die Juristen, Mediziner, Ökonomen und bei guter Laune sogar die Mathematiker, äußerst freundlich und professionell. Die Philosophen, Historiker und Germanisten dagegen ließ er aus Prinzip zehn Minuten warten, selbst wenn Fries Zeit hatte. Hegel hatte Philipp einmal geklagt, dass er aufgrund einer solchen absichtlichen Verzögerung von der Rektorin zusammengestaucht worden sei, weil er unpünktlich in ihrem Büro erschienen war. Philipp verstand nicht, warum Huber bei Fries damit durchkam. Vielleicht steckte sie ja selber hinter diesen Schikanen.

Gut möglich.

Als der Sekretär Philipp erblickte, tat er so beschäftigt wie jemand, der nichts zu tun hatte. Er grüßte Philipp freundlich und meldete ihn, nachdem er einige Papiere vor sich von links nach rechts geschoben hatte, mit gedämpfter Stimme über die Gegensprechanlage bei seiner Chefin an. Er stand sogar auf, öffnete die Tür zum Machtzentrum der Universität und schloss sie leise hinter dem Gast.

Fries wirkte etwas verloren hinter ihrem riesigen Arbeitstisch. Auch als sie aufstand und Philipp einen Platz in der bequemen Sitzgruppe anbot, gewann sie kaum an Höhe. Dennoch füllte sie den Raum mit ihrer Präsenz aus.

Karnivoren müssen nicht groß sein.

Fries lächelte gefährlich freundlich und setzte sich ebenfalls. Philipp fiel auf, dass sie die Wände neu dekoriert hatte. Die Bilder zeigten die Rektorin mit dem für die Forschung zuständigen Bundesrat, in Oslo im Galakleid bei der Verleihung eines Nobelpreises, locker in einer Gruppe junger Menschen, auf einem Motorrad, mit der Zürcher Stadtpräsidentin und – ganz im Trend – vor der Universität mit einer Regenbogenfahne um die Schultern.

»Ich möchte nur sicherstellen, dass wir uns verstehen«, begann Fries das Gespräch.

»Wir verstehen uns doch immer«, antwortete Philipp, der keine Lust auf Spielchen hatte.

Fries offenbar genauso wenig. »Ich denke, es ist uns beiden klar, dass Sie Hauptmann Muzaton bei der Suche nach Rahel Studer helfen werden, um einen Skandal für die Universität zu vermeiden.«

Philipp lehnte sich nach vorne. »Frau Fries, ich habe Ihnen mehrfach gesagt, dass ich weder Indiana Jones noch Hercule Poirot bin. Ich bin Professor, und die Angelegenheit befindet sich bei der Zürcher Kriminalpolizei in den bestmöglichen Händen. Ich kann und will da nicht reinpfuschen!«

Fries blieb hart. »Sie haben das alles ins Rollen gebracht. Wer wollte denn unbedingt, dass der Sonntagskrimi an meiner Universität gedreht wird? Studer hing die ganze

Zeit mit dem Filmteam herum, und jetzt ist sie verschwunden. Da muss man nur eins und eins zusammenzählen.«

»Es ist überhaupt nicht bewiesen, dass es da irgendeinen Zusammenhang gibt. Sie haben mich bereits beim Fall der Privatbank von Werdenberg und bei den Morden in der Zürcher Investment Bank ausgeliehen wie einen Fußballspieler auf dem Transfermarkt. Die Universität hat dafür hohe Legate erhalten. Dutzende von Millionen!«

Ein sardonisches Grinsen zeichnete sich auf Fries' Gesicht ab. »Das weiß ich durchaus zu schätzen, mein lieber Humboldt. Aber haben Sie nicht selbst gesagt, dass Ihre Bonuspunkte für die Bewilligung des Drehs aufgebraucht wurden? Also kommen Sie mir nicht mit diesen alten Geschichten.«

Philipp ärgerte sich über seine Aussage. Er hätte wissen müssen, dass sie ihn einholen würde wie ein Bumerang. »Was erwarten Sie von mir? Soll ich mit der Straßenbahn durch Zürich fahren und nach Rahel suchen?«

»Werden Sie nicht albern, Humboldt! Natürlich nicht. Einfach ein bisschen umhören, als Verbindungsglied zwischen Hegel, Muzaton und mir agieren, Informationen austauschen. Ich will Hegel, den alten Bock, nicht mehr sehen. Sie hingegen haben ein Händchen für solche Typen. Als ehemaliger CEO einer großen Bank haben Sie gelernt, mit heiklen Situationen umzugehen. Und Sie haben bewiesen, dass Sie Verbrechen aufklären können. Sie sind mein Mann.«

Die Vorstellung ließ Philipp erschaudern.

»Im übertragenen Sinn natürlich ...«, fügte Fries hinzu. »Und danach werde ich Sie in Ruhe lassen. Versprochen!«

»Und Sie werden mich nie mehr irgendwohin transferieren?«, fragte Philipp skeptisch.

»Ehrenwort.« Fries nippte mit unschuldiger Miene an ihrem Wasserglas.

»Ich werde mich in Zukunft voll und ganz auf meine Arbeit in der Fakultät konzentrieren können?«

»Genau, und nichts anderes.«

»Sie erwarten von mir keine eigenen Ermittlungen im Fall Rahel Studer?«

»Natürlich nicht.«

Philipp dachte nach. Ihm fiel das Wasserglas ins Auge, das Fries in der Hand hielt. An dessen Rand zeichneten sich Rückstände von Lippenstift ab. Die Rektorin folgte Philipps Blick. Sie stellte das Glas sofort auf den Tisch und schob es aus dem Sichtfeld hinter einen Stapel Bücher.

»Also Deal?«, fragte sie.

Philipp erhob sich. »Nun gut, ich werde meine Zeit Herrn Muzaton zur Verfügung stellen, sofern er das wünscht, und Sie auf dem Laufenden halten.«

»Hervorragend!«

»Ich muss Sie warnen, liebe Frau Rektorin. Die Wahrheit kann unangenehm sein.«

WIDRIGE UMSTÄNDE

Zürich, 9. August

Hegel saß kurz vor Mitternacht in der Widder Bar. Er hatte im gleichnamigen Hotel eine schmucke Zweizimmersuite bezogen, mit Blick auf die Widdergasse. Schlafzimmer, Wohnraum mit edlem Schreibtisch und klassischem britisch-grünem Ledersofa sowie ein separates Badezimmer und Toilette. Das Hotel befand sich in einem Ensemble von mehreren über 700 Jahre alten, denkmalgeschützten Gebäuden. Jedes Zimmer war ein Unikat mit historischen Elementen aus der Gotik, der Renaissance oder dem Frühbarock. Diese Eleganz und Geschichte hatten natürlich ihren Preis. Hegel hatte beschlossen, sich etwas zu gönnen – besonders da die hinterlegte Kreditkarte auf das gemeinsam mit Agathe geführte Konto lief. Es schien ihm angemessen, diese zu nutzen, solange er konnte.

Vor ihm stand ein Whisky Sour, bereits der vierte. Die mit dunklem Holz verkleidete Bar führte rund 250 Whiskysorten und war ein Treffpunkt für die betuchte Zürcher Szene. Hegel spürte, wie der Alkohol begann, auf seine Synapsen zu wirken. Früher hatte er in diesem Zustand oft versucht zu schreiben. Die Worte kamen wie von selbst, und er musste sie lediglich wie ein virtuoser Klavierspieler über die Tastatur seines Computers auf das digitale Papier bringen. Die klügsten Ideen, trefflichsten Zusammenhänge und Formulierungen ›für die er zweifellos früher oder später – hoffentlich eher früher als später – den Literaturnobelpreis verliehen bekommen würde‹ entstanden im Rausch und lösten ebensolche Gefühle aus. Endorphine schossen durch seinen Körper, und er war in diesen Momenten im Einklang mit sich, der Literatur, ja der ganzen Welt. Er erinnerte sich an die Euphorie, die er empfand, im festen Glauben, Großartiges zu schaffen. Doch am nächsten Morgen war nichts als ein Kater übrig, groß wie ein ausgewachsener Ochse, und die nüchterne ernüchternde Erkenntnis, dass das am Vorabend Geschriebene jeglicher Sinnhaftigkeit entbehrte. Nur eines wusste er mit Bestimmtheit: Seine Schreibblockade hatte mit Agathe und dem damit verbundenen familiären Druck begonnen und mit Rahel Studer geendet.

Hegel hob das Glas auf Agathe, der unwissenden Spenderin, und leerte es in einem Zug. Wenn er schon untergehen würde, dann wenigstens mit Stil. Er bestellte seinen fünften Whisky Sour.

»Danke, Agathe«, sagte Hegel laut, als ihm der Barkeeper den Drink servierte.

»Erwarten Sie jemanden?«, fragte der junge Mann. »Wir schließen bald.«

Hegel lachte bitter. »Nein, alle Frauen haben mich verlassen. Widrige Umstände haben mich hierherverschlagen.«

»Im Widder sind Sie immer richtig, egal unter welchen Umständen«, entgegnete der junge Mann schlagfertig.

»Gut gesprochen«, erwiderte Hegel und fügte ein Zitat von Goethe hinzu. »Lasst mich meiner Qual! Und kann ich nur einmal recht einsam sein, dann bin ich nicht allein.« Damit beendete er die Konversation, drehte sich zum Fenster und versank in Trübsal. Es stand außer Zweifel, dass seine Ehe ruiniert war, endgültig und irreparabel. Er war zum Klempner des eigenen Lebens geworden, das irgendwie zusammengehalten werden musste. Leider war er ein grottenschlechter Handwerker.

Seine Gedanken schweiften zu Sandro Odermatt. War es ein Fehler gewesen, den Assistenten über die Entführung zu informieren? Die Entscheidung dafür war spontan gefallen, als Hegel früher als üblich das Büro verlassen hatte. An Arbeit war nicht zu denken gewesen. Odermatt war zwar nicht das hellste Licht unter der Sonne, aber er hatte zweifellos mitbekommen, dass etwas nicht stimmte. Seine Reaktion war überraschend gefasst ausgefallen. Keine Hand vor den Mund, kein ungläubiges »Das darf doch nicht wahr sein«, nicht einmal eine Nachfrage, ob man schon eine Spur von Rahel oder Hinweise auf den Täter habe. Hegel hatte darauf hingewiesen, dass Muzaton noch jeden Fall gelöst habe und er mit Sicherheit unter jedem Stein nachsehen würde, bis alle Fakten auf dem Tisch lägen. Dies schien seinen Assistenten mehr beunruhigt zu haben als das Verschwinden von Rahel Studer. Nun gut. Jeder reagiert anders auf Hiobsbotschaften.

Punkt Mitternacht summte Hegels Smartphone auf der Theke. Sofort entsperrte er den Bildschirm. Er wusste genau, von wem die Nachricht stammte.

Am Samstag um 13 Uhr am Bellevue mit den 100.000 Franken in einer Sporttasche. Hunderterscheine, in Plastik verpackt. Nehmen Sie Ihre Schlüssel mit, viel-

leicht benötigen Sie später noch Ihren Wagen, oder wir treffen uns in Ihrem Büro. Weitere Anweisungen vor Ort. Rahel geht es gut. Zumindest im Moment noch. Keine Polizei, keine Spielchen. IHRE Verantwortung!

Hegel leitete die Nachricht an Philipp und Armand weiter, mit denen er einen Chat eingerichtet hatte. Danach ließ er die Rechnung ohne Trinkgeld auf sein Zimmer schreiben, richtete sich die Krawatte und erhob sich schwankend.

»Ich bin zwar dicht, aber Goethe war Dichter«, murmelte er zum Abschied.

Der Barkeeper blickte dem eigenartigen Gast hinterher. Was für ein widriger Zeitgenosse ...

IN DIE OFFENSIVE

Appenzellerland, 10. August

»Die drei Züzis« ließen sich bei der Wanderung zum Sämtisersee früh zurückfallen. Sascha und Patrizia Neukomm führten die Gruppe an, und Bauer Roduner trottete mit einem Lendaueli zwischen den Zähnen weit abgeschlagen hinterher. Der normalerweise kleine Bach im Brüeltobel rauschte aufgrund der Regenfälle der vergangenen Tage laut wie ein veritabler Fluss. Der Weg stieg steil an und führte danach über das Berggasthaus Plattenbödeli hinab zum See. Für den Nachmittag stand Grillen auf dem offenen Feuer und für die Wagemutigen ein Bad im kalten See auf dem Programm.

»Ist es noch weit?«, keuchte Alexander wie eine Dampflokomotive.

»Wir sind gleich da«, log David, um seinen Freund zu motivieren. »Dann kannst du dich im See abkühlen.«

»Nie im Leben springe ich da rein«, stieß Alexander hervor und zeigte David seinen Daumen und Zeigefinger mit einem Abstand von einem Zentimeter. »So kalt ist das Wasser.« Die beiden kicherten. Stephanie schüttelte den Kopf.

Jungs!

»Hört auf mit dem Blödsinn. Wir haben Wichtiges zu besprechen.« Sie schaute sich vorsichtig um. Roduner war mindestens 50 Meter hinter ihnen. »Gestern haben wir im Untergeschoss des Hauptgebäudes einen Ventilator gefunden. Der Polizeihauptmann könnte mit seiner Vermutung richtigliegen.«

»Sein Name ist Armand, und er liegt immer richtig«, präzisierte David postwendend.

»Also gut«, fuhr Stephanie unbeirrt fort. »Wir haben den Ventilator entdeckt, mit dem der vom Trockeneis fabrizierte Rauch verteilt wurde. Drei Fragen müssen wir beantworten. Erstens: Was war die grüne Gestalt? Zweitens: Wer hat uns den Streich gespielt? Und drittens: Warum?«

»Erinnert ihr euch an unseren ersten Abend im Lager?«, fragte David. »Patrizia hat uns im Gemeinschaftsraum das Programm erklärt und mit einem komischen Gerät Bilder auf die Leinwand geworfen.«

»Das war ein Beamer, kein komisches Gerät«, stellte Alexander klar und blieb stehen. Er beugte den Oberkörper nach vorne und stützte sich mit den Händen auf den Schenkeln ab. Seine Freunde stoppten ebenfalls.

»Mit dem Beamer muss es gemacht worden sein!«, rief Stephanie und klopfte Alexander anerkennend auf die Schulter.

»War das nicht mein Gedanke?«, meldete sich David zu Wort. Zum ersten Mal spürte er das unangenehme Gefühl von Eifersucht und verzog das Gesicht.

Stephanie quittierte die Bemerkung mit einem Stups gegen seine Schulter. Die Welt war wieder in Ordnung.

»Jemand hat also mit Trockeneis für Rauch gesorgt, dieses mit dem Ventilator in den Gang geblasen und mit dem Projektor – und natürlich einem Computer – den grünen Geist erscheinen lassen. Rauch und Geist schwebten dann durch die Luft. Genial!« Stephanie war offensichtlich beeindruckt, Angst hatte sie keine mehr. »Endlich sind wir unserem Gegner einen Schritt voraus und können in die Offensive gehen.«

»Es bleiben also zwei Fragen: wer und warum«, ergänzte David mit funkelnden Augen.

»Warum was?« Roduner war zu ihnen aufgeschlossen und klopfte seine Pfeife aus. Die traditionelle Appenzeller Ohrschuefle baumelte munter an seinem rechten Ohr. Sie stellte eine Kelle dar, welche die Bauern im Appenzellerland beim Käsen benutzten, um den Rahm abzuschöpfen.

»Warum muss der Weg so steil sein?«, reagierte Alexander blitzschnell.

»Warum, warum? Darum!«, brummte Roduner in seinen schwarzen Bart. »Eeding, jetzt aber los, sonst gibt es für uns weleweg keine Bratwürste mehr. Und die Ostschweizer Bratwürste, das könnt ihr mir glauben, sind die besten auf der ganzen Welt!«

AUS DER DEFENSIVE

Zürich, 10. August

Armand spielte nervös mit dem Druckknopf seines Kugelschreibers. Die Mine schnellte vor, um gleich wieder im Gehäuse zu verschwinden, wie ein Schildkrötenkopf im Zeitraffer. Oberstaatsanwältin Jeanette Emmenegger tippte mit ihren gepflegten Fingernägeln unbewusst im Takt auf die Tischplatte. Priya und Philipp vervollständigten das Quartett. Auf Armands Bitte nahm Philipp an der Lagebesprechung teil, obwohl Emmenegger normalerweise keine Zivilpersonen bei derartigen Zusammenkünften duldete. Philipp, so Armands Argument, sei als Verbindungsglied zu Hegel essenziell bei der Überwachung. Alle hatten den ausgedruckten Text des Entführers vor sich, denn Armand bevorzugte in heiklen Situationen analoge Methoden.

»Keine schlechte Idee, die Geldübergabe während der Street Parade vorzunehmen. Wer auch immer dahintersteckt, auf den Kopf gefallen ist er oder sie nicht«, unterbrach Emmenegger das angespannte Schweigen. Die Street Parade war eine der größten Partys der Welt und lockte jedes Jahr etwa eine Million Menschen an das Seebecken. Es war eine bunte Mischung aus Techno, Fasnacht und Voyeurismus.

»Ich werde dafür sorgen, dass er oder sie nicht ohne Beule an demselben davonkommt«, knurrte Armand und warf den Kugelschreiber auf den Tisch.

»Können wir denn nicht einfach Rahels Smartphone orten? Die Kommunikation mit Hegel läuft doch darüber. Selbst wenn es jetzt ausgeschaltet sein sollte, wird unser Entführer es früher oder später wieder aktivieren müssen.« Philipps Hoffnung wurde von Armand gedämpft.

»Vielleicht haben wir es mit mehreren Tätern zu tun, wir wissen es einfach nicht. Ich möchte mich jedenfalls nicht auf Hegels Gefühl verlassen, dass es sich um einen Einzeltäter handelt. Das Smartphone muss sich nicht bei der Person befinden, die das Geld an sich nimmt. Wenn wir diese verhaften und sie hat einen Komplizen, gefährden wir Rahel. Außerdem ist eine punktgenaue Ortung sowieso nicht möglich. Je nach Lage der Funkmasten – es braucht mehrere für eine genaue Peilung – kann man die Position nur auf einige hundert Meter bestimmen. Bei einem Event wie der Street Parade ist das ein hoffnungsloses Unterfangen. Wir werden es sicher versuchen, brauchen aber erst eine PIN-Verfügung, damit wir die Ortung rechtlich absichern können.«

»Können wir nicht in der Übergabetasche einen Peilsender verstecken?«, schlug Philipp vor.

Der Hauptmann schüttelte den Kopf. »Ein zu großes Risiko. Wenn das auffliegt, bringen wir Studer in Gefahr – noch mehr, als sie es ohnehin ist. Hegel wäre nie damit einverstanden, er ist schon ausgerastet, als ich ihm gesagt habe, dass wir die Situation vor Ort beobachten werden.«

»Irgendwie verständlich«, sagte Philipp.

»Gibt es denn keinerlei Spuren, denen wir nachgehen können?«, fragte Emmenegger in die Runde.

Priya fasste die wenigen Hinweise aus den bisherigen Ermittlungen zusammen. »Studer wurde am Montag zum letzten Mal gesehen, als sie aufgebracht ihr Büro verließ. Am nächsten Tag erhielt Hegel über ihr Smartphone die erste Nachricht des Entführers. Ihre Familie und ihre engsten Freundinnen, die ich unter einem Vorwand kontaktiert habe, wissen von nichts. Studers Arbeitskollege Sandro Odermatt scheint nicht ganz sauber zu sein und ist wohl bei der Vermissten abgeblitzt. Das Gleiche könnte auf Hermann Wellnitz zutreffen. Warum sollte er ihr sonst Blumen bringen?«

»Ich traue dem Kerl nicht über den Weg. Er ist Schauspieler ...«, bemerkte Armand.

Priya, der Armands Abneigung gegenüber seinem cineastischen Doppelgänger bekannt war, fuhr kommentarlos fort: »Hegels Frau bringt das Geständnis der Affäre finanzielle Vorteile bei einer allfälligen Scheidung. Was sie von Studer wollte, können wir nur vermuten. Ihr vielleicht eine Standpauke halten? Für Hegel selbst ist die Situation äußerst ungünstig. Seine Zukunftsaussichten sind düster, was Karriere, Ehe und seine finanzielle Lage betrifft. Die Frage ist, ob der Entführer es wirklich auf das Geld abgesehen hat oder ob er vor allem Hegel schaden will.«

»Viele Fragen, wenige Antworten«, murmelte Emmenegger. »Rektorin Fries hat mich heute Morgen kontaktiert. Der Fall sei äußerst brisant und Hegel ... Nun ja, das lasse ich lieber weg. Sie hält aber große Stücke auf Sie, Herr Humboldt.«

Philipp hob die Schultern und ließ sie mit einem Seufzer wieder sinken. »Sie versteht viel von der Leitung einer Universität, aber wenig von Polizeiarbeit. Wenn ich irgendwie behilflich sein kann, bin ich das natürlich gerne.«

Armand nickte seinem Freund dankbar zu und stand auf. »Ich wäre froh, wenn du die Formalitäten zur Überwachung von Studers Smartphone erledigen könntest, Jeanette. Priya wird die Observierung von Hegel am Samstag koordinieren. Wir werden ein engmaschiges Netz aufbauen – Street Parade hin oder her. Philipp hätschelt bis dahin Hegel und die Rektorin. Wir müssen jetzt die Nerven behalten.«

»Und was machst du, Armand?«, fragte die Oberstaatsanwältin.

»Ich werde mir ein passendes Raver-Outfit besorgen. Möglichst auffällig, damit ich am Samstag in der Menge nicht auffalle.«

DER EINWECHSELSPIELER

Zürich, 10. August

Armand musste die Shoppingtour verschieben. Als er mit Philipp nach der Besprechung sein Büro betrat, saß dort Hermann Wellnitz, der es sich mit einem Blumenstrauß in der Hand auf einem Stuhl bequem gemacht hatte. Die langstieligen Rosen hatten schon bessere Tage gesehen, ihre Köpfe hingen durstig nach unten. Armand öffnete das Fenster und schaltete den Tischventilator ein, der Wellnitz frontal ins Gesicht blies.

»Wollen Sie sich bei mir für den miserablen Film entschuldigen?«, begrüßte der Hauptmann seinen Gast launisch und zeigte auf die welken Blumen.

Der Fernsehkommissar drehte sich aus dem Luftzug weg. »Die Rosen sind für Rahel. Oder sollte ich nicht vielmehr sagen, sie *waren* es? Rahel wurde entführt, und was macht die Polizei? Nichts! Da wäre sogar meine Filmcrew aktiver als Sie!«

Armand richtete sich zu seiner vollen Größe auf, und Wellnitz wich unbewusst im Stuhl zurück. »Jetzt werden Sie mal nicht anmaßend! Wovon sprechen Sie überhaupt?«

»Rahel wurde entführt und Hegel wird erpresst, davon spreche ich. Ich komme gerade von der Universität. Ich wollte Rahel einen freundschaftlichen Besuch abstatten, und was finde ich? Diesen Odermatt, ihren Kollegen.

Wie ein geschlagener Hund saß er im Büro und berichtete mir die ganze Geschichte, nachdem ich ihm versprechen musste, niemandem davon zu erzählen.«

»Sind Herr Humboldt und ich etwa niemand?«

Das war zu viel für Wellnitz, er warf die Rosen in den Papierkorb. Philipp interessierte noch etwas anderes. »War das gestern Morgen bei Frau Studers Wohnung auch ein Freundschaftsbesuch?«, fragte er unvermittelt.

»Woher wissen Sie davon?« Der Fernsehkommissar errötete leicht.

»Ein geschlagener Hund hat es uns gebellt«, bellte Armand.

Wellnitz strich sich durch das lockige Haar. »Nun ja, ich wollte mich nur für die Taxifahrt vom letzten Freitag bedanken. Sie waren ja dabei. Ich hatte etwas über den Durst getrunken. Rahel war so lieb, mich nach Hause zu bringen.«

Armand gab sich damit zufrieden. Vorerst. Um Wellnitz konnte er sich bei Bedarf später kümmern. »Wir werden Ihre Aussage bei Odermatt überprüfen. Ich hoffe, Sie treiben keine Spielchen mit uns.«

»Im Gegenteil«, sagte Wellnitz, der sich wieder gefasst hatte. »Wir sind ja sozusagen Kollegen, Herr Muzaton. Sie können fest davon ausgehen, dass ich mich als erfolgreicher Kommissar dieser Angelegenheit annehmen werde.«

»Einen Teufel werden Sie tun. Die Angelegenheit ist viel zu brisant, als dass wir uns von Amateuren und Möchtegern-Polizisten ins Handwerk pfuschen ließen. Übrigens: Kommissare gibt es in Zürich nur im Sonntagskrimi und in schlecht recherchierten Romanen. Wir haben bei uns

Dienstgrade: Leutnant, Oberleutnant, Hauptmann und einige mehr. Allerdings keine Kommissare.«

»Ich bin zwar Deutscher, aber auch ich habe hier Rechte – und Pflichten. Ich werde mich heute noch auf die Suche nach Rahel machen und mächtig Staub aufwirbeln.«

Bevor die Situation völlig außer Kontrolle geriet, brachte Philipp, der sich bisher wohlweislich zurückgehalten hatte, eine Idee vor, mit der er gleich zwei Fliegen mit einer Klappe schlagen konnte. »Herr Wellnitz, es gibt tatsächlich eine Möglichkeit, wie Sie der Zürcher Kriminalpolizei helfen können.«

Wellnitz und Armand waren gleichermaßen überrascht von Philipps Bemerkung.

»Es geht um einen außergewöhnlichen Fall im Appenzellerland. Dort treibt ein Geist sein Unwesen und tyrannisiert ein Ferienlager. Da es sich um Kinder aus den besten Kreisen handelt, sowohl aus der Schweiz als auch aus Deutschland und Österreich, also genau den Ländern, in denen der Sonntagskrimi erfolgreich ausgestrahlt wird, könnte Ihnen die Aufklärung dieses Falles viele Türen öffnen. Einladungen von Prominenten, Fördermittel, Sponsoren, eine Titelgeschichte in Hochglanzmagazinen wie der Gala, der Bunten oder der Schweizer Illustrierten. Sie würden zudem die hiesige Kriminalpolizei entlasten, was Rahel nur nützen kann, und hätten Ihren ersten Fall in der realen Welt. Sie könnten Ihr ganzes Talent unter Beweis stellen und frei agieren.«

Wellnitz und Armand fielen synchron die Kinnladen auf die Brust. Der Hauptmann erlangte als Erster die Kontrolle über seinen Sprechapparat zurück.

»Aber, Philipp, das ist doch …«

»Lieber Hauptmann Muzaton, ich schätze Ihre Fürsorge, mich nicht in diese Aufgabe drängen zu wollen«, unterbrach Wellnitz und strich sich erneut durch seine Haare, die im Wind des Ventilators wie bei einem Fotoshooting umherwirbelten. »Selbstverständlich werde ich meine ausgewiesenen Fähigkeiten der Polizei zur Verfügung stellen. Herr Humboldt kann mir gerne die bisher bekannten Fakten zu diesen mysteriösen Ereignissen im Detail erläutern. Ich werde mich dann ab Sonntag darum kümmern.«

»Warum erst ab Sonntag?«, fragte Philipp.

»Wissen Sie es denn nicht? Am Samstag ist Street Parade, da muss ich mich selbstverständlich zeigen.«

Auch das noch.

Armand war kurz davor zu explodieren, er schloss die Augen und atmete tief durch: eine Entspannungsübung, die ihm Priya beigebracht hatte. Er stellte sich vor, wie kühles Wasser durch seinen mächtigen Körper floss und den Ausbruch des Vulkans verhinderte. Armand warf Philipp einen konsternierten Blick zu und ergab sich seinem Schicksal.

ZUKUNFTSVISIONEN

Zürich, 10. August

»Ach, Mäxchen, wie herrlich kann das Leben sein«, schnurrte Agathe Hegel und blinzelte auf der Dachterrasse des Hotels Storchen in die Sonne. Die elegante Rooftop-Bar befand sich direkt an der Limmat, inmitten der Dachzinnen der Zürcher Altstadt, bewacht von den Türmen der St.-Peter-Kirche und des Neumünsters. Der Blick reichte bis zum Seebecken und bei klarem Wetter konnte man sogar die schneebedeckten Gipfel der Alpen erkennen.

Herrlich.

Max von Löwenstein lehnte sich zurück und schloss die Augen. In der einen Hand hielt er einen Espresso Martini, in der anderen eine Cohiba. »Des einen Freud, des anderen Leid. Nicht wahr, Agathe?«, flüsterte er behaglich.

Hegel nippte an ihrem Cosmopolitan. »Studer tut mir leid. So ein junges Ding.«

»Papperlapapp!«, konterte von Löwenstein, seines Zeichens verarmter Adliger aus der Sächsischen Schweiz, Hobbytaucher und Eigentümer einer kleinen Mietwohnung in Leipzig. »Dein umtriebiger Herr Gemahl hat seinen Seitensprung gestehen müssen und wir sind fein raus. Die Hunderttausend musst du als Investition betrachten.«

Agathe Hegel drehte misstrauisch den Kopf zu ihrem Lover. »Du liebst mich doch nicht wegen meines Geldes, Max?«

Von Löwenstein setzte sich energisch auf und schüttete dabei die Hälfte seines Getränkes auf das blütenweiße Hemd. »Agathe, du bist die Liebe meines Lebens. Wenn du arm wie eine Kirchenmaus wärst, würden wir halt auf einer Parkbank sitzen und ein Eis essen. Aber wir wären zusammen!«

Gott bewahre, dachte Hegel und leerte ihren Cosmopolitan in einem Zug.

DIE SCHEINHEILIGEN – TEIL 1

Unbekannter Ort, 11. August

Der Keller maß etwa vier auf fünf Meter. Mattes Licht fiel durch das Oberlicht auf den Boden aus Erdreich. Rahel lag mit geschlossenen Augen auf der Seite. Ihre Füße waren mit Kabelbinder gefesselt, ebenso ihre auf den Rücken gebundenen Handgelenke. Ein dicker Klebestreifen zog sich von einem Ohr zum anderen und bedeckte den Mund. Ihr Körper war vor Schmerz paralysiert, es war nicht mehr das akute Stechen wie am ersten Tag, sondern ein konstantes Brennen sämtlicher Muskeln und Gelenke. Zwischendurch glitt sie in einen komatösen Schlaf, der immer wieder die Erinnerung an die folgenschweren Ereignisse heraufbeschwor. Es war ein Alptraum in Endlosschleife.

»Ich habe den Antrag von Hegel abgelehnt«, verkündete Fries mit einem süffisanten Lächeln.
»Mit welcher Begründung?«, fragte Rahel überrascht.
Die Rektorin hob mit unschuldiger Miene die Schultern, als würde sie nur die Botschaft überbringen und habe nicht auch die Entscheidung getroffen. »Es ist Ihnen bis jetzt alles sehr leichtgefallen, Frau Studer, zu leicht: Auszeichnungen, überschwängliches Lob des Feuilletons, ein Professor, der Ihnen zu Füßen liegt, Studenten, die Sie bewundern. Doch

der Weg zur Professorin ist kein Catwalk, sondern harte Arbeit. Sie brauchen noch zwei, drei Jahre Vorbereitungszeit für diese verantwortungsvolle Aufgabe. Mindestens.«
Sie verlor die Fassung. »Catwalk? Also darum geht es. Ich will aufgrund meiner Leistungen bewertet werden, wie jeder andere auch.«

Die Rektorin erhob sich als Zeichen, dass die Konversation beendet und die Entscheidung endgültig war. Sie reichte Rahel lediglich bis zu den Schultern. »Verschonen Sie mich mit dem feministischen Geplapper! Ihre schönen Augen werden Ihnen hier nicht weiterhelfen. Ihre Zeit wird noch kommen, vielleicht ...«

Rahel verschränkte die Arme vor der Brust. »Wissen Sie was, Frau Fries? Attraktivität kann auch nützlich sein. Mann – mit zwei n – erzählt mir gerne Dinge, die nicht für meine Ohren bestimmt sind.« *Ihre Stimme hatte einen bedrohlichen Ton angenommen. Fries musterte sie misstrauisch, sagte aber nichts. Also fuhr Rahel fort:* »Das Vögelchen in Ihrem Vorzimmer hat mir gezwitschert, dass es auf Ihre Anweisung hin Gerüchte und pikante Geschichten über die ETH an die Presse weitergibt. Sie sind eine von Ehrgeiz und Neid zerfressene Frau. Gut möglich, dass bald eine Enthüllungsgeschichte über Sie erscheint ...«

»Raus mit Ihnen!«, *zischte Fries und riss die Tür auf.*

Rahel fuhr abrupt auf und stieß einen schmerzhaften Seufzer aus. Kalter Schweiß stand ihr auf der Stirn, und ihre Kleidung klebte in der feuchten Kellerluft an ihrem Körper. Erschöpft ließ sie sich wieder auf die Pritsche sinken und schloss die Augen. Kurz darauf begannen ihre Lider erneut zu flimmern.

R.E.M. ... *Losing my religion.*

»Was ist denn dir über die Leber gekrochen?«, begrüßte Odermatt sie im Büro.

»Bitte lass mich einfach in Ruhe«, erwiderte sie und kämpfte mit den Tränen.

Odermatt kam zu ihr und legte ihr eine Hand auf die Schulter. »Lass mich helfen, du bedeutest mir viel.«

Sie wich einen Schritt zurück. »Ach, verschon mich endlich mit deiner blöden Anmache. Es ist mir lieber, wenn du weiterhin bei den Studenten die hohle Hand machst, anstatt sie mir auf die Schulter zu legen.«

Odermatt zuckte zusammen. »Ich verstehe nicht ...«

Sie selbst verstand kaum, was in ihr vorging. Eigentlich war Sandro harmlos, aber im Moment reizte er sie bis in die Haarspitzen. Nach dem Gespräch mit Fries stand sie unter Starkstrom. »Du weißt genau, wovon ich spreche. Meinst du etwa, ich bin blöd? Wie viel kassierst du dafür, eine Seminararbeit durchzuwinken? 500? Einen Tausender? Und was verlangst du für eine Doktorarbeit?«

»Rahel, ich ...« Odermatt ließ sich in seinen Bürosessel fallen.

Sie packte ihre Sachen zusammen und vergaß den bemitleidenswerten Assistenten. »Morgen werde ich die Bombe platzen lassen!« Dann verließ sie das Büro.

Dunkelheit. Einsamkeit. Ein dicker Wassertropfen, der an der Decke kondensiert war, löste sich und klatschte der

Schwerkraft folgend auf Rahels Wange. Sie stöhnte leise auf und fiel wieder in einen fiebrigen Schlaf.

»Stell dich doch nicht so an, Schätzchen«, lallte Wellnitz. »Nur ein Kuss auf die Wange.« Sie drückte den besoffenen Schauspieler zurück auf den Beifahrersitz, öffnete hastig die Fahrertür und floh ins Freie.
»Steig sofort aus, Hermann! Wenn du mir noch einmal zu nahe kommst, kriegst du eine verpasst. Überleg es dir gut: Wenn ich Regina Meister alles erzähle, bist du deine Rolle los, bevor du ausgenüchtert bist.«

Der eklige Geruch von Alkohol stieg ihr in die Nase. Rahel wachte auf. Im Keller war es mittlerweile dunkel geworden. Sie erinnerte sich an die tröstenden Worte ihres Vaters, wenn er ihr die Angst vor der Dunkelheit hatte nehmen wollen. »Licht ist immer und überall, alles ist aus ihm gemacht, sogar die Steine und das Holz. Wenn es ganz heiß wird, kommt es wieder zum Vorschein, brennt und glüht wie die Sonne.« Der Gedanke spendete ihr Trost, ein wenig. Sie wollte schreien: »Martin, komm und hol mich hier raus!« Doch das Klebeband auf ihrem Mund war hart wie Beton.

Die Luft im Keller war feucht. Sie spürte, wie ihre Nasenschleimhäute langsam anschwollen. Das Atmen fiel ihr schwer. Die Angst begann den Schmerz zu überlagern und legte sich über sie wie eine schwere Federdecke, die sie zu ersticken drohte.

DIE SCHEINHEILIGEN - TEIL 2

Zürich, 11. August

»Hier ist der Scheidungsantrag«, sagte Agathe Hegels Anwalt feierlich und schob das Dokument über den Tisch.

Frau Hegel nahm sich einen Moment Zeit, um den Text aufmerksam zu lesen, und nickte dann zufrieden. »Vielen Dank, Herr Dr. Streit. Ich schätze es sehr, dass Sie sich meiner Angelegenheit so schnell angenommen haben.«

»Das versteht sich von selbst. Ich durfte für Ihre geschätzten Eltern schon viele Dinge regeln und stehe Ihnen stets zur Seite«, säuselte Streit. »Darf ich Sie fragen, was Sie zu dieser überraschenden Entscheidung bewogen hat? Gab es vielleicht …?«

Hegel antwortete schmunzelnd. »Nein, Herr Dr. Streit, wir hatten keinen Streit. Mein Mann und ich sind weiterhin in Freundschaft verbunden. Es bedarf lediglich einer Neuorientierung, bei der die spezielle Klausel in unserem Vertrag zu meinem Vorteil aktiviert wird.«

»Ich verstehe«, erwiderte der Anwalt und räusperte sich verlegen. »Sie können auf meine Diskretion zählen.«

»Meine Familie wird Ihre Verschwiegenheit zu schätzen wissen«, sagte Hegel und verabschiedete sich mit einem bezaubernden Augenaufschlag.

*

Odermatt zuckte zusammen, als er Wellnitz vor dem Eingang des Germanistischen Instituts erblickte. »Was machen Sie denn schon wieder hier? Verfolgen Sie mich etwa? Bitte lassen Sie mich in Ruhe!« Odermatt eilte am unerwünschten Besucher vorbei in Richtung Tramhaltestelle.

Wellnitz machte zwei große Schritte und ergriff Odermatts Arm. »Nicht so hastig ... Ich verfolge Sie nicht, ich habe auf Sie gewartet, Odermatt.«

Der Assistent riss sich los. »Ich habe keine Ahnung, was Sie von mir wollen.«

Der Schauspieler setzte ein kamerareifes Lächeln auf und stemmte die Hände in die Hüften. »Für mich sind Sie einer der Hauptverdächtigen. Und Muzaton denkt wie ich, er wird Sie jagen, einfangen, zerkauen und dann wieder ausspucken. Zumindest das, was von Ihnen übrig geblieben ist.«

Odermatt schüttelte ungläubig den Kopf. »Wovon reden Sie da? Gibt es irgendwo eine versteckte Kamera?«

Wellnitz änderte seine Taktik und wechselte in die Figur des »Good Cop«. Fürsorglich legte er Odermatt seinen Arm um die Schultern und sie gingen ein Stück die Straße entlang. »Vertrau mir, Sandro. Du bist verliebt in Rahel – wer ist das nicht? –, aber sie erwidert deine Gefühle nicht, und das hat dich wütend gemacht. Die Dinge sind außer Kontrolle geraten. Ich kenne die Vorgehensweise der Polizei wie kein Zweiter. Glaub mir, sie werden dir etwas anhängen, es sei denn, du erzählst mir alles, was du weißt.«

»Ich weiß absolut nichts, außer dass Sie verschwinden sollten. Übrigens, ich war mehrere Male am Set, und da hört man so einiges über Sie ...« Nun war es Odermatt, der grinste.

Wellnitz zog den Arm zurück und ließ seine Maske fallen. »Am Set wird viel getratscht. Ich nehme an, man sprach über meine schauspielerischen Fähigkeiten?« Das Fragezeichen verriet seine Unsicherheit.

Odermatt konterte: »Eher über Ihre Versuche, Kussszenen nach Drehschluss zu proben.«

»Ach so. Das gehört nun mal dazu. Du weißt schon: The show must go on. Die Zuschauerinnen lieben echte Kerle wie mich.«

»Ich aber nicht«, sagte Odermatt und rettete sich mit einem Sprung in die Straßenbahn.

*

»Huber, kommen Sie in mein Büro«, sprach Fries in die Gegensprechanlage.

Kurz darauf betrat ihr Sekretär den Raum. »Benötigen Sie noch etwas, Frau Fries? Ansonsten würde ich gerne ins Wochenende gehen.«

Die Rektorin winkte ab. »Kein Wochenende dieses Wochenende! Humboldt hat mich telefonisch darüber informiert, dass die Geldübergabe morgen um 13 Uhr am Bellevue stattfinden soll. Sie werden dort sein und alles diskret beobachten.«

Huber starrte seine Chefin erschrocken an und stammelte: »Ich verstehe nicht ...«

»Ach, hören Sie mit diesen Spielchen auf. Glauben Sie etwa, ich wüsste nicht, dass Sie ständig an der Tür lauschen?

Als ich Studer am Montag vor die Tür gesetzt habe, sind Sie fast in mein Büro gefallen. Und über meine Gespräche mit Humboldt sind Sie sicher auch bestens informiert.« Fries fixierte Huber mit durchdringendem Blick.

Der Assistent lief dunkelrot an. »Morgen kann ich nicht ...«

»Doch, Sie können. Und Sie werden!«, unterbrach ihn Fries.

Der Assistent sah ein, dass Widersprechen keine Option war. »Was soll ich genau tun, Frau Rektorin?«

»Finden Sie heraus, was Humboldt und Hegel planen. Ich will über jeden ihrer Schritte informiert werden. Es darf nichts von dieser Angelegenheit auf mich oder die Universität zurückfallen. Das könnte von der Polizei falsch interpretiert werden. Schlecht für mich ... und für Sie«, fügte sie hinzu.

»Das würde ich niemals zulassen, Frau Rektorin«, beteuerte der Sekretär. »Ich stehe immer fest an Ihrer Seite.«

»Machen Sie sich keine Sorgen. Ich lasse Sie nicht fallen, wir sind schließlich ein eingespieltes Team. Sie wissen, was ich meine.«

Huber nickte dankbar.

»Also«, fuhr Fries fort, »Sie passen Hegel am Haupteingang des Widders ab und folgen ihm unauffällig bis zum Bellevue. Das wird am Samstag kein Problem sein, in dem ganzen Trubel wird Sie niemand bemerken. Ich will wissen, was da genau abläuft. Ich traue niemandem, weder der Polizei noch Humboldt und schon gar nicht Hegel.«

»Aber mir«, erwiderte Huber stolz. Aus dem Dunkelrot auf seinem Gesicht wurde ein zartes Rosa.

COUNTDOWN MIT OSCAR WILDE

Zürich, 11. August

Die 14. Stunde bis zur Geldübergabe war schon zehn Minuten alt. Hegel vertrieb sich die Zeit wieder in der Widder-Bar und war dem Whiskey Sour treu geblieben. Er war ein Mann mit Prinzipien. Dieses Mal saß er nicht alleine an der Theke. Seit einer halben Stunde leistete ihm eine verdächtig attraktive Frau Gesellschaft, die ihm noch verdächtigere Komplimente machte. Hegel war sich sofort bewusst gewesen, worauf dieses Gespräch hinauslaufen würde. Heute Abend jedoch mochte er es, angelogen zu werden, damit er sich besser fühlte.

»Darf ich dir etwas gestehen?«, säuselte es in Hegels Ohr.

»Eine so attraktive Frau wie Sie, die einem Mann alles gesteht, sagt höchstens die Hälfte von dem, was sie verschweigt ...«, antwortete Hegel.

Zu seiner Überraschung wusste die Schönheit genau, worauf er anspielte. »Kannst du Wilde nur zitieren oder auch selber wild sein?«, erwiderte sie.

»Verzeihen Sie, ich habe Ihre Zeit verschwendet.« Hegel stand abrupt auf, deutete eine sanfte Verbeugung an und eilte in seine Suite. Die Schönheit der Nacht blieb alleine zurück und sondierte die Lage in der Bar neu.

Im Badezimmer seines Hotelzimmers wusch sich Hegel Hände und Gesicht mit kaltem Wasser und betrachtete sich im Spiegel. Seine Augenringe waren tiefer geworden. Die ganze Situation stieg ihm über den Kopf, und die Welt um ihn herum brach zusammen. Wie hatte es nur so weit kommen können? Er fühlte sich wie Abfall, der auf einem Fließband unaufhaltsam zum Schredder befördert wurde. Angezogen ließ er sich auf das Bett fallen, neben ihm die schwarze Tasche mit dem Lösegeld.

ZWEITER AKT

DIE DREI FALSCHEN SCHWÄNE

Zürich, 12. August

Philipp stieg nahe der Roten Fabrik aus dem Bus und setzte seine Sonnenbrille auf. Während der Street Parade war es keine kluge Idee, mit dem Auto in die Stadt zu fahren. Die gesamte City war abgesperrt, um Platz für die gigantischen Lovemobiles zu schaffen, die sich mit pulsierenden Technobeats durch die Menschenmassen schoben. Der Event hatte gerade begonnen, und es wimmelte von Ravern und Partygängern jeden Alters in bunten bis gewagten Kostümen.

Philipp ließ sich von der Menge mitziehen. Er hatte noch genügend Zeit, bis er sich mit Armand und Priya am Bellevue treffen würde. Auf der Landiwiese bog er rechts in Richtung Seeuferweg ab. Die Bässe dröhnten von der gegenüberliegenden Seite über den See. Man konnte sie nicht nur hören, sondern auch spüren.

Wumm. Wumm. Wumm.

Das Wasser funkelte im Licht der strahlenden Sonne in sämtlichen Farben, nur nicht in Blau. Auf der Saffa-Insel, die über einen Steg erreichbar war, hatten sich Hunderte von Menschen versammelt. Sie tranken, rauchten oder schwatzten, während andere ein erfrischendes Bad im klaren Wasser des Zürichsees nahmen. Die Luft roch süßlich nach Sonnencreme und Marihuana. Es würde ein heißer und hektischer Tag werden.

Philipp hatte Armands Rat ignoriert und trug ein schlichtes weißes Hemd, blaue Shorts und Turnschuhe. Er hatte absolut keine Lust auf eine Verkleidung gehabt. Sollten ihn der oder die Erpresser erkennen – so what? Er war weder Polizist noch war es verboten, sich mit einer Million anderer Menschen das Seebecken zu teilen.

Er reihte sich auf der rechten Seite des Weges ein und lief Schulter an Schulter mit schwitzenden Festivalbesuchern in Richtung Stadtzentrum. Seine Sinne waren bereits in Alarmbereitschaft, und er scannte unbewusst jeden, der ihm entgegenkam. Es strömten ihm aber nicht nur immer neue Gesichter entgegen, sondern auch drei Schwanenköpfe, die aus der Menge hervorragten. Die vermeintlichen Schwäne entpuppten sich als Diakonissen mit Hauben. Was um Himmels willen mochte sie hierherführen? Die drei älteren Frauen hielten sich ängstlich an den Händen, es war definitiv der falsche Tag für eine Besichtigung von Zürich.

Vor Philipp befand sich eine Gruppe junger Männer, die dem Lärm nach, den sie veranstalteten, schon einiges an Alkohol intus haben mussten. Als sie die drei Diakonissen bemerkten, ertönte ein großes Geschrei und Gepfeife.

»Na, ihr Süßen, wollt ihr euch ein bisschen amüsieren?«, grölte einer von ihnen. Die Flegel machten eine 180-Grad-Wendung und verfolgten die Ordensfrauen.

Philipp spürte, wie sich seine Hände zu Fäusten ballten. Er blickte auf seine Armbanduhr – 12:30. Armand und vor allem Rahel brauchten seine Unterstützung. Er schloss die Augen, doch die Belästigungen hörten nicht auf, sie wurden lediglich leiser.

»Diese blöden Idioten!«, platzte es aus ihm heraus und er drehte um. Kurz darauf hatte er die Gruppe eingeholt. »Lasst sofort die drei Schwestern in Ruhe!«, schrie er die Männer an.

»Bist du ihr Bruder, oder was?«, blaffte einer aus der Gruppe zurück. Die fünf jungen Männer bauten sich vor ihm auf.

Philipp steckte seine Sonnenbrille in den offenen Hemdkragen und krempelte die Ärmel hoch. »Schämt ihr euch nicht, die Diakonissen zu belästigen?«

Ein klein gewachsener, sehr muskulöser Kerl, dessen Körper mit Tattoos und Piercings übersät war, drängte sich nach vorne. Vermutlich der Rädelsführer. »Hau ab, Alter, sonst bekommst du was auf die Fresse!« Er meinte es zweifellos ernst.

Philipp blieb nur die Offensive. Wenn er Angst zeigte, hatte er verloren. Er nahm seinen ganzen Mut zusammen und hielt Blickkontakt mit dem Anführer. »Fünf gegen einen. Ich werde diesen Kampf zweifellos verlieren. Aber …«, er machte eine dramatische Kunstpause und senkte seine Stimme so tief wie noch nie in seinem Leben: »… davor werde ich dir deine Piercings ausreißen und einem deiner Freunde die Nase brechen. Wem, das werde ich spontan entscheiden.« Er sah einem nach dem anderen bedrohlich in die Augen. »Ich bin bereit für einen Spitalaufenthalt – und ihr?«

Der bullige Anführer war zu Philipps Besorgnis nicht eingeschüchtert, doch seine Kumpane hielten ihn zurück. »Lass den Spinner. Der ist bestimmt bekifft. Gehen wir weiter, die Party hat schon angefangen«, sagte derjenige von ihnen, der anscheinend am vernünftigsten war. So machten die fünf ein weiteres Mal linksum kehrt. Bevor sie in der Menge verschwanden, versuchten sie, ihre Niederlage mit üblen Schimpfworten zu kaschieren.

Philipp atmete tief durch, seine Knie zitterten. Das hätte leicht ins Auge gehen können. Die drei Diakonissen waren weiter vorne stehen geblieben und hatten die Szene aus sicherer Entfernung beobachtet. Philipp nickte ihnen zu. Die erste streckte die Hand mit erhobenem Daumen aus, die zweite breitete die Arme aus, und die dritte warf ihm augenzwinkernd eine Kusshand zu. Nach dieser dreifachen Segnung konnte heute ja nichts mehr schiefgehen.

DER HOLLÄNDER UND DIE DOMINA

Zürich, 12. August

Im Gegensatz zu Philipp beherzigte Armand seinen eigenen Ratschlag und putzte sich für die Street Parade heraus. Er trug Lederstiefel mit Schnürsenkeln, knallorange Shorts, ein gleichfarbiges Unterhemd und eine blonde Perücke. Seine Partnerin Ekatarina hatte ihn beim Einkauf begleitet, sich aber klugerweise bei der Auswahl herausgehalten. Kleider und Schuhe hatte Armand in einem Secondhandshop gefunden, die Perücke in einem Spielzeugladen.

»Wie sehe ich aus?«, fragte er, als er aus dem Badezimmer kam.

Ekatarina war sprachlos.

»Ich werte das als Kompliment«, sagte der Hauptmann.

Ekatarina rang noch um die richtigen Worte, als die Türklingel ihrer Eigentumswohnung im Zürcher Seefeld läutete.

»Das muss Priya sein, Liebling. Wir sehen uns heute Abend«, rief Armand und verschwand durch die Haustür.

Einige Sekunden später fand Ekatarina endlich die Worte, nach denen sie gesucht hatte. »Ach du Scheiße!«

Armand musste zweimal hinsehen, um die junge Frau vor dem Haus zu erkennen. Priya trug schwarze Hotpants, einen schwarzen BH und eine schwarze Perücke. Ihre Füße steckten in schlichten weißen Sneakers und in ihrer Hand hielt sie eine Pferdepeitsche. Der Hauptmann vergaß für einen Moment seine eigene Aufmachung.

»Hoffentlich erkennt dich niemand. Das sieht doch sehr ... dominant aus«, sagte er baff.

»Ruf mich an!«, sagte Priya schmunzelnd und ließ die Peitsche durch die Luft sausen. »Und du siehst aus wie Bruce Willis in ›Das fünfte Element‹ – oder wie ›Der fliegende Holländer‹«, fügte sie hinzu.

»Hauptsache, es begrüßt mich niemand mit ›Herr Hauptmann‹. Ich weiß, dass ich wie ein Vollpfosten aussehe, aber das ist ja der Sinn der Sache. Kleider schaffen neue Realitäten. Niemand wird uns erkennen. Und über guten Geschmack streiten wir heute lieber nicht. Komm, lass uns gehen, nicht dass wir noch die Nachbarn erschrecken und sie am Ende die Polizei rufen.«

Auf dem Weg zum Bellevue überprüften sie ihre Ohrmikrofone, die unter den Perücken versteckt waren. Sie funktionierten einwandfrei. Priya erkundigte sich in der zugeschalteten Zentrale, ob die Ortung von Studers Smartphone aktiv war. Sie nickte Armand zu.

»Alles ist scharf. Aber wir haben noch keinen Treffer.«

Armand schwitzte unter der Perücke wie ein Schneemann in der Sonne. »Hoffentlich finden wir Rahel. Ich habe kein gutes Gefühl bei der Sache.«

Priya antwortete nicht. Sie wollte ihrem Chef ausnahmsweise nicht recht geben. Die kurzzeitige Fröhlichkeit, die beide zur professionellen Stressbewältigung genutzt hatten, war verflogen. Den Rest des Weges legten sie schweigend zurück und lauschten den Technobeats, die unsichtbar durch die Luft pulsierten.

DIE SCHWARZE TASCHE

Zürich, 12. August

Hegel nahm den frisch gereinigten Anzug vom Bügel und kleidete sich sorgfältig an. Viele Augen würden heute auf ihn gerichtet sein, aber niemand sollte seine Angst bemerken. Die gewohnte Kleidung würde ihm Halt geben – eine kleine Oase der Normalität inmitten des Chaos. Nachdem er sein Äußeres sorgfältig geprüft hatte, nahm er die schwarze Tasche, wickelte die Riemen einmal um sein Handgelenk und verließ seine Suite. Die Uhr zeigte 12:45 Uhr.

Am Eingang winkte er den Concierge zu sich. »Machen Sie bitte meinen Wagen bereit. Allenfalls benötige ich ihn später noch.«

»Das wäre keine gute Idee, Herr Hegel. Die Polizei gestattet heute nur begrenzte An- und Abfahrten. Sie wissen schon, wegen der ...«

»Tun Sie es einfach!«, fuhr Hegel den Mann an. »Es ist wichtig, sehr wichtig sogar.«

*

Der Sekretär Patrick Huber hatte sich im Rennweg auf einer Sitzbank platziert. Von hier aus konnte er den Eingang vom Widder Hotel beobachten, ohne selber aufzufallen. Zum wiederholten Male schaute er auf seine Armbanduhr – 12:45 Uhr. Er befürchtete bereits, dass Hegel einen anderen Ausgang gewählt haben könnte, als er den Professor erblickte. Hegel war wie immer tadellos gekleidet. Huber selbst hatte auf eine diskrete Garderobe gesetzt: graues T-Shirt, Jeans und eine schlichte Baseballmütze ohne Aufdruck. Diese zog er tief ins Gesicht, als er Hegel folgte, der über die Strehlgasse hinunter zum Weinplatz ging und dann über die Rathausbrücke auf das Limmatquai abbog. Alles lief bestens, fand Huber. In der Menschenmasse konnte er untertauchen und die große, schlaksige Gestalt im grauen Anzug war dennoch einfach auszumachen. Fries würde zufrieden sein. Für beide stand viel auf dem Spiel.

Zu viel.

DIE DREI ECHTEN SCHWÄNE

Zürich, 12. August

Wie vereinbart, wartete Philipp am Kiosk bei der Tramhaltestelle Bellevue auf Armand und Priya. Die Geräuschkulisse war mittlerweile so laut, dass er überlegte, sich Ohrstöpsel zu kaufen. Er verwarf die Idee jedoch, denn sie mussten heute nicht nur die Augen, sondern auch die Ohren offen halten. Seine Armbanduhr zeigte 12:58 Uhr. Nervös blickte er sich in der Menge um. Vor lauter Gesichtern erkannte man die einzelnen Menschen nicht mehr. Ein skurriles Paar drängte sich an ihm vorbei und rempelte ihn an. Philipp ließ es kommentarlos geschehen, er wollte keine weitere Konfrontation riskieren.

»Gute Verkleidung«, sagte der blonde Hüne.

Philipp erkannte die vertraute Stimme sofort. »Euch hätte ich niemals erkannt«, rief er gegen den Lärm der Lovemobiles an. Obwohl die Situation ernst war, musste er einen Lachanfall unterdrücken. Der Hauptmann sah ... speziell aus. Und Priya ... ungewohnt.

Armand sprach weiter, ohne Philipp anzusehen: »Verteilen wir uns, Hegel muss jeden Moment eintreffen.«

Philipp bemerkte aus dem Augenwinkel, dass Priya den Mund bewegte, ohne Armand oder ihn anzusprechen. Zweifellos waren sie nicht die einzigen Polizisten am Bellevue. Für einen Augenblick fühlte er sich sicher und glaubte an einen guten Ausgang der Geschichte. Doch Augenblicke vergehen rasch, darum heißen sie auch so.

*

Hegel spürte, wie sich sein Hemd und die Stoffhose mit Schweiß vollsaugten. Widerlich. Die Schlaufe des Trageriemens schnürte schmerzhaft sein Handgelenk ab, und seine Finger waren steif wie Bleistifte, doch er wagte nicht, den Griff zu lockern. Die Tasche musste an ihr Ziel gebracht werden, sonst war alles verloren. Sehnsüchtig warf er einen Blick auf die Limmat, die sich von dem Trubel nicht aus der Ruhe bringen ließ und gewohnt ruhig dahinfloss. In der Mitte des Flusses bemerkte er drei Schwäne, die mit Erfahrung und Gefühl einen toten Punkt in der Strömung gefunden hatten und völlig regungslos auf dem Wasser thronten.

Hegel war nie bei einer Street Parade gewesen, obwohl diese seit mehr als 30 Jahren stattfand. Dieser Lärm – von Musik konnte keine Rede sein –, die Menschenmassen und dann erst diese Kleidung! Wobei Hegel allein schon das Wort »Kleidung« unpassend erschien. So viel nackte Haut auf einem Haufen hatte er zuletzt während seiner Studienzeit in der öffentlichen Sauna gesehen. Grauenhaft. Einmal und nie wieder, hatte er sich damals geschworen und sich daran gehalten.

»Augen zu und durch«, sprach er sich Mut zu und kämpfte sich durch die Menge. Er hatte bereits das Restaurant Terrasse erreicht, und es trennten ihn nur noch gut hundert Meter vom Bellevue.

*

Philipp hatte Priya aus den Augen verloren, sie war buchstäblich in der Masse untergetaucht. Armand hingegen war nicht zu übersehen, er überragte die meisten Partygänger, und seine blonde Perücke leuchtete wie ein verschneiter Berggipfel. Der große Zeiger auf seiner Armbanduhr schloss gerade die 13. Runde des Tages ab, als Philipp seinen Universitätskollegen erblickte. Sofort ging er leicht in die Knie, um ein wenig an Höhe zu verlieren, und wippte mit dem Kopf im Takt der ihn umgebenden Schaulustigen. Jeder hier konnte in den Fall verwickelt sein und im Vorbeigehen Hegels Tasche an sich reißen. Philipp fragte sich, wie die Polizei in dieser Situation vorginge: Würde sie den Täter festnehmen, selbst auf die Gefahr hin, dass Rahel in irgendeinem Versteck verdurstete oder allfällige Komplizen ihr etwas antaten? Oder würden die Beamten den Täter laufen lassen und versuchen, ihm zu folgen? Ihm vielleicht sogar einen Peilsender unterjubeln? Philipp wusste es nicht. Seine Aufgabe bestand lediglich darin, Ausschau zu halten in der vagen Hoffnung, jemanden zu erkennen.

Hegel kämpfte sich langsam zum Tramgebäude am Bellevue durch. Ob er die Tasche noch immer in der Hand hielt, konnte Philipp unmöglich erkennen, aber er ging davon aus. Dann sah er, wie der Germanistikprofessor sein Smartphone aus dem Jackett zog und mit grimmiger Miene auf den Bildschirm starrte. Er hob seinen zweiten Arm und gab etwas ein. Die Riemen der Tasche hatte er eng um sein Handgelenk geschlungen. Kurz darauf vibrierte Philipps Handy in seiner Hosentasche. Er las die Nachricht des Erpressers, die Hegel ihm und Armand weitergeleitet hatte.

Gut gemacht, Professor Hegel. Sie sind pünktlich erschienen. Leider sind am Bellevue zu viele Menschen für eine Übergabe. Gehen Sie nun zum Hafen Wollishofen, wo Ihr Motorboot liegt, und fahren Sie auf den See hinaus. Sobald Sie abgelegt haben, erhalten Sie weitere Anweisungen. Es könnte etwas länger dauern, die Quaibrücke zu überqueren. Sie haben dafür eine Stunde Zeit. Sie machen das bislang hervorragend. Halten Sie durch, bald wird alles vorbei sein!

DAS MOTORBOOT

Zürich, 12. August

»Merde!«, entfuhr es Armand, als er sich mit Priya und Philipp in Richtung Seebad Utoquai kämpfte, was schlimmer war als flussaufwärts zu schwimmen. Der Hauptmann hatte, nachdem sie die Nachricht von Hegel erhalten hatten, sofort die Seepolizei informiert. Sie würden gleich von einem Boot bei der Badi Utoquai abgeholt werden. Armand hatte als Treffpunkt bewusst nicht den Hafen Wollishofen gewählt, wo Hegels Motorboot lag. Zu auffällig. Der See war auf Stadtgebiet nicht allzu breit, und so konnten sie den Hafen auch von der gegenüberliegenden Seite aus im Auge behalten.

Kurz vor dem vereinbarten Treffpunkt stellten sich zwei riesige Dragqueens vor Armand auf. Obwohl der Hauptmann über 1,90 Meter groß war, überragten ihn die beiden um einen Kopf.

»Na, Kleiner, willst du nicht mit uns feiern?«, rief eine von ihnen Armand zu und klimperte dabei mit den künstlichen Augenbrauen.

»Sorry, ich muss arbeiten«, erwiderte Armand und versuchte, sich zwischen ihnen hindurchzuzwängen.

»Wo arbeitest du denn? Wir kommen dich gerne besuchen.«

»Glaubt mir, das wollt ihr sicher nicht«, sagte Armand

laut, schob sich an den Dragqueens vorbei und ließ sie enttäuscht zurück.

Philipp und Priya folgten ihm durch die Lücke, die sich geöffnet hatte. Kurz darauf bestiegen sie ein Boot der Zürcher Seepolizei – aber erst nachdem Armand seine Perücke zur Identifikation abgenommen hatte. Die Verkleidung hatte den Härtetest bestanden und den Bootsführer überrascht, wenn nicht sogar leicht schockiert ...

*

Auf dem Bootssteg lockerte Hegel seine Krawatte und zog das Jackett aus. Der Weg durch die Menge war mühsam gewesen und seine Kleidung nass geschwitzt. Das Hemd klebte an seinem Körper. Die Polizei wusste nun, dass der Erpresser Kenntnis davon hatte, dass er seinen Bootsschlüssel am Schlüsselbund trug ... Hegel bezweifelte jedoch, dass sie diese Information weiterbringen würde. Er zog die Schuhe aus, sprang auf sein elegantes Boesch-Motorboot aus feinstem Mahagoniholz und verstaute die Tasche in einem unter der Steuerkonsole eingelassenen Fach. Dann löste er das Tau und startete den Motor, der mit einem tiefen Grollen anlief. Die hölzerne Schönheit setzte sich zeitverzögert in Bewegung, als würde sie von einem unsichtbaren Gummizug verlangsamt. Vorsichtig steuerte Hegel aus der Hafenanlage auf den See und wartete auf weitere Anweisungen.

*

Die Polizeibarkasse folgte Hegel mit einem Sicherheitsabstand. Das wunderschöne Holzboot des Professors hatte mittlerweile Fahrt aufgenommen und flog über das Wasser, verfolgt von im Wind schaukelnden Möwen. Armand hatte sich sicherheitshalber hingesetzt und hielt sich einen Feldstecher vor die Augen. Die Barkasse schlug immer wieder hart auf das Wasser auf, denn der rege Verkehr auf dem See verursachte einen unruhigen Wellengang. Wo mochte Hegel wohl hinsteuern? Er hatte sich seit dem Bellevue nicht mehr bei ihnen gemeldet. Armand sah durch das Fernglas, wie Hegel mit beiden Händen am Steuer aufrecht im Wind stand. Sein Hemd flatterte wie eine Fahne im Sturm. Der Professor fuhr mit hoher Geschwindigkeit in der Mitte des Sees in Richtung Rapperswil. Nach und nach wurde es ruhiger, und Armand befahl dem Schiffsführer, den Abstand zu vergrößern.

Auf der Höhe zwischen Erlenbach und Thalwil verlangsamte Hegel das Tempo, bis er schließlich zum Stillstand kam. Das Polizeiboot tat es ihm nach, wendete dann und fuhr im Schritttempo zurück in Richtung Zürich. Nur nicht auffallen. Der Bootsführer nutzte die Gelegenheit und schielte verstohlen zum verkleideten Armand hinüber.

»Tut sich was?«, fragte Philipp.

Armand schüttelte den Kopf. »Hegel hat sein Smartphone in der Hand. Vielleicht ist eine neue Anordnung eingetroffen.« Dann wandte sich der Hauptmann an Priya. »Hast du Informationen zur Ortung von Studers Gerät?«

Priya sprach mit der Leitzentrale und brachte alle auf den neuesten Stand. »Die erste Nachricht an Hegel wurde irgendwo in der Nähe vom Bellevue abgesendet, plus/minus 150 Meter. Dort befanden sich zu dieser Zeit locker 100.000 Personen. Auf dem See ist die Ortung aufgrund fehlender Sendemasten noch ungenauer. Aber das Gerät hat sich definitiv von Zürich weg in unsere Richtung bewegt. Wir sollten ein paar zivile Streifenwagen losschicken.«

Armand war einverstanden, jedoch alles andere als zufrieden. »Dieser Mistkerl verarscht uns nach Strich und Faden«, entfuhr es ihm. Plötzlich ging ein Ruck durch seinen Körper. »Was macht denn Hegel jetzt?«

Philipp und Priya sahen zu Hegels Boot, das mittlerweile vor Erlenbach näher an das Ufer herangefahren war. Mit bloßem Auge erkannten sie, dass Hegel mit einer schwarzen Tasche in der Hand am Heck stand und diese kurz darauf in den See fallen ließ.

»Was zum Teufel ...«, rief Armand und schrieb Hegel eine Nachricht: *Was soll das? Reden Sie mit uns!*

Doch Hegel tat nichts dergleichen, stattdessen setzte er sich hinters Steuer und fuhr nun in gemächlichem Tempo zurück in seinen Ursprungshafen. Das Signal von Studers Handy war wieder erloschen. Den Ermittlern blieb nichts anderes übrig, als ihren Einsatz abzubrechen. Die zivilen Polizeiwagen waren angehalten worden, das Seeufer weiter abzufahren. Aber das änderte nichts an der ernüchternden Erkenntnis: Das Geld war abgetaucht und von der Täterschaft fehlte jede Spur. Es blieb nur die Hoffnung, dass Studer bald unversehrt wiederauftauchen würde.

AUFTRAG ERFÜLLT

Zürich, 12. August

Philipp hatte Armand vorgeschlagen, persönlich bei Hegel im Hotel Widder nachzufragen, wieso er die Tasche mit den 100.000 Franken in den See geworfen hatte. Als er den Rennweg betrat, war es dort glücklicherweise etwas ruhiger geworden, wobei es in der Zürcher City an einem Samstagnachmittag nie wirklich ruhig war. Vor dem Widder erkannte Philipp zu seiner Überraschung Fries' Sekretär Huber, der auf einer Bank gegenüber dem Hoteleingang saß. Huber schien sich nicht sonderlich über die Begegnung zu freuen und versuchte, sein Gesicht unter dem Schirm seiner Baseballmütze zu verbergen.

Erfolglos.

»Was führt Sie denn hierher, Huber?«, fragte Philipp direkt.

»Wahrscheinlich das Gleiche wie Sie, Herr Humboldt … Ich wusste gar nicht, dass Sie ein Fan der Street Parade sind«, entgegnete Huber schlagfertig.

»Bin ich auch nicht. Ich besuche Martin Hegel.«

»Ah, Sie gehen ins Hotel Widder.«

Philipp lächelte sarkastisch. »Woher wissen Sie denn, dass Martin im Widder wohnt?«

Huber mimte den Unschuldigen. »Wir befinden uns vor dem Hotel, oder etwa nicht? Da muss man nur eins und eins zusammenzählen. Es ist ein offenes Geheimnis an der Uni, dass Hegel von seiner Frau vor die Tür gesetzt wurde.«

»Im Vorzimmer der Chefin scheint wirklich kein Geheimnis sicher zu sein«, erwiderte Philipp kurz angebunden und verschwand in der Hotellobby.

Er meldete sich an der Rezeption und wurde vom Concierge nach oben geführt. Hegel schien ihn erwartet zu haben, denn er hatte bereits Drinks vorbereitet. So saßen sich die beiden Professoren im Salonzimmer gegenüber, mit zwei Whisky auf Eis auf einem Beistelltisch zwischen ihnen. Es herrschte eine angespannte Ruhe. Von draußen drang Stimmgewirr herein, und als sich die beiden Männer zuprosteten, klimperten die Eiswürfel in den Gläsern.

»Warum hast du die Tasche über Bord geworfen? Der See ist dort sicher über hundert Meter tief, und aufgrund der Strömung wird man das Geld nie mehr finden!«

Hegel wirkte ruhig wie seit Langem nicht mehr. »Ich habe die Tasche nicht versenkt, Philipp. Ich habe sie einem Taucher übergeben.«

Philipp starrte sein Gegenüber fassungslos an. Hegel erhob sich, holte sein Smartphone und reichte es Philipp. Dieser las die letzte Nachricht, die darauf eingegangen war.

Stoppen Sie jetzt Ihr Boot. Ein Taucher wird sich von hinten nähern. Sobald Sie seine Umrisse und die Sauerstoffblasen erkennen, werfen Sie die Tasche ins Wasser. Das war es dann.

»Ein Taucher!«, entfuhr es Philipp. »Diese raffinierten Bastarde. Es sind also sicher mehrere Täter.«

Hegel hatte sich in der Zwischenzeit wieder gesetzt. »Man kann ein Smartphone auch wasserdicht einpacken und direkt unter der Wasseroberfläche eine Nachricht versenden. Aber ich gebe dir recht, das wäre wirklich sehr abenteuerlich.«

»Warum hast du uns nicht sofort informiert?«, fragte Philipp vorwurfsvoll.

Hegel sank in sich zusammen. Seine Kleidung schien ihm plötzlich eine Nummer zu groß zu sein. »Was hättet ihr dann getan? Wäre Muzaton in den See gesprungen? Hätte die Polizei eine Wasserbombe gezündet? Herrgott, ich habe einfach getan, was ich tun musste. Ich bin Literaturprofessor und nicht James Bond! Ich will nur, dass Rahel wiederauftaucht ... Du bist aus einem anderen Holz geschnitzt, Philipp. Ich bin nicht so stark wie du.«

Philipp bereute sein forsches Auftreten. »Es tut mir leid, Martin. Echt. Niemand will durchmachen, was du gerade erlebst. Du musst dir nichts vorwerfen.« Er stand auf und blickte sich an der Tür noch mal um, doch Hegel war in sich selbst versunken.

Philipp entschied sich, zu Fuß nach Kilchberg zu laufen. Er musste seinen Kopf durchlüften. Wenn alles gut ging, würde Rahel bald freigelassen. Wenn ...

Er überquerte die Straße mit den teuersten Uhren der Welt in Richtung Kaufleuten, ging dann über die Brandschenkestrasse hinauf zum Waffenplatz und nach Wollishofen. Dort bog er in die Kilchbergstrasse, die ihn fast bis an sein Haus führen würde. Die Bäume warfen aufgrund der hohen Temperaturen ihre Blätter wesentlich früher als üblich ab, und das trockene Laub zerbrach knirschend unter seinen Schuhsohlen.

DRITTER AKT

STILLE

Unbekannter Ort, 12. August

    Es herrschte Stille.
    Absolute Stille.
    Als ob jemand den Atem anhielte.

VIERTER AKT

SONNTAGMORGENKAFFEES

Zürich und Kilchberg, 13. August

Wellnitz saß alleine am Küchentisch seiner Junggesellenwohnung im Zürcher Kreis 3 und gab sich dem Weltschmerz hin. In der Spüle stapelte sich schmutziges Geschirr, und auf dem Herd stand ein Topf mit eingetrockneten Nudeln.
Unappetitlich.
Doch Wellnitz war eh nicht nach Essen, er trank bereits die dritte Tasse Filterkaffee und zerbrach sich den Kopf über die Geschehnisse der letzten Tage. Hatte Rahel jemandem von seinem Annäherungsversuch erzählt? Was war er doch für ein Dummkopf gewesen! Besoffen, einmal mehr. Wie immer nach Drehschluss hielt ihn nur der Alkohol zusammen. Aus Hermann Wellnitz war wieder Anton Müller geworden, den er nicht ausstehen konnte: diesen von Zweifel zerfressenen Mann hinter der Clownsmaske, dessen aufgesetzte Arroganz seinen Minderwertigkeitskomplex verbergen sollte.
Rahel hatte ihn durchschaut, clever, wie sie war.
Was gab es Schlimmeres, als ein Mensch zu sein, den man nicht mochte? Nicht einmal er selbst hätte sich gerne zum Freund gehabt. Davonlaufen war keine Option, da man sich selbst immer mitnahm. Kommissar Wellnitz war daher mehr als eine Rolle – es war sein Zufluchtsort vor

sich selber. Und die Geschichte mit Rahel drohte diesen nun zu zerstören.

Wellnitz stellte die Tasse auf die Ablage neben der Spüle und ging in sein kleines Arbeitszimmer, wo er sich an den Computer setzte. Er gab die Adresse vom Ferienlager ein, die er von Humboldt erhalten hatte. Laut Routenplaner musste er, inklusive eines Tankstopps mit Zigarettenpause, für die Fahrt dorthin gut zwei Stunden einplanen. Dann googelte er Restaurants in der Nähe des Camps. Die Namen erinnerten ihn an einen Tierpark: Löwen, Taube, Hirschen, Adler ... Er entschied sich für den Gasthof Bären, der am zentralsten gelegen war. Wo konnte man mehr Informationen erhalten als am Stammtisch einer Dorfkneipe?

*

»Du hast nichts mit dieser Sache zu tun, oder, Max?« Agathe Hegel musterte ihren Lover misstrauisch. Da ihr Ehemann momentan im Widder residierte, durfte ebendieser Max das sonntägliche Frühstück im Garten der noblen Villa am Zürichberg zu sich nehmen.

Von Löwenstein gab sich entsetzt. »Agathe, wie kannst du nur so etwas denken? Ich mag deinen Mann nicht, das stimmt. Er ist nicht gut genug für dich, aber deswegen würde ich doch kein Verbrechen begehen. Und schon gar nicht für läppische 100.000 Franken.«

»Ich dachte, du bist pleite?« Hegel fand unerwarteten Gefallen daran, von Löwenstein zu piesacken. Dieser konnte ihrem Ehemann – Noch-Ehemann – in keiner Weise das Wasser reichen. Dafür gab er ihr das Gefühl zu leben, ließ sie eigenständige Entscheidungen treffen und half ihr so, aus der klaustrophobischen Enge ihres Alltags auszubrechen. Es war Agathe Hegel vollkommen klar, dass es Martin schwer gehabt hatte, in ihre Familie aufgenommen zu werden. Er war bis heute nie richtig akzeptiert worden. Seine Kreativität, sowohl die literarische als auch die romantische, hatte unter dem familiären Druck gelitten. Sie hatte gehofft, dass sich der große Erfolg seines Kriminalromans positiv auf ihre Ehe auswirken würde, stattdessen hatte Martin sich noch mehr zurückgezogen. Jetzt wusste sie auch, warum. Sie studierte ihr Gegenüber, das seine Worte in der Zwischenzeit wiedergefunden hatte.

»Nun, sagen wir es einmal so: Ich bin im Moment nicht sehr liquide. Aber ich besitze einige Wertgegenstände, habe viele Talente und dich!« Er warf ihr einen künstlich aufgesetzten Blick zu, der verliebt oder schwärmerisch wirken sollte.

»Ich komme darauf, weil das Lösegeld im See versenkt wurde. Martin hat es mir am Telefon erzählt. Du tauchst schließlich ...« Sie ließ die Worte in ihrer Schwere sinken.

Von Löwenstein lief rot an. »Agathe! Du weißt, dass ich auch mit Ausrüstung nicht tiefer als zwei Meter tauchen kann. Zudem bin ich ein grottenschlechter Schwimmer.«

»Du kannst dich ja doch realistisch einschätzen, mein Lieber«, sagte Hegel ironisch.

Von Löwenstein kämpfte verzweifelt um die Gunst seiner Geliebten, die gleichzeitig seine Geldgeberin war. »Sag mir, was ich tun soll, um dein Vertrauen wiederzugewinnen!«

Hegel kniff ihm wohlwollend in die Wange. »Sei einfach schön und geh mir nicht auf die Nerven! Ach, noch was: Wenn du mich anlügst und in die Sache verwickelt bist, bringe ich dich eigenhändig um.«

*

Martin Hegels treueste und einzige Begleiterin war momentan die Schlaflosigkeit. Er hatte in der Nacht auf Sonntag kein Auge zugetan. Seit der Geldübergabe hatte er keine Nachricht mehr erhalten. Zudem hatte ihn Agathe bei ihrem gestrigen Telefongespräch über den Scheidungsantrag informiert. Trotz allem, was passiert war, überraschte ihn ihre Eile. Immerhin waren sie seit 20 Jahren verheiratet. Kein Gespräch, keine Wehmut, dafür der nüchterne Verweis auf die Vertragsklausel.

Enttäuschend.

Vielleicht war es ja gut so. Er war damals in seiner Schöpfungskraft an einem Tiefpunkt angelangt. Doch dann war Rahel gekommen, und sämtliche Probleme schienen sich aufzulösen wie frühmorgendlicher Herbstnebel. Ein Trugschluss, wie er sich jetzt eingestehen musste. Seine Situation war nur schlimmer geworden. Aber schlussendlich war es seine Entscheidung gewesen, und dazu musste er nun stehen.

Hegel hatte sich das Frühstück aufs Zimmer bringen lassen und füllte die Kaffeetasse mit warmer Milch auf. Sein Körper nahm die koffeinhaltige Stärkung dankend auf. Die Eggs Benedict rührte er nicht an. Er trat ans Fenster und blickte in den strahlend blauen Himmel über der

Limmatstadt. Hegel zog sein Jackett an und verließ seine Suite. Wenn schon das Schicksal die Karten mischte, so wollte er sie wenigstens verteilen.

*

Philipp saß in seinem Lesestuhl und hatte seine langen Beine auf die Ottomane gelegt. Er las den Artikel von Rahel Studer zum wiederholten Male auf seinem iPad. Es handelte sich um eine kleine Abhandlung über die Geschichte der Schrift. Der Text war vor einigen Wochen im Wissenschaftsteil einer renommierten deutschen Wochenzeitung erschienen, hätte aber genauso gut ins Feuilleton gepasst. Die an sich trockene Materie war mit viel Gefühl und Witz aufbereitet, und Studer erklärte die Entwicklung der Schrift im größeren Kontext von Politik, Wirtschaft, Religion und Gesellschaft. Sie war definitiv ein Talent, daran bestand kein Zweifel.

Unbemerkt hatte sich sein Kater Leo genähert und sprang auf die Armlehne. Seine Aufmerksamkeit galt weniger Philipp als dem leckeren Bündnerfleisch-Sandwich auf ebendieser Lehne. Philipp legte schützend die Hand über den Snack.

»Denk nicht mal dran«, sagte er zum Kater, der ihn mit großen Augen anblickte. Doch was seine Liebsten, dazu gehörten auch die Haustiere, anging, war Philipp konsequent inkonsequent, und so erbarmte er sich nach strengen zwei Sekunden und zerteilte eine Scheibe Bündnerfleisch. Als Sophie das Wohnzimmer in einem bezaubernden Pyjama und mit einer dampfenden Kaffeetasse in der Hand betrat, warf er die zerkleinerten Stücke hastig auf den Teppich neben sich, damit seine Frau nichts von seinem erzieherischen Fauxpas bemerkte.

»Was liest du da?«, fragte sie und drückte ihm einen Kuss auf das dichte Haar.

Philipp stellte die Beine ab, drehte den Sessel um 180 Grad und zog Sophie zu sich auf den Schoß. Er umarmte sie, und seine Frau legte ihren Kopf auf seine Schulter. So saßen sie eine Weile ruhig beisammen. Die Hand mit der Kaffeetasse hielt Sophie weit von sich gestreckt, damit ihnen das heiße Getränk nicht auf die Kleidung schwappte.

Schließlich brach Philipp das Schweigen. »Ich habe eben einen Text von Rahel Studer gelesen. Er ist brillant geschrieben, unglaublich positiv und eingängig. Kein Wunder, dass Hegel große Stücke auf Rahel hält.«

»Ach, hör doch mit diesem Kerl auf. Der hat sie nach Strich und Faden ausgenutzt. Einige Professoren verhalten sich wie Sklavenhalter und lassen ihre Assistenten die ganze Arbeit erledigen«, schnaubte Sophie aufgebracht.

Philipp küsste sie auf die Stirn. »Na ja, wir delegieren schließlich auch so einiges an unsere Assistenten.«

Sophie verdrehte die Augen. »Du weißt genau, was ich meine. Wir geben ihnen dafür die entsprechende Anerkennung. Hegel hingegen ist ein Narzisst. Für ihn gibt es nur Hegel, Hegel und nochmals Hegel.«

»Sei nicht so streng mit ihm. Was er im Moment erlebt, wünsche ich niemandem. Martin macht sich schwere Vorwürfe wegen Rahel.«

»Ich hoffe für alle Beteiligten, dass sie bald wieder auftaucht. Ich will mir nicht vorstellen, was sie gerade ertragen muss«, sagte Sophie.

Philipp schlang beide Arme um seine Frau und drückte sie fest an sich. »Ich habe ein verdammt ungutes Gefühl. Hegel hat getan, was von ihm verlangt wurde. Die Übergabe hat vor gut 24 Stunden stattgefunden, und von Rahel fehlt noch immer jede Spur. Je länger sich die Sache hinzieht, desto ...«

Er brach mitten im Satz ab, doch Sophie verstand ihn auch so. Sie erhob sich und öffnete ein Fenster. »Verdammte Scheiße!«, fluchte sie in den herrlichen Sommertag hinaus und wischte sich eine Träne aus dem Gesicht.

DER BÄREN

Appenzellerland, 13. August

Wellnitz betrat den Bären am frühen Sonntagnachmittag. Im Gegensatz zum sonnigen Zürich hingen über dem Appenzellerland tiefe Wolken, und ein garstiger Wind, angereichert mit Nieselregen, sorgte dafür, dass die Gaststube gut gefüllt war. Einige Gäste waren noch beim deftigen Mittagessen, andere saßen an den Schiefertischen, mit einem Bier oder einem »Kafi fertig« vor sich, und genossen die behagliche Atmosphäre. An den Wänden hingen Glocken und Bilder von Alpaufzügen – blumengeschmückte Kühe und Bauern in ihren Trachten.

Wellnitz setzte sein Filmlächeln auf und schritt durch den Raum. Auf einem großen ovalen Tisch, um welchen sich mehrere Männer versammelt hatten, stand ein schweres Messingschild. Wellnitz brauchte seine Lesebrille nicht aufzusetzen, um das darin eingravierte Wort zu entziffern, zweifellos hatte er den Stammtisch gefunden. Jovial grüßte er in die Runde. »Würde es Sie stören, wenn ich mich zu Ihnen setze?«, fragte er und deutete eine Verbeugung an.

Die Stammgäste tauschten Blicke aus. Dann rückten sie zusammen, sodass Wellnitz auf der Bank Platz nehmen konnte. Sofort winkte er die Wirtin zu sich und malte mit dem Zeigefinger einen Kreis in die Luft. »Bitte bringen

Sie den werten Herrschaften nochmals eine Runde. Für mich bitte einen ›Kafi Lutz‹.«

Anerkennendes, aber nicht begeistertes Nicken. Schweigen.

»Schön habt ihr es hier im Appenzellerland«, sagte Wellnitz.

Keine Antwort. Was hätten die Einheimischen auch sagen sollen? Wellnitz sah erleichtert auf, als die Wirtin die Getränke brachte. Er nahm seinen Kafi Lutz in die Hand und streckte das Glas vor sich in aus. »Auf euer Wohl!«

Die Männer prosteten dem Spender ebenfalls zu. Sogar ein »Danke schön« war zu vernehmen.

»Ah, das tut gut«, kommentierte der Fernsehkommissar. Er entschloss sich, nun zur Sache zu kommen. »Ich bin auf dem Weg in das Jugendlager, das auf dem Anwesen der Familie Neukomm stattfindet. Anscheinend spukt es dort, was natürlich vollkommener Humbug ist. Bevor ich mir die Gören vornehme, wollte ich noch etwas in diesem wunderschönen Gasthaus verweilen. Ein Gespräch unter richtigen Männern, ihr wisst, was ich meine.«

Die Mienen der Stammgäste hätten nicht ausdrucksloser sein können. Ein stämmiger Mann in einer braunen Strickjacke und einem Sennenhemd wandte sich schließlich an den seltsamen Fremden. »Was sind denn Gören?«, fragte er.

»Gören sind Goofen«, antwortete einer aus der Runde und öffnete seine Schnupftabakdose. Behutsam schüttete er sich einen braunen Haufen auf den Handrücken, dabei spreizte er den kleinen Finger und den Daumen ab, damit die Oberfläche eben war. Als die Dose zu Wellnitz kam, zögerte dieser zunächst, entschloss sich dann aber, an diesem sonderbaren Ritual teilzunehmen. Er legte sich den Schnupftabak auf der rechten Hand zurecht, was bei den Männern um ihn herum ein kaum wahrnehmbares Kopfschütteln auslöste, denn fürs Schnupfen, da waren sich die Einheimischen einig, musste traditionsgemäß die linke Hand verwendet werden. Einer nach dem anderen beugte sich nun leicht nach vorne und zog den Tabak in die Nase ein. Wellnitz, ein ungeübter Schnupfer, übertrieb das Einziehen dermaßen, dass ihm der Tabak direkt in den Rachen gelangte und neben einem heftigen Nieseffekt auch ein äußerst unangenehmes Brennen verursachte. Er versuchte dieses erfolglos mit dem starken Kafi Lutz zu löschen.

Der Mann rechts von ihm klopfte ihm mit seiner Pranke kräftig auf den Rücken. »Ich bin übrigens der Sepp«, sagte er freundlich.

»Hermann«, sagte Wellnitz keuchend.

»Warum interessiert dich das Ferienlager?«, fragte Sepp, als sich der Fernsehkommissar wieder gefangen hatte.

»Ich bin von einer wichtigen Behörde mit der Klärung dieses Rätsels beauftragt worden. Streng geheim, ihr versteht ...«

Sepp schmunzelte unter seinem Bart. »So geheim kann es ja nicht sein, wenn du uns darüber berichtest.«

Wellnitz blickte sich um und dämpfte seine Stimme. »Wir sind doch hier am Stammtisch. Und was am Stammtisch besprochen wird, bleibt am Stammtisch.«

Die Männer nickten im Gleichklang. Wellnitz entging das belustigte Flackern in ihren Augen.

»Also«, fuhr er fort, »im Lager befinden sich Kinder aus bestem Hause, und jemand ängstigt sie zu Tode. Ich will herausfinden, was es damit auf sich hat. Wenn ihr mir dabei helft, werde ich bei den Familien positiv über das Appenzellerland sprechen.«

Sämtliche Augen richteten sich auf Sepp. Dieser setzte eine ernste Miene auf. »Das ist lieb von dir, Hermann. Aber noch mehr Touristen, das ist genau das, was wir Einheimischen nicht unbedingt brauchen. Die schauen doch lieber auf ihr Handy anstatt auf die schöne Landschaft und die Tiere. Ich kann dir aber versichern, dass es sich mit Sicherheit um einen Streich oder eine Erfindung eines dieser Goofen handelt. Bei uns im Appenzellerland gibt es keine Geister, außer dem Berggeist. Und auf den trinken wir jetzt.«

Sepp bestellte eine Flasche Appenzeller Alpenbitter, und es entwickelte sich eine feuchtfröhliche Männerrunde mit Diskussionen über Gott, die Welt – und den Teufel.

Als Wellnitz schwankend den Bären verließ, dämmerte es bereits. Der Hobbyermittler ließ sich schwer in den Fahrersitz seines BMW fallen und wählte die Nummer von Armand.

»Haben Sie Ihre Ermittlungen abgeschlossen?«, fragte Armand, ohne Wellnitz zu begrüßen.

»Darauf kannst du wetten«, lallte dieser in die Leere des Wagens. »Ich bin mit äußerster Sorgfalt und Diskretion vorgegangen. Du wärst stolz auf mich gewesen.«

»Und?«, fragte Armand kurz angebunden.

»Der Fall ist gelöst: Es waren die Goofen.«

*

Nach seiner Rückkehr aus dem Bären klopfte Roduner im Hauptgebäude an Sascha Neukomms Zimmertür. Dieser öffnete kurz darauf und fuhr seinen Angestellten an. »Was wollen Sie denn, Roduner? Kann das nicht bis morgen warten?«

Der Bauer ließ sich nicht einschüchtern. »Ich war im Bären, und da ist plötzlich so ein Blauderi aufgetaucht.«

»Schön für Sie«, bemerkte Neukomm. »Sprechen Sie bitte nicht in Ihrem furchtbaren Dialekt mit mir, sonst verstehe ich kein Wort.«

Roduner hielt sich, so gut er konnte, an die Schriftsprache. »Ein Schnüffler hat sich im Gasthof rumgetrieben und wollte Informationen über diesen Goofenstreich mit dem angeblichen Gespenst.«

Neukomm war sofort bei der Sache. »Ein Schnüffler? Der Vater eines der Kinder?«

»Nein. Es war der Fernsehkommissar vom Sonntagskrimi. Anscheinend hat ihn die Zürcher Kripo beauftragt, Licht ins Dunkel zu bringen. Er sei mit dem Vater eines der Goofen befreundet, ich glaube, es handelt sich um Humboldt. Der Kerl ist mit jedem Schluck Alpenbitter redseliger geworden. Wir sind ihn fast nicht mehr losgeworden.«

»Und was haben die Stammtischler ihm erzählt?«

»Dass es sich um einen schlechten Scherz der Goofen gehandelt hat. Was soll es denn sonst gewesen sein?«

Neukomm lächelte grimmig. »Gut gemacht, Roduner. Mir soll die Aufmerksamkeit recht sein. Die Idee mit diesem Lager ist sowieso der größte Schwachsinn. Sie müssen mit diesen verzogenen Halbwüchsigen den ganzen Tag im Stall verbringen, und ich vergeude meine Zeit mit den

Sozialprojekten meines Vaters. Es wäre am besten, wenn das alles so schnell wie möglich ein Ende nehmen würde.«

Roduner blickte Neukomm stumm an und verabschiedete sich mit einem Kopfnicken.

*

Stephanie hatte die Unterredung zwischen Roduner und Sascha Neukomm mehr oder weniger zufällig belauscht. Sie war nach der Küchenarbeit gerade auf dem Weg zurück in ihr Zimmer gewesen, als Roduner an die Tür von Sascha geklopft hatte. Instinktiv, wie es sich für eine gute Detektivin gehörte, hatte sie sich in eine Nische zurückgezogen und das Gespräch mit angehört. Das mit den verzogenen Halbwüchsigen gefiel ihr gar nicht, schließlich war es nicht ihr Fehler, dass sich zu Hause niemand Zeit für sie nahm. Verärgert biss sie sich auf die Lippen. Sascha hätte also nichts dagegen, wenn es das Lager nicht mehr geben würde … Doch wie weit würde er dafür gehen?

Nachdem Sascha seine Zimmertür hinter sich geschlossen hatte und Roduner nicht mehr zu sehen war, lief sie leise zu ihren beiden Freunden. Wenn wieder etwas passieren würde, dann wäre das bald der Fall, da waren sie sich sicher. Ihr Plan war gut durchdacht, und es war an der Zeit, die schwarze Schuhcrème, die sie aus dem Putzraum entwendet hatten, ihrer Bestimmung zuzuführen.

DAS ZWECKENTFREMDETE BAGUETTE

Zürich, 14. August

Armand tunkte das dritte Croissant in den dritten Kaffee und biss hinein. In wenigen Minuten würde Hegel bei ihm im Büro vorbeischauen, und es gab weiterhin keine Spur von Rahel. Der Morgen des Hauptmanns war überraschend spektakulär verlaufen. Auf dem Weg ins Büro hatte Armand einen Abstecher in seine Lieblingsbäckerei gemacht. Als er den Laden betrat, fiel ihm sofort auf, dass die liebenswerte Verkäuferin, gleichzeitig die Ladenbesitzerin, bleich wie ein Brotteig war. Es war noch ein weiterer Kunde im Laden. Der Mann trug eine Hygienemaske und fuchtelte mit einer Pistole in der Luft herum.

»Hände hoch, du Vollpfosten!«, schrie er Armand an.

Dieser tat, wie ihm geheißen. Armand glaubte zu erkennen, dass der Räuber, der es nicht auf den Inhalt der Vitrine mit den vielen Köstlichkeiten, sondern auf die Kasse abgesehen hatte, eine Waffenattrappe in den Händen hielt. Die Pistole hatte einen orangefarbenen Griff und wirkte alles andere als gefährlich. Er ließ ruhig die Hände sinken, was der Dieb nicht bemerkte, weil er bereits dabei war, seine Taschen mit dem Geld der Bäckerei vollzustopfen. Armand schlenderte zur Auslage und nahm ein Baguette aus dem Regal. Das Brot war französisch schlank und knusprig, wie es sein musste, aber leider auch nicht sonderlich stabil. Also griff sich der Hauptmann zwei weitere Baguettes und umschloss die nunmehr drei Brotstangen mit seinen Pranken. Dann ging er von hinten auf den Gauner zu und schlug ihm die Baguettes wie einen Baseballschläger auf den Kopf. Das Brot zerbarst in seine Einzelteile und der Empfänger ging vor Schreck zu Boden, wobei er die Pistolenattrappe fallen ließ.

Armand stellte ihm einen Fuß auf den Rücken – er hatte immerhin Schuhgröße 46 und wog über 100 Kilo – und wählte den Polizeinotruf.

Wenige Minuten später wurde der Dieb von einer Streife der Stadtpolizei in Gewahrsam genommen.

»Das war mutig von Ihnen, Hauptmann Muzaton«, sagte einer der Polizisten zum Abschied. »Die Beretta, übrigens eine limitierte Sonderedition, war geladen und entsichert.«

Armand spürte, wie seine Wangen heiß wurden und sich sein Magen leicht zusammenzog. »Äh ja, ich habe die Chance ergriffen, als dem Mann die Waffe aus der Hand gefallen ist ...«, log er kurzerhand. Zum Glück hatte die Ladenbesitzerin die Diskussion nicht mitgehört. Sie bot Armand als Dankeschön eine Torte an. Der Hauptmann bat stattdessen um drei Croissants und hoffte, dass die Geschichte mit der Beretta es nicht in die Zeitung schaffen würde. Jeder durfte sich schließlich mal täuschen.

Schlag 10 Uhr betrat Hegel das Büro. Pünktlich war der Professor, das musste man ihm lassen. Armand stopfte sich das letzte Stück Croissant in den Mund und wischte sich die Krumen vom Hemd, was Hegel sichtlich irritierte.

»Haben Sie eigentlich nichts Besseres zu tun, als Ihr zweites Frühstück zu sich zu nehmen, während Rahel in Lebensgefahr ist? Oder wurde sie endlich gefunden?«

»Ich hatte heute schon ...«, begann Armand, entschied sich aber für die Kurzversion der Geschichte, »... viel zu tun. Leider haben wir immer noch keine Informationen über den Aufenthaltsort von Rahel Studer. Ich habe gerade mit der Oberstaatsanwältin gesprochen, wir werden heute an die Öffentlichkeit gehen und Frau Studer offiziell als vermisst melden. Ich vermute, dass Sie auch keine neuen Informationen haben.«

Hegel schüttelte den Kopf. »Nichts. Es tut mir leid, ich wollte Sie vorhin nicht angreifen und weiß, dass Sie alles Menschenmögliche unternehmen. Trotzdem: Ist es wirklich klug, an die Öffentlichkeit zu gehen? Denken Sie an die Warnung des Erpressers.«

Armand wollte den Professor nicht anlügen und sagte, was er dachte: »Sie haben Ihre Aufgabe erfüllt und das Lösegeld übergeben. Aber Rahel bleibt weiterhin verschwunden. Das ist leider kein gutes Zeichen, Herr Hegel. Die Lage ist äußerst besorgniserregend.«

Der Professor hatte keine Kraft mehr zu widersprechen. »Gibt es denn nichts, was ich tun kann? Ich darf Rahel nicht verlieren.« Die ganze Lebensenergie schien aus seinem Körper zu fließen.

»Haben Sie wirklich keine Informationen aus Rahels oder Ihrem Umfeld, die uns einen Hinweis auf die Täterschaft liefern könnten? Irgendetwas, das Ihnen bis anhin vielleicht als nebensächlich oder unwichtig erschienen ist? Der Täter – ich bleibe einfachheitshalber beim Singular –

wusste über Sie und Rahel Bescheid. Er wusste auch, dass Sie ein Motorboot besitzen. Ja sogar, dass Sie den Schlüssel dafür am Bund tragen. War Rahel vor ihrem Verschwinden anders als sonst? Denken Sie nach!«, drängte Armand.

Hegel stützte sich mit beiden Ellbogen auf die Tischplatte und legte den Kopf in die Hände. »Am Samstag vor ihrem Verschwinden haben Rahel und ich im Institut gearbeitet. Der Samstag war für uns immer ein Tag, an dem wir Zeit miteinander verbringen konnten. Die Uni ist dann leer und Odermatt zu Hause, deshalb …«

»So kommen Sie endlich zur Sache, Professor!«, unterbrach Armand ungeduldig. Das Adrenalin vom morgendlichen Baguette-Schwingen pulsierte immer noch durch seinen Körper.

»Schon gut, lassen Sie mich die Situation schildern, vielleicht ist es ja wichtig, obwohl ich zu dem Zeitpunkt davon ausgegangen bin, dass es einfach eine Laune Rahels war.«

Armand schlug mit der Faust auf den Tisch. Die rhetorischen Ergüsse Hegels waren nicht auszuhalten.

»An diesem besagten Samstagmorgen war Rahel unruhig, ja geradezu missmutig, was bei ihr sonst nie der Fall war«, setzte Hegel seine Ausführungen unbeirrt fort. »Aus heiterem Himmel erzählte sie mir nacheinander, dass Rektorin Fries und ihr Sekretär der Presse gezielt Gerüchte über die ETH zuspielen würden, dass Wellnitz sie auf der Heimfahrt nach unserem Abendessen belästigt habe und dass Odermatt, der Depp, Geld entgegennehme, um Seminar- und Masterarbeiten durchzuwinken. Außerdem habe sie das Gefühl, beobachtet zu werden.«

Armand sah sein Gegenüber fassungslos an, seine Augen funkelten gefährlich und sein Oberkörper spannte sich an.

»Und warum, tami no mol, erzählen Sie mir das erst jetzt?«

Hegel wurde kleinlaut. »Nachdem Rahel mir die Sachen gesagt hatte, war sie wieder wie sonst und hat sich selbst lachend als Petze bezeichnet. Sie bat mich, es für mich zu behalten, um in meinem letzten Jahr an der Universität nicht unnötig unter Beschuss zu geraten. Es seien ja nur Gerüchte, und das mit Wellnitz sei eigentlich ganz harmlos gewesen. Natürlich wollte ich dem nachgehen, aber ich bin aus den bekannten Gründen nicht mehr dazu gekommen.«

»Haben Sie jemandem davon erzählt?«, fragte Armand.

Hegel schüttelte den Kopf. »Nein, nur Ihnen … Glauben Sie etwa, dass auch ich in Gefahr sein könnte?«

»Wenn niemand von Ihren Kenntnissen weiß, dann nicht. Es besteht aber die Möglichkeit, dass der Entführer Ihre Beziehung mit Rahel nur deshalb in den Fokus gestellt hat, um von seinem wahren Motiv abzulenken.«

»Mein Gott«, stöhnte Hegel. »Ich hätte Ihnen davon schon viel früher erzählen sollen.«

Dem war nichts hinzuzufügen. »Wenn es sich um eine Vertuschung oder ein Ablenkungsmanöver handelt, ist die Lage für Rahel noch gefährlicher.«

»Es tut mir leid«, flüsterte Hegel.

»Das hilft uns auch nicht weiter«, sagte Armand schroff. »Ab jetzt spielen wir nach meinen Regeln. Wir müssen dem Verbrecher einen Schritt voraus sein und dürfen ihm nicht nur hinterherlaufen.«

»Was wollen Sie tun?«, fragte Hegel.

»Ich beschaffe mir einen Durchsuchungsbefehl für Rahels Wohnung, und wir werden Fries, Huber, Odermatt, Wellnitz und Ihre Frau vorladen ...«

»Meine Frau?« Hegel klang besorgt.

»Auch Ihre Frau«, bestätigte Armand, ohne zu zögern. »Sie ist laut Stand der Dinge die größte Nutznießerin dieses Dramas. Ich wäre froh, wenn Sie heute um 14 Uhr noch einmal hier vorbeikommen würden. Vielleicht brauchen wir Sie während der Vernehmungen.«

Hegel war einverstanden. »Sie können jederzeit über mich verfügen, Herr Muzaton. Ich bin quasi sowieso in Frührente.«

ALIBIS

Zürich, 14. August

Die Vernehmungen waren bereits im Gange. Obwohl es keinen Haftbefehl oder konkrete Beweise gab, war es Armand wichtig gewesen, die besagten Personen zumindest mit den von Rahel geäußerten Anschuldigungen zu konfrontieren und in die Mangel zu nehmen. Der Hauptmann hatte für die heutigen Gespräche erfahrene Beamtinnen abkommandiert, in der Hoffnung, so zu neuen Erkenntnissen zu kommen, nachdem er selbst bei den Verdächtigen schon aufgelaufen war. Er wartete zusammen mit Philipp und Hegel in seinem Büro auf die ersten Rückmeldungen.

»Seit einer knappen Stunde können wir Rahels Smartphone wieder orten«, informierte Armand.

»Darfst du uns sagen, wo?«, fragte Philipp.

»Irgendwo im Hauptbahnhof. Mehrere Beamte in Zivil durchkämmen das Gebäude, es ist die Suche nach der berühmten Nadel im Heuhaufen«, antwortete Armand.

Hegel hörte die Worte des Hauptmanns nur undeutlich, als wenn sich sein Kopf unter Wasser befände. »Wenn ich gewusst hätte, dass Sie meine Frau verhaften, hätte ich Ihnen heute Morgen nichts erzählt.«

Armand reagierte ungehalten. »Es wurde niemand verhaftet, Professor. Wir suchen Ihre Freundin, vergessen Sie das bitte nicht.«

»Das verstehe ich«, antwortete Hegel, »dennoch verschwenden wir unsere Zeit. Glauben Sie im Ernst, dass Agathe oder Rektorin Fries zu einer solchen Abscheulichkeit fähig wären? Wellnitz, Huber und Odermatt gehören zwar nicht zu meinem Freundeskreis, aber die haben nicht das Zeug zum Verbrecher. Wir drehen uns im Kreis wie Ihr lächerlicher Ventilator.« Mit dem Kopf deutete er auf Armands Lüfter.

»Lassen Sie gefälligst meinen Ventilator aus dem Spiel«, knurrte Armand gereizt. Auch seine Nerven waren strapaziert.

In diesem Moment vibrierte Hegels Smartphone. Die drei gestandenen Männer zuckten zusammen. Hegel sprang mit einem Satz zu seinem Jackett am Garderobenständer und riss das Gerät aus der Innentasche.

»Eine Nachricht von Rahel?«, fragte Philipp ungeduldig und stellte sich hinter den Professor, damit er auf den Bildschirm sehen konnte.

»Ja!«, rief Hegel, um kurz darauf aufzujaulen wie ein verletztes Tier. »Das kann doch nicht ... Nein! Das darf nicht ... So eine verfluchte Schei...!« Hegel verschluckte die drei letzten Silben und ließ sein Smartphone auf den Tisch fallen.

Philipp nahm es sofort zur Hand und las den Text laut vor. *»Wie viele Male waren Sie vergangene Woche bei der Kriminalpolizei? Wer hat Sie bei der Geldübergabe überwacht? Wo sind Sie jetzt gerade? Haben Sie im Ernst geglaubt, dass Sie damit durchkommen? Ich habe*

Sie gewarnt. Vergeblich. Schade um Rahel – Ihre Schuld. Und die der Polizei. Das ist meine letzte Nachricht. Sie müssen nun mit den Konsequenzen leben.«

Einen Augenblick lang herrschte ein bedrücktes Schweigen. Die Schwere der Nachricht hallte nach. Armand griff zum Hörer und bat Priya, die Vernehmungen abzubrechen und sich umgehend bei ihm im Büro einzufinden. Kurz darauf betrat sie den Raum und wurde von Armand auf den neuesten Stand gebracht. Der Hauptmann fackelte nicht lange. »Priya, hol einen Wagen. Wir fahren zusammen zu Studers Wohnung. Wir drehen jetzt jeden Stein um! Informiere bitte gleich noch Rahels Eltern, dass ihre Tochter offiziell vermisst wird. Sie dürfen das nicht aus der Presse erfahren. Das Versteckspiel ist endgültig vorbei. Wir haben uns zu lange an der Nase herumführen lassen. Wollen Sie uns in Rahels Wohnung begleiten, Hegel?«, fragte Armand.

»Lieber nicht! Die Vorstellung der leeren Wohnung ist unerträglich. Ich wäre Ihnen keine Hilfe. Aber ich habe da etwas für Sie.« Der Professor kramte in der Hosentasche und zog seinen Schlüsselbund heraus. Er klaubte einen Kaba-Schlüssel vom Sicherungsring und übergab ihn Armand. »Der ist für Rahels Wohnung.«

Armand nahm den Schlüssel dankend an sich.

»Wenigstens können wir nun meine Frau als Täterin ausschließen«, meinte Hegel. »Es sei denn, sie hat die Nachricht während der Befragung von Rahels Smartphone gesendet ...«

»Nicht nur Ihre Frau hat jetzt ein Alibi – die anderen gleich mit«, konstatierte Armand.

Philipp schob seinen Stuhl so heftig zurück, dass er kreischend über den Boden glitt wie Kreide über eine Tafel. »Wir kommen dem Täter kein bisschen näher!«, schimpfte er unzufrieden.

Armand legte ihm brüderlich die Hand auf die Schulter. »›Näher kommen‹ nützt vielleicht etwas, wenn man Boccia spielt oder bei einer Schneeballschlacht, aber nicht bei der Polizeiarbeit. Ich will diesen Schweinehund hinter Schloss und Riegel bringen.«

DIE FAST LEERE WOHNUNG

Zürich, 14. August

Der Facility Manager des Hauses, in dem Rahel Studer im Kreis 3 wohnte, erwartete die Polizei bereits vor dem Gebäude. Er stellte sich als Herr Imhof vor. Armand hatte ihn gebeten, die Angelegenheit diskret zu behandeln, um die Nachbarn nicht unnötig zu erschrecken. Im Kern war es ihm darum gegangen, Gaffer im Treppenhaus zu vermeiden. Armand zeigte dem Facility Manager den Durchsuchungsbeschluss, dann betraten sie das Gebäude. Im ersten Stock angekommen, steckte Armand den Schlüssel ins Schloss.

»Warten Sie bitte draußen«, bat er Imhof und öffnete die Tür. »Zürcher Kriminalpolizei!«, rief er.

Keine Antwort. Totenstille.

Armand hob den Daumen und betrat mit Priya die Wohnung. Vor ihnen öffnete sich eine kleine Diele mit einem Wandspiegel und einem Garderobenständer, an welchem zwei Jacken hingen. Dämmriges Licht fiel durch die vier Zugangstüren in den Eingangsbereich. Die beiden Polizisten zogen sich Latexhandschuhe über. Die Luft war stickig und muffig wie in einem Keller. Aber da war noch ein anderer Geruch – süßlich und faul. Armand beschlich ein sehr schlechtes Gefühl. In einem Zimmer fiel etwas zu Boden. Armand und Priya griffen sofort unter ihre Polizeijacken, bereit, die Pistolen aus den Holstern zu ziehen.

Doch anstelle von Rahel oder einem unbekannten Eindringling rannte eine Katze panisch an ihnen vorbei und verschwand durch die offene Eingangstür im Treppenhaus.

»Merde!«, entfuhr es Armand, und er ließ seinen Arm sinken. »Das wäre beinahe die erste Katze gewesen, die ich erschossen hätte.«

Priya ging nach draußen und wandte sich an Imhof. »Bitte fangen Sie die Katze ein und bringen sie rauf. Das arme Tier muss völlig dehydriert und ausgehungert sein.« Dann ging sie wieder zu Armand und ließ den verdutzten Mann alleine im Treppenhaus zurück.

»Damit können wir ausschließen, dass Rahel ihre eigene Entführung inszeniert hat. Niemand bei Verstand würde sein Haustier alleine zurücklassen«, sagte sie zu Armand.

Der Hauptmann nickte anerkennend. »Gut kombiniert. Ich hatte diese Möglichkeit ebenfalls auf dem Schirm, wenn auch als eine der letzten.« Sie durchsuchten die kleinen Räume. In der Küche standen Teller in der Spüle. Die Essensreste waren eingetrocknet. Auf dem Boden war ein Wassernapf und daneben lag ein aufgerissener Sack mit Frühstücksflocken.

»Das hat der Mieze das Leben gerettet«, sagte er zu Priya und öffnete das Fenster. Eine Welle frischer Luft schwappte ihnen entgegen. In der Küche gab es sonst nicht viel zu sehen. Ein Tisch an der Wand, zwei Stühle, ein Regal mit Gewürzen, Schwarz-Weiß-Bilder von Paris und New York. Der Kühlschrank war fast leer. Drei Eier, eine angebrochene Flasche Orangensaft und welker Salat.

»Rahel ist anscheinend keine große Esserin«, sagte Armand und spürte, wie sein Magen knurrte.

Als Nächstes war das Schlafzimmer an der Reihe. Das Bett war ordentlich bezogen. Priya hob die Daunendecke leicht an, darunter lag ein Pyjama.

»Mache ich auch so«, erklärte sie. »Aber sonst sieht es bei mir nicht so aufgeräumt aus.«

»Wo verstaust du eigentlich deine Dienstpistole?«, fragte Armand beiläufig, während er das Zimmer inspizierte.

»Offiziell natürlich in der Sicherheitskassette«, antwortete Priya wie aus der Kanone geschossen.

»Und inoffiziell?«

»In der Nachttischschublade … Und du?«

Armand legte den Kopf leicht schief. »Ich deponiere sie in Ekatarinas Unterwäscheschublade.«

»Das nenne ich …«, begann Priya, aber Armand unterbrach sie sofort.

»Bitte keine Freud'sche Analyse aus dem ersten Psychologiesemester!«, sagte der Hauptmann und ging weiter ins Wohnzimmer.

Auch hier fanden sie keine Anzeichen, die auf einen Kampf oder eine überhastete Abreise hätten schließen lassen. Auf einem Beistelltisch lag ein Roman von Daniel Kehlmann. Unter dem Esstisch war eine eingetrocknete Masse zu erkennen. Wahrscheinlich waren der Katze die Frühstücksflocken nicht bekommen und sie hatte sich übergeben. Die Tagesvorhänge waren vorgezogen, wie schon im Schlafzimmer. Die Wände verschwanden hinter Regalen voller Bücher, es mussten Hunderte sein, mindestens. Zweifellos lebte in dieser Wohnung jemand, der Literatur über alles liebte. Priya hatte in der Zwischenzeit das Badezimmer betreten, das zu klein war, als dass sich zwei Personen zugleich bequem darin hätten aufhalten können. Armand blieb daher am Eingang stehen und hielt sich die Nase zu.

»Was stinkt so abartig?«, fragte er und ärgerte sich, dass er seine DUL-X-Tube vergessen hatte. Üblicherweise strich er sich bei Tatortbesichtigungen immer etwas von der Sportsalbe unter die Nase. Ein Trick, um üble Gerüche nicht wahrzunehmen.

»Das ist die Katzenkiste in der Badewanne. Vollgepinkelt und vollgekackt. Aber die Mieze ist gut erzogen, sie hat sich nur dort versäubert.«

In der Zwischenzeit hatte Imhof das Kätzchen eingefangen und in die Wohnung zurückgebracht. »Da ist die Katze wieder«, sagte er.

Armand nahm ihm die Katze ab. »Hierlassen können wir sie jedenfalls nicht. Und ins Tierheim würde ich sie auch nur ungern bringen, die Kleine ist bereits genug traumatisiert. Ich habe einen guten Freund, der drei Katzen hat, vielleicht kann er sie aufnehmen. Hoffentlich können wir sie bald ihrer Besitzerin übergeben.«

»Ist Frau Studer denn etwas passiert?«, fragte Imhof besorgt.

»Frau Studer ist verschwunden, mehr können wir Ihnen zum jetzigen Zeitpunkt nicht mitteilen. Bitte geben Sie uns Bescheid, wenn sie im Haus auftauchen sollte oder Sie etwas hören, das für uns wichtig sein könnte.« Armand händigte ihm seine Karte aus.

Imhof betrachtete sie ehrfürchtig. »Selbstverständlich, Herr Hauptmann. Fragen Sie auch Berta vom Parterre, ob sie etwas gesehen hat, sie ist immer bestens darüber informiert, was um das Haus herum geschieht.«

Priya erklärte ihm, dass sie Bertas Bekanntschaft schon gemacht habe, es sei ihr aber nichts Ungewöhnliches aufgefallen. Die Besuche von Frau Hegel und Wellnitz behielt sie für sich.

Im Wagen setzte sich Priya mit der Katze auf dem Schoß auf den Beifahrersitz und hörte die neuesten Nachrichten auf ihrem Smartphone ab. »So ein Mist, die Ortung von Rahels Handy ist nicht mehr möglich. Es muss deaktiviert worden sein.«

Armand erwiderte nichts. Die Information überraschte ihn nicht, sie hatten es mit einem oder mehreren gewieften Verbrechern zu tun. Nachdem er den zivilen Polizeiwagen aus dem Hinterhof auf die Hauptstraße manövriert hatte, wählte er Philipps Nummer. Dieser meldete sich sofort.

»Gibt es etwas Neues?«

»Nun ja, wie man's nimmt«, antwortete Armand. »Wir haben Rahels Katze bei uns. Könntest du sie bei mir auf dem Revier abholen und vorübergehend bei dir unterbringen? Deine drei Maine-Coon-Fellnasen werden sich sicher freuen, und du kannst deine Kindheitsschuld endgültig tilgen.«

»Na gut, ich komme gleich vorbei. Mal schauen, was die anderen dazu meinen.« Philipp verabschiedete sich und beendete das Gespräch.

Priya blickte neugierig zu ihrem Vorgesetzten, während sie die Katze am Kopf kraulte, was diese mit einem lauten Schnurren quittierte. »Was hat es mit dieser Schuld auf sich?«, fragte sie.

Armand zierte sich kurz, beantwortete die Frage dann aber doch. »Philipp hat mir vor langer Zeit, als wir uns kennengelernt haben, gebeichtet, dass er als Kind die Katze der Familie in den Tiefkühler gesteckt hat. Sie hatte seinen Hamster getötet und er wollte sie dafür bestrafen. Kinder können sehr grausam sein.«

»Was? Hat sie es überlebt?« Priya war entsetzt.

Armand schüttelte den Kopf. »Das war vor den zweiwöchigen Familienferien an der Adria. Seine Mutter hat die Katze danach gefunden ...«

Priya musste unwillkürlich an die Leiche des Geschäftsleitungsmitgliedes der Zürcher Investment Bank denken, die sie bei den Ermittlungen zu ihrem letzten gemeinsamen Fall ebenfalls in einer Kühltruhe gefunden hatte. Obwohl es draußen sommerlich warm war, fröstelte sie. Das Kätzchen auf ihrem Schoß blickte sie treuherzig an.

WILLKOMMENSKULTUR

Kilchberg, 14. August

»Leo ist am Schmollen«, sagte Michelle besorgt zu ihren Eltern. Der riesige Maine-Coon-Kater hatte sich ins oberste Körbchen des Katzenbaumes verkrochen und beobachtete argwöhnisch das Geschehen im Wohnraum unter sich, wo seine beiden Schwestern Luna und Leylani mit der neuen Mitbewohnerin spielten. Die beiden hatten sich des kleinen Kätzchens sofort angenommen. Nun lagen die vier Mädels, Michelle inbegriffen, unter dem Esstisch und genossen das süße Nichtstun. Luna legte eine Pfote auf Rahels Katze und leckte ihren Hinterkopf. Diese bedankte sich mit einem behaglichen Schnurren.

Philipp erhob sich aus seinem Lesesessel und ging zum Kater hinüber. Er streckte sich und kraulte Leo hinter den Ohren, was diesen kurzfristig zu besänftigen schien, jedenfalls schloss er die Augen.

»Wir geben ihm etwas Zeit«, nahm Philipp seinen Liebling in Schutz. »Er war schon in der Minderzahl, und jetzt muss er sich gleich gegen drei Weibchen behaupten.«

Sophie lachte auf. »Müssen Michelle und ich uns auch Sorgen um dich machen, solange David in den Ferien ist? Zwei gegen eins – zumindest bis Ende der Woche ...«

»Leo und ich werden mit euch fünf schon alleine fertig«, antwortete Philipp. »Wir sind hart im Nehmen.«

»Ich bin jedenfalls froh, dass Rahels Katze so gut aufgenommen wurde von unseren Mädels. Sie scheint sich wohlzufühlen«, meinte Sophie.

»Dürfen wir sie behalten?«, ertönte Michelles Stimme unter dem Tisch.

Philipp wechselte einen besorgten Blick mit Sophie. Sie wussten beide, was dies bedeuten würde. »Rahels Katze ist in den Ferien bei uns. Wenn ihre Besitzerin zurückkommt, werden wir das Tier zurückbringen«, antwortete Philipp.

Der Kater quittierte die Aussage mit einem lauten »Miau«.

Sophie ging in die offene Küche und Philipp folgte ihr.

»Habt ihr eine Nachricht von Rahel? Hegel hat das Lösegeld doch bereits vorgestern übergeben. Ich mache mir große Sorgen um sie«, flüsterte Sophie und räumte das Geschirr in die Spülmaschine.

Philipp verschränkte die Arme und lehnte sich mit dem Rücken an die Schrankzeile. »Nein, keine Nachricht von Rahel und auch keine mehr von dem Entführer. Hegel hat Armand und mir versprochen, sich sofort zu melden, wenn er etwas hört.«

Sophie legte eine Kapsel in die Spülmaschine und startete sie. »Wenn es nur um das Geld ginge, wäre Rahel schon längst wieder aufgetaucht. Da muss mehr dahinterstecken, verletzte Emotionen, Eitelkeit, Rache, was auch immer.«

Philipp schüttelte resigniert den Kopf. »Ich sehe nicht mehr durch. Es gibt einige Personen in Hegels und Rahels Umfeld, die ein sehr vages Motiv hätten, aber wir bringen die losen Fäden nicht zusammen. Wenn jemand den Fall lösen kann, dann Armand. Das ist das Einzige, was mich im Moment hoffen lässt.«

Sie wurden von einem lauten Fauchen unterbrochen und gingen wieder in den Salon. Leo hatte sich von seinem Thron herabbegeben und schlich um den Esstisch herum, was den drei Kätzinnen gar nicht gefiel. Luna und Leylani setzten sich demonstrativ vor Rahels Katze und legten die Ohren an.

»Wir sollten ihr einen Namen geben«, sagte Michelle und krabbelte unter dem Tisch hervor.

»Wieder mit L?«, fragte Philipp.

Michelle war einverstanden. »Wie wäre es mit Lara?«

»Lara it is ...«, sagte Sophie und drückte Michelle einen Kuss auf das Haar.

DIE RÜCKKEHR DES GEISTES

Appenzellerland, 15. August

David hatte vergeblich versucht, wach zu bleiben. Irgendwann waren ihm die Augen zugefallen und er war in einen unruhigen Schlaf gesunken. Doch kurz darauf wurde er durch ein lautes Geräusch geweckt. Zunächst glaubte der kleine Humboldt, eines der Etagenbetten sei zusammengebrochen, aber der Lärm kam vom Fenster. Irgendetwas oder irgendjemand schlug an die Scheibe, und dies so kräftig, dass diese klirrend in tausend Stücke zerbarst. Sofort ertönte lautes Geschrei. Vier der sechs Jungs brüllten, was das Zeug hielt. Zwei von ihnen rannten zum Fenster und blickten hinaus. Was David und Alexander vor sich sahen, war echt gruselig. Der Platz zwischen dem Stall und dem Hauptgebäude war in dichten Nebel gehüllt, obwohl der Himmel über ihnen klar war und die Sterne über dem Alpsteinmassiv wie eine Weihnachtsbeleuchtung funkelten. Der Nebel stieg aus dem Boden empor – und mittendrin die grüne Gestalt. Sie schien einen Stock zu halten, mit dem – so hätte man meinen können – gerade die Scheibe eingeschlagen worden war.

David und Alexander eilten zur Tür und sprinteten den Flur hinunter. An der Treppe trafen sie auf Stephanie. Die drei Kinder waren voll bekleidet ins Bett gegangen, um im Fall der Fälle, der nun tatsächlich eingetreten war, keine

Zeit zu verlieren. Sie stürmten zu dritt auf den Hof und blickten sich um. Die Gestalt war verschwunden, und es herrschte eine gespenstische Stille. Kein Klopfen, Schlagen oder Hämmern. Auch kein Rauschen eines Ventilators.

»Wir müssen uns beeilen«, rief David, »sonst entkommt unser Geist.«

»Wäre das nicht gut?«, entgegnete Alexander mit zittriger Stimme. Er schien nicht überzeugt zu sein, dass sie es nicht mit einem übersinnlichen Wesen zu tun hatten.

Stephanie sprach ihm Mut zu. »Komm, Alexander. Wir zwei laufen um das Haus herum, und David untersucht die Scheune.«

Alexander nickte ihr dankbar zu, und die drei gingen getrennte Wege.

Als David den Eingang zum Stall erreicht hatte, zögerte er. Der künstliche Nebel hatte sich nach oben verzogen und verdeckte jetzt die Sterne. Es war dunkel und gruselig. David nahm seinen ganzen Mut zusammen und öffnete das Scheunentor, das knarrend nachgab. Vorsichtig schielte er um die Ecke, als er plötzlich unsanft an der Schulter zurückgerissen wurde.

»Habe ich mir doch gedacht, dass du dahintersteckst!«

Erschrocken fuhr David herum und erkannte Sascha Neukomm vor sich. Er wusste nicht, was er sagen sollte. Was würde sein Vater in dieser Situation tun? Instinktiv ballte er die Fäuste. In Anbetracht des Kräfteunterschieds war das allerdings keine gute Idee. David entspannte sich wieder und ging zumindest verbal auf den Gegenangriff über.

»Dasselbe könnte man von Ihnen sagen! Was tun Sie hier, Herr Neukomm?«

Der Leiter blickte David überrascht an. »Ich stelle die Fragen, Kleiner!«

»David, bitte. Nicht ›Kleiner‹. Wenn Sie es genau wissen möchten, ich löse mit meinen Freunden gerade das Rätsel des Geistes.«

Neukomm lachte höhnisch. »Das Rätsel ist bereits gelöst! Ab mit dir in mein Büro. Und bring deine Freunde mit, wer auch immer die sein mögen.«

»Genau das machen wir, und Sie trommeln die Erwachsenen zusammen. Wir treffen uns in fünf Minuten im Büro«, erwiderte David selbstbewusst und machte sich auf die Suche nach Stephanie und Alexander.

Neukomm blieb mit offenem Mund in der Dunkelheit zurück.

DER SCHWARZE ZEIGEFINGER

Appenzellerland, 15. August

Aus den fünf Minuten wurden zehn, bis sich alle Erwachsenen im Büro der Lagerleitung eingefunden hatten. Sascha und Patrizia Neukomm, Bauer Roduner und die Köchin sowie zwei weitere Aufsichtspersonen steckten die Köpfe zusammen. David, Stephanie und Alexander beobachteten sie siegessicher. Die Neonröhre an der Decke warf grelles Licht in den Raum. Die beiden Lager standen sich gegenüber, jeweils bereit zum Angriff. Die drei Kids hielten selbstbewusst die Arme vor der Brust verschränkt.

»Also zum letzten Mal: Wie habt ihr diesen Affenzirkus veranstaltet?«, fragte Sascha Neukomm. »Wir haben euch auf frischer Tat ertappt. Raus damit, sonst rufe ich die Polizei.«

Die Worte verfehlten ihre Wirkung. »Uns soll das recht sein, dann kann die Polizei den Täter oder die Täterin gleich verhaften«, sprach David für die Gruppe.

Patrizia Neukomm und die Köchin wechselten vielsagende Blicke. Patrizia reagierte als Erste. »Wir sollten uns erst mal alle beruhigen. Es ist niemand zu Schaden gekommen, und wir werden wegen eines dummen Streiches sicher nicht die Polizei rufen. Ich will nur wissen, was ihr da draußen gemacht habt.«

Nun übernahm Stephanie die Rolle der Rednerin. »Gibt es Geister? Nein. Jemand muss uns also absichtlich erschreckt haben. War das eines von den Kindern? Nein. Als der Krach losging und der Geist erschien, lag jedes Kind in seinem Bett. Und das beide Male. Wer war es also? Jemand von Ihnen.« Sie sah die Erwachsenen an.

»Das sind schwere Anschuldigungen, Stephanie«, sagte Patrizia Neukomm nachdenklich. Die Schlussfolgerungen des Mädchens waren stimmig. »Habt ihr Beweise dafür?«

Die drei Kinder nickten synchron. Alexander konnte sich nicht mehr zurückhalten. »Haben wir! Einer von Ihnen hat sich die Finger schmutzig gemacht – im wahrsten Sinne des Wortes!«

Die Erwachsenen blickten sich verwundert an. Sascha Neukomm vergrub seine Hände in den Hosentaschen. »Was soll dieser Quatsch?«, knurrte er.

David ließ sich nicht beirren. »Ich habe mit meinem Götti von der Zürcher Kriminalpolizei gesprochen«, sagte er stolz. »Er ist dort der Chef. Seine Vermutung war, dass der Rauch mit Trockeneis gemacht und mit dem Ventilator verblasen wurde. Und Alexander hatte die Idee, dass die grüne Gestalt mit dem Beamer, den Patrizia bei der Begrüßung am ersten Tag verwendet hat, in den Nebel gezaubert wurde.«

»So ein Schwachsinn!«, entfuhr es Sascha. Seine Schwester ermahnte ihn mit strenger Miene, David weitersprechen zu lassen.

Dieser kam zum entscheidenden Punkt. »Wir haben die Schalter von dem Ventilator und dem Beamer mit schwarzer Schuhcrème aus dem Putzraum eingeschmiert. Ein Zeigefinger muss demnach schwarz eingefärbt sein.«

Ein Raunen ging durch die Gruppe der Erwachsenen und die meisten kontrollierten verstohlen ihre Finger.

Patrizia Neukomm war beeindruckt. »Respekt. Ihr seid ja richtige Detektive.« Dann wandte sie sich an die Erwachsenen. »Na los, Hände nach vorne!«

Sie ging von einer Person zur anderen, bis sie zuletzt den schwarzen Zeigefinger fand. »Ach du meine Güte, das darf doch nicht wahr sein!«, entfuhr es ihr.

CARMEN DA SILVA, DIE REINIGUNGSKRAFT

Zürich, 15. August

Carmen da Silva balancierte mit einem übervollen Korb in den Händen die Treppe hinauf. Oben angekommen, ging sie durch den mit opulenten Bildern verzierten Flur ins Schlafzimmer der Hegels. Genau genommen war es seit einiger Zeit nur noch das Schlafzimmer der Hausherrin. Da Silva hatte keine Ahnung, was vorgefallen war. Es kümmerte sie auch nicht. Seit nunmehr zehn Jahren reinigte sie die herrschaftliche Villa, und sie war gut in dem, was sie tat. Jedenfalls war ihre Arbeit nie beanstandet worden, und die Hegels zahlten korrekt. In zwei Jahren wäre es so weit, dann würde sie zurück nach Portugal ziehen und sich dort selbst eine Reinigungshilfe leisten können.

Ihr Rücken würde es ihr danken.

Die Reinigungskraft ging leicht in die Knie und stellte die Zeine auf das ehemalige Ehebett. Der Wäscheturm geriet in Schieflage, und seine obere Hälfte fiel auf den Boden. »Bosta!«, rief die Haushälterin und nahm die Pullover und Hosen sorgfältig wieder auf. Frau Hegel war penibel, was das Bügeln anging, und so strich da Silva die Wäsche sorgfältig glatt, bis nichts mehr zu sehen war von dem kleinen Malheur. Anschließend öffnete sie den Kleiderschrank und legte die Kleidungsstücke vorsichtig hinein, wie ein Baby in sein Bettchen. Ihren wachsamen Augen entging nichts. So bemerkte da Silva, dass die Shirts im untersten Regal schief lagen und ganz nach hinten geschoben waren. Mürrisch zog sie den Stapel heraus und faltete alles neu. Als sie die Kleidung verstauen wollte, fiel ihr ein Gegenstand auf. Es handelte sich um einen verschließbaren Gefrierbeutel. »Que diabo é isso?«, sprach sie halblaut in den Schrank. Sie zog den Beutel mit Daumen und Zeigefinger heraus und hielt ihn in die Höhe. »Céus!«, rief sie entsetzt und ließ ihn fallen. Keuchend vor Schreck rannte sie aus dem Zimmer und auf direktem Weg in die Eingangshalle, wo sie ihr Smartphone auf einer Kommode deponiert hatte. Frau Hegel war zu dieser Zeit nie zu erreichen, das wusste sie mittlerweile. Der Beautytag war Madame heilig. Also wählte sie die Nummer vom Professor. Sie bekreuzigte sich erleichtert, als sie seine vertraute Stimme hörte.

»Herr Hegel, Sie müssen sofort heimkommen. É horrível!«

DER WEISSE ZEIGEFINGER

Zürich, 15. August

Armand und Priya trafen sich mit Hegel am Central, dem großen Verkehrsknotenpunkt unterhalb der Universität. Der Professor stieg in den Fond des zivilen Polizeiwagens. Armand wartete gar nicht erst, bis die Tür geschlossen war, um aufs Gas zu drücken, worauf sich der Wagen mit einem Sprung in Bewegung setzte und einem Bus der Zürcher Verkehrsbetriebe die Vorfahrt nahm, was mit einem lang anhaltenden Hupen quittiert wurde. Der Busfahrer bewegte hinter der großen Scheibe scheinbar lautlos die Lippen, vermutlich waren es keine Komplimente, die er äußerte. Armand fragte sich, warum die Menschen in Zürich immer gleich ein Ausrufezeichen benutzen mussten. Er fackelte nicht lange und schaltete die Sirene ein. Das Hupen verstummte, und der Busfahrer verlangsamte die Fahrt. Armand schwenkte zur Mitte des Seilergrabens und fuhr auf der Tramschiene in Richtung Kunsthaus. Der Bus wurde im Rückspiegel kleiner und kleiner, bis er schließlich ganz verschwand. Kurz darauf bog Armand scharf und ohne Rücksicht auf Verluste auf die Kantonsschulstrasse ab. Hegel presste sich mit weit aufgerissenen Augen in den Sitz und klammerte sich an den Haltegriff über dem Fenster.

»Wo muss ich durchfahren?«, fragte Armand.

Hegels Gesichtsfarbe glich der seines weißen Hemdes. »Links auf die Rämistrasse, dann gleich rechts auf die Gloriastrasse bis zur Kirche Fluntern, rauf zum Toblerplatz und von dort in die Freudenbergstrasse.« Er löste eine Hand vom Griff und wischte sich über die Stirn.

Einige Minuten später fuhr der Polizeiwagen auf das Anwesen der Hegels. Der Kies knirschte laut unter den Reifen, als Armand hart auf die Bremse trat. Zu dritt eilten sie die ausladende Treppe zum Eingang hinauf. Oben angekommen, forderte Armand den Professor auf, die Tür zu öffnen. Stattdessen drückte Hegel die Klingel.

»Sie sollten eigentlich wissen, dass meine Frau mich rausgeworfen hat. Ich habe keinen Schlüssel mehr für mein eigenes Haus«, sagte er.

Die Haustür wurde aufgerissen und vor ihnen stand eine zitternde Frau in der klassischen Arbeitskleidung einer Haushälterin: Bluse und überknielanger Rock, beides in Schwarz, darüber eine weiße Schürze. Die Hausangestellte ergriff Hegels Hand und redete auf ihn ein, ohne die Polizeibeamten zur Kenntnis zu nehmen.

»Professor, aconteceu uma coisa má!«

Hegel versuchte, sie zu beruhigen. »Carmen, acalmar-se. Was ist denn so Furchtbares passiert?«

»Meu deus«, wimmerte die Haushälterin und zog Hegel ins Haus.

Armand und Priya folgten ihnen ins Innere der herrschaftlichen Villa. Da Silva eilte mit Hegel an der Hand und den Polizisten im Schlepptau über die geschwungene Marmortreppe ins obere Stockwerk. Dort blieb sie an der Tür zum Schlafzimmer stehen und signalisierte, dass nichts und niemand sie dazu bewegen könne, den Raum jemals wieder zu betreten. »O diabo! Há um corpo no saco que está no chão«, sagte sie mit blankem Schauer in ihrer Stimme.

Hegel drängte sich an ihr vorbei ins Schlafzimmer und bemerkte sofort einen Beutel, der dort auf dem Boden lag. »Na, na, Carmen. In dem kleinen Sack befindet sich sicher keine Leiche«, versuchte er sie zu beruhigen.

Armand hatte genug gehört und übernahm die Regie in diesem seltsamen Schauspiel. »Professor Hegel, ich muss Sie bitten, zurückzutreten und nichts anzufassen.« Der Hauptmann signalisierte Priya, dass sie Hegel und die Haushälterin zur Seite nehmen solle, damit er den geheimnisvollen Gegenstand inspizieren konnte.

Priya bat Hegel, sich um die aufgelöste Carmen zu kümmern. »Warum trinken Sie nicht einen Tee mit Ihrer Angestellten?«, schlug sie vor.

Hegel nickte. »Vamos tomar uma chávena de chá«, sagte er zu der Frau, die das Angebot dankbar annahm.

Priya steckte die Hände in die Hosentaschen, um nichts unbeabsichtigt zu berühren, und gesellte sich zu Armand, der bereits Latexhandschuhe übergezogen hatte.

»Mal schauen, was wir hier haben«, sagte der Hauptmann und hob den Beutel vorsichtig in die Höhe. »Oh nein!« Er schloss die Augen.

»Was steckt da drin?«, fragte Priya ungeduldig.

Armand öffnete die Augen wieder und sah seine Kollegin an. »Ein Smartphone, ein Schlüssel – und ein Finger. Ruf bitte Rechsteiner an. Er soll mit seinem Team von der Spurensicherung sofort herkommen.«

Armand eilte in die Küche hinunter, wo Hegel sich gerade Tee servieren ließ. Als die Haushälterin den Hauptmann mit dem Beutel in der Hand wahrnahm, schrie sie laut auf und verschüttete heißes Wasser. Ein paar Tropfen davon landeten auf Hegels Hose.

»Aua!«, brüllte der Professor und sprang auf.

»Desculpe«, sagte da Silva und brach in Tränen aus. Die Situation war definitiv zu viel für sie.

»Tudo bem«, beschwichtigte Hegel. »Ich habe fast nichts abbekommen, das war nur der Schreck.«

Armand hatte weder Zeit noch Geduld, dem Treiben länger zuzusehen, und bat die Haushälterin, den Raum zu verlassen. Er kratzte dafür all seine Portugiesischkenntnisse zusammen: »Per favor, vão fora.«

Hegel unterstrich die Bitte mit einer wischenden Handbewegung.

Der Polizeihauptmann kam direkt zur Sache und hielt dem Professor die Tüte vor das Gesicht. Hegel betrachtete den Inhalt und zuckte zusammen. Unwillkürlich presste er sich eine Hand auf den Mund. Ein deutlich hörbares Würgen verdeutlichte den Brechreiz, der sich bei ihm einzustellen schien.

Armand trat sicherheitshalber einen Schritt zurück. »Haben Sie eine Erklärung dafür?«, fragte er schroff, auch um Hegel abzulenken. Ein kotzender Professor war das Letzte, was er jetzt gebrauchen konnte.

Hegel schüttelte den Kopf und ließ seine Hand sinken. »Meine Güte, wie soll ich denn eine Erklärung für einen abgeschnittenen Finger haben? Und dann noch in unserem Schlafzimmer! Das ist …« Er brach mitten im Satz ab und blickte Armand mit weit aufgerissenen Augen an. »Meinen Sie, das ist Rahels Finger?«

»Mein Gefühl sagt mir, dass dem so ist. Wahrscheinlich wurde er benutzt, um ihr Smartphone zu entsperren«, antwortete Armand. Die beiden Männer standen einige Sekunden lang wortlos in der Küche, schließlich nahm Armand das Gespräch wieder auf. »Meine Kollegin hat bereits die Forensik informiert. Wir werden das ganze Haus untersuchen müssen, die Staatsanwaltschaft wird uns dafür umgehend grünes Licht erteilen.« Er griff vorsichtig in die Tüte und aktivierte das Smartphone. Es dauerte einige Sekunden, bis sich das Gerät einschaltete. Auf dem gesperrten Bildschirm erschien ein Foto von Rahel Studer.

»Wo befindet sich Ihre Frau?«, fragte er den Professor.

Hegel hatte sich gesetzt und tupfte sich mit einer Serviette die Hose trocken. »Dienstags ist sie immer im Beauty-Center. Fitness, Peeling, Massage, Sauna, Maniküre, das volle Programm.«

Armand ließ sich die Adresse des Pflegetempels in der Zürcher City geben. Dann steckte er das Gerät zurück in den Beutel und zog einen ebenfalls darin befindlichen Schlüssel heraus. Ein ziemlich klobiges Teil, wie man es von den Schlössern alter Holztüren kannte. »Haben Sie diesen Schlüssel schon einmal gesehen?«

Hegel hob müde den Kopf.

»Haben Sie diesen Schlüssel schon einmal gesehen?«, wiederholte Armand seine Frage. Diesmal in scharfem Ton.

Hegel zögerte. »Das ist der Schlüssel von unserem Ferienhäuschen im Appenzellerland. Eindeutig. Ich habe das Haus vor einigen Jahren gekauft, weil ich Stille und

Abgeschiedenheit für das Schreiben gesucht habe. Aber in letzter Zeit hat es nur noch meine Frau genutzt. Was hat das zu bedeuten, Armand?«

Hegel war definitiv fix und fertig.

DER LEBENDE GEIST

Appenzellerland, 15. August

»Ich habe mit meinem Vater telefoniert, er wird in Kürze eintreffen«, sagte Patrizia Neukomm mit ernster Miene.

»Du hast Vater angerufen?«, fragte ihr Bruder Sascha überrascht.

Patrizia antwortete nicht. Es war jedem der Anwesenden klar, wer hier nun das Sagen hatte. Sie hatte alle außer Sascha, Roduner und »Die drei Züzis« gebeten, das Büro zu verlassen. Die Sonne war mittlerweile aufgegangen und tauchte die Hügellandschaft in sanftes Licht. »Wie konnten Sie das uns und den Kindern nur antun? Was haben Sie sich dabei gedacht!« Die Frage endete mit einem Ausrufezeichen.

Roduner blieb still und wischte mit der Hand über das Hosenbein. Die schwarze Schuhcrème haftete zäh auf seiner Haut.

»Mein Vater hat Sie mit der Betreuung des Bauernhofs beauftragt und Ihnen eine Chance gegeben – und so danken Sie es ihm?« Patrizia Neukomm konnte ihre Emotionen nicht länger kontrollieren.

Roduner hielt die Augen auf den Boden gerichtet. »Eine Chance nennen Sie das? Ihr Vater hat meinem Vater das Land für einen Spottpreis abgekauft. Das war meinen Eltern, vor allem meinem alten Herrn, egal. Er hat sowieso ke bezli an mich geglaubt.«

»Das Gegenteil war der Fall.« Eduard Neukomm, der Patron der Familie, hatte unbemerkt den Raum betreten und die letzten Sätze des Gesprächs mitverfolgt. Er lebte in Luzern, besaß aber auch eine kleine Wohnung in Appenzell. Nachdem ihn seine Tochter über den ersten Vorfall informiert hatte, war er in seine Ferienwohnung gereist, um in der Nähe zu sein, falls man ihn brauchte.

Alle drehten sich überrascht um. David hatte den Vater von Patrizia und Sascha nie zuvor gesehen. Er war eine imposante Erscheinung, die ihn an Armand erinnerte – lediglich gut 20 Jahre älter. Neukomm war groß gewachsen, breitschultrig und kahl geschoren. Seine Präsenz füllte den Raum, und die Machtverhältnisse verschoben sich in Sekundenschnelle.

Neukomm ging auf die drei Kinder zu und hielt ihnen die ausgestreckte Hand hin. »Ihr müsst die drei Detektive sein, die den Fall aufgeklärt haben. Kompliment!«, sagte er anerkennend. »Für euch bin ich Eduard.«

Nachdem sich die Kinder höflich vorgestellt hatten, wandte sich Eduard Neukomm an Roduner. »Ihr Vater hat immer an Sie geglaubt, Roduner«, präzisierte er seine Eingangsbemerkung. »Mehr noch, er hat Sie von ganzem Herzen geliebt.«

Roduner war sich dessen nicht so sicher. »Aadlig! Warum hat er Ihnen den Hof dann praktisch geschenkt? Das het doch ke Gattig ... Für ihn war ich immer nur ein Tschooli.«

Neukomm begrüßte nun Patrizia und Sascha mit einem Kuss auf die Wange und nahm auf einem freien Stuhl Platz. Er bat Roduner, sich neben ihn zu setzen, und legte ihm väterlich die Hand auf die Schulter. »Das mit dem Tschooli hat was«, schmunzelte er. »Als Ihr Vater nicht mehr konnte, waren Sie noch nicht so weit, den Hof zu übernehmen. Wenn ich mich recht erinnere, hatten Sie damals anderes im Kopf und haben viel Zeit mit Freunden in St. Gallen verbracht. Ihr Vater und ich haben uns in der Rekrutenschule kennengelernt. Wir haben zwar später vollkommen unterschiedliche Lebenswege eingeschlagen, sind aber Freunde geblieben. Also hat er mir treuhänderisch den Hof übergeben und mich gebeten, Sie anzustellen und in meine Obhut zu nehmen. Es sei an mir, so meinte er, Ihnen den Hof zu überschreiben, sobald Sie bewiesen hätten, dass Sie sich gut um die Tiere und die Landwirtschaft kümmern würden. Oder mit den Worten Ihres Vaters: ›Überschreib ihm den Hof und das Vieh, wenn die Flausen verflogen sind‹.«

Roduner wusste nicht, wie ihm geschah. Dem kräftigen Mann stiegen die Tränen in die Augen, und er begann am ganzen Körper zu zittern. Verschämt wischte er sich über das Gesicht und schwärzte sich die Wangen mit der an den Händen verbliebenen Schuhcrème ein. »Das hat er gesagt?«, fragte er berührt.

Neukomm nickte. »Eigentlich wollte ich Ihnen dieses Jahr die frohe Botschaft überbringen. Aber in Anbetracht der Dummheit, die Sie begangen haben, bin ich nicht mehr sicher, ob das richtig wäre.«

»Das kann ich absolut verstehen«, antwortete Roduner, ohne zu zögern.

»Was haben Sie sich eigentlich dabei gedacht?«, fragte Neukomm. »Wieso wollten Sie die Kinder erschrecken?«

»Ich wollte, dass die Ferienlager aufhören, alles vertüüfle ... dann hätten Sie das Anwesen verkauft und der Bauernhof hätte vielleicht einmal mir gehört.« Roduners Wangen röteten sich vor Scham.

»Auf so einen Blödsinn muss man erst mal kommen«, rügte Neukomm seinen Angestellten. Anschließend wandte er sich an die Kinder. »Ihr seid sehr mutig ... und intelligent. Eure Eltern werden stolz auf euch sein. Seid ihr hungrig?«

Die drei nickten.

»Ich bin am Verhungern! Lasst uns ein deftiges Frühstück zu uns nehmen. Sascha, Patrizia und Roduner – ihr kommt mit. Wir müssen über die Zukunft sprechen.«

DER KELLER

Appenzellerland, 15. August

Armand brauste mit 150 Kilometern pro Stunde auf der Autobahn in Richtung Ostschweiz. Der Säntis zeigte sich bereits in seiner ganzen Pracht. Kurz vor der Ausfahrt Appenzellerland blitzte es. Armand blickte durch die Frontscheibe in den grauen Himmel – keine Tropfen, kein Donner. Gleich blitzte es noch einmal, diesmal von hinten. »Tami no mol!«, fluchte der Hauptmann über die mobile Geschwindigkeitskontrolle. Störrisch beschleunigte er auf 160, um kurz darauf scharf zu bremsen und den Blinker zu setzen. Er verließ die A4 bei Gossau und nahm die Hauptstraße, die über Herisau nach Appenzell führte. Als er an einem Rotlicht halten musste, wählte er Priyas Nummer.

»Hat alles geklappt?«, fragte er.

»Ja. Rechsteiner und seine Leute stellen Hegels Haus auf den Kopf. Oberstaatsanwältin Emmenegger hat uns die Bewilligung erteilt. Der Professor war auch einverstanden. Ich bin gerade auf dem Weg ins Beauty-Center und werde Frau Hegel mit aufs Revier nehmen. Sie hat uns einiges zu erklären.«

»Halt mich auf dem Laufenden«, sagte Armand. »Ich fahre jetzt durch Herisau und werde in etwa 20 Minuten beim Ferienhaus der Hegels ankommen. Mein Kollege Zellweger von der Appenzeller Kantonspolizei wartet dort auf mich.«

»Hoffentlich findet ihr Rahel.«

Armand spürte, wie sich sein Magen zusammenzog. »Ich bin mir sicher, dass wir sie finden werden. Die Frage ist nur, in welchem Zustand.«

Appenzell lag auf gut 800 Metern am Fuße des Alpsteinmassivs. Man war stolz darauf, mit knapp 6000 Einwohnern ein Dorf geblieben zu sein. Armand hatte Appenzell vor Jahren zum letzten Mal besucht. Die bunt bemalten Holzhäuser mit ihren geschweiften Giebeln, Täferungen und Riegelkonstruktionen verliehen der Ortschaft einen besonderen Charakter. »Appezöll«, wie es die Einheimischen nannten, war auch bekannt für seine exklusiven Ladengeschäfte mit einheimischer Handwerkskunst. Der Höhepunkt des Jahres war die Landsgemeinde, bei welcher die Bevölkerung urdemokratisch wählte und mit offenem Handmehr abstimmte. Armand nahm sich fest vor, diesem eindrücklichen politischen Ereignis einmal zusammen mit Ekatarina beizuwohnen. Warum nicht gleich auch David einladen? Wie es dem Kleinen wohl ging? Armand hatte seit dem seltsamen Telefonat nichts mehr von ihm gehört. Da sich das Bootcamp ganz in der Nähe befand, entschied er sich spontan, auf dem Rückweg bei David vorbeizuschauen, wenn er dann noch in der Verfassung dafür wäre.

Armand folgte den Anweisungen des Navigationssystems und steuerte das Auto über die Umfahrungsstraße am Dorfkern vorbei. Das Ferienhaus der Hegels stand etwas außerhalb von Appenzell im Bezirk Schwende-Rüte. Direkt über der Gemeinde thronte der Hohe Kasten, dessen Gipfel sich in einer tief hängenden Wolke verlor. Die schmucken Häuser lagen harmonisch verstreut, als wären sie von einem Riesen ausgesät worden. Man konnte fast neidisch auf die Anwohner werden.

Doch die zwei Polizeiautos und der Sanitätswagen, die vor dem Appenzellerhaus standen, das Armand ansteuerte, machten die Idylle zunichte. Armand parkte den Wagen auf der Wiese vor dem Gebäude und stieg aus. Er streckte seine steifen Gelenke und betrachtete das Haus. Was mochte ihn wohl hinter den Fenstern und den von der Sonne dunkelbraun gefärbten Holzschindeln erwarten?

Er wurde von einem kleinen bulligen Mann in Uniform in Empfang genommen. »Armand! Schade, dass wir uns unter solchen Umständen wiedersehen.«

»Grüezi, Willi!«, erwiderte Armand und drückte seinem Kollegen von der Appenzeller Kantonspolizei fest die Hand. Willi Zellweger war einige Jahre älter als er, seine Augen hatten jedoch ihren jugendlichen Schalk und ein scharfsinniges Blitzen behalten.

Armand tauschte sich kurz mit Zellweger aus.

Der Appenzeller Polizist atmete tief durch. »Wir sind auf das Schlimmste gefasst. Ich habe jedenfalls meine Kriminaltechniker und die Sanität aufgeboten.«

Armand bedankte sich bei seinem Kollegen und ging zum Haus. »Lass uns keine Zeit verlieren. Habt ihr den Durchsuchungsbeschluss?«

»Ja, der verantwortliche Staatsanwalt wurde direkt von Frau Emmenegger informiert. Lief schnell und reibungslos ab. Und du hast den Hausschlüssel, oder?«, fragte Zellweger.

Armand steckte den Schlüssel in das altertümliche Schloss. Mit einem leichten Quietschen öffnete sich der unsichtbare Riegel. Die beiden Hauptmänner betraten den Eingangsbereich. Alles im Haus wirkte friedlich, geradezu pittoresk. An den Wänden hingen Schwarz-Weiß-Fotos von Kühen und Geißen. Ein handgeschnitzter Alpaufzug stand perfekt aufgereiht auf einer langen Kommode. Es roch nach nichts, was Armand erleichtert zur Kenntnis nahm.

»Wo geht es denn in den Keller?« Er drehte sich hilfesuchend zu Zellweger um, dem die Bauweise der hiesigen Häuser mit Sicherheit bekannt war.

Der Leiter der Appenzeller Kantonspolizei zeigte auf eine kleine Holztür. »Hier muss es runtergehen.«

Armand öffnete die Tür. »Frau Studer, Polizei! Wir kommen jetzt zu Ihnen«, rief er in die Dunkelheit.

Keine Antwort.

Auf Schulterhöhe befand sich ein Lichtschalter. Armand drehte das antike Stück in die Horizontale, und ein schwacher Schimmer erhellte das steinerne Gewölbe. Die zwei Hauptmänner stiegen die steile Holztreppe hinab, die Dielen ächzten unter ihrem Gewicht. Der Boden des Naturkellers war mit Kies bedeckt. Armand musste den Kopf einziehen aufgrund der niedrigen Raumhöhe, die typisch war für klassische Appenzeller Häuser, da sie ursprünglich für die eher klein gewachsenen Einheimischen gebaut worden waren. Zellweger stand aufrecht neben ihm.

Zunächst sahen die beiden hochrangigen Beamten nichts, ihre Augen mussten sich erst an das fahle Licht gewöhnen. Im Gegensatz zum Erdgeschoss roch es modrig. Langsam erkannte Armand Regale, dann eine Pritsche, auf welcher ein Bündel zu liegen schien. Zellweger trat näher und blieb wie erstarrt stehen. Entsetzt blickte er zu Armand. Sein Gesicht hatte einen merkwürdigen Ausdruck, als hätte er etwas gesehen, von dem sein Verstand sich weigerte, es zu begreifen. Armand wollte eine Frage stellen, die aber auf seinen Lippen erstarb. Er wusste instinktiv, dass Rahel tot war, denn er fühlte – nichts. Zellweger trat zur Seite und machte Armand Platz. Aus dem Bündel wurde eine Decke, auf der Decke lagen zwei Arme, ein Kopf wurde sichtbar, Klebeband hob sich davon ab, dann zwei Augen.

Offen.

Starr.

Sie hatten Rahel gefunden.

WIEDERGUTMACHUNG

Appenzellerland, 15. August

Vom Ferienhaus der Hegels war es nur eine kurze Fahrt nach Brülisau, wo sich Davids Ferienlager befand. Nach dem Schock im Keller war sich Armand zunächst unsicher, ob er den Abstecher machen sollte. Er entschied sich trotzdem dafür. Er hatte David ins Herz geschlossen und brauchte dringend eine kleine Aufmunterung. Armand liebte seinen Job, aber in solchen Momenten fragte er sich, warum er sich das antat. Natürlich konnte er in seiner Position etwas bewirken, indem er Verbrecher, wenn auch für eine begrenzte Zeit, ihrer gerechten Strafe zuführte, wodurch die Welt sicherer wurde. Aber kaum hatte er jemanden weggesperrt, tauchte bereits der nächste Übeltäter auf. Sie schienen sich zu vermehren wie die Ratten, ein Perpetuum mobile des Bösen. Solange es Menschen gab, würde es auch Verbrechen geben. Wurde man schon böse geboren, oder wurde man erst im Laufe der Zeit so? Plagten nicht bereits Kinder ihre Altersgenossen? Vielleicht war die Menschheit ja nur ein Virus, das die Welt befallen hatte und diese und sich gleich mit langsam, aber sicher zerstörte ...

Dann dachte er an Ekatarina, Philipp und seine Familie, Priya und weitere tolle Kolleginnen und Kollegen von der Kriminalpolizei, gute Menschen aus seinem Quartier, die freundliche Bäckerin, den immer positiven Postboten, das aufmerksame Servicepersonal in seinen Lieblingsrestaurants, für die es sich vielleicht dennoch lohnte weiterzukämpfen, dranzubleiben, das Unkraut auszureißen, auch wenn es wieder und wieder nachwuchs.

Er bog von der Hauptstraße ab. Vor ihm breitete sich das schöne Anwesen des Bootcamps aus. Was war eigentlich mit dem Geist passiert? Wahrscheinlich war es wirklich nur ein Streich gewesen, dachte Armand und freute sich auf das Wiedersehen mit seinem Göttikind. Was er nun brauchte, waren ein Kinderlachen und eine Umarmung.

Sicher keinen neuen Übeltäter.

Er stellte den Wagen auf dem Besucherparkplatz ab. Es war keine Menschenseele zu sehen. Auf der Wiese grasten wunderschöne Kühe. Den Tieren ging es zum Glück besser als vielen ihrer Artgenossen. Armand hörte Kinderkreischen hinter dem Stall und wollte gerade hinübergehen, als ein groß gewachsener Mann aus dem Hauptgebäude trat und ihm zuwinkte.

»Kann ich Ihnen helfen?«, fragte er freundlich.

Der Hauptmann studierte die imposante Person, die auf ihn zulief, mit überraschter Aufmerksamkeit. Kam ihm da gerade sein eigenes Ich aus der Zukunft entgegen? Er glaubte beinahe, in ein durch modernste Technologie gealtertes Spiegelbild zu blicken. Seinem Gegenüber ging es offensichtlich ähnlich, denn der Mann musterte Armand von oben bis unten und dann gleich nochmals von unten bis oben.

»Ich bin Eduard Neukomm«, sagte er mit tiefem Bass. »Mir gehört das Anwesen.«

»Hauptmann Muzaton von der Zürcher Kriminalpolizei«, antwortete Armand in einer ähnlichen Tonlage.

Neukomm zögerte und strich sich mit der Hand über den kahlen Schädel. »Sind Sie wegen dem Geist gekommen? Das haben wir alles intern geklärt, ein Verbrechen ist nicht passiert, und wir werden keine Anzeige erstatten.«

Armand schüttelte den Kopf. »Nein. Ich war gerade in der Gegend und möchte mein Göttikind David besuchen. David Humboldt. Er hat mir übrigens von der Geistergeschichte erzählt. Wenn ich schon hier bin, können Sie mir den Hintergrund vielleicht kurz erklären?«

Neukomm hatte nichts dagegen einzuwenden und fasste die Ereignisse zusammen. »Dank einer genialen Idee von David, Stephanie und Alexander konnten wir den Täter überführen. Es war mein Angestellter Ernst Roduner. Ihr Patenkind hat es faustdick hinter den Ohren. Aus dem wird mal was – vielleicht sogar ein erfolgreicher Kriminalinspektor!«

»Nun, Davids Eltern haben ihm die Auszeit bei Ihnen verordnet, damit er lernt, seine Emotionen besser in den Griff zu bekommen. Das scheint ja geklappt zu haben«, antwortete Armand. Dann wurde aus dem Götti wieder der Polizeibeamte. »Ich würde diesen Roduner fürs Leben gern in den Senkel stellen und ihm eine zünftige Lektion erteilen.«

Neukomm schmunzelte. »Müssen auch Sie Ihre Emotionen besser in den Griff bekommen, Herr Muzaton? Es beruhte alles auf einem tragischen Missverständnis, das wir gütlich klären konnten. Roduner wird sich bessern. Er ist kein schlechter Mensch. Er ist auf dem Hof aufgewachsen und hängt einfach sehr an ihm. Er ist auf dem richtigen Weg, vertrauen Sie mir.«

Armand kratzte sich nachdenklich am Kinn. »Wenn dieser Roduner von hier stammt, kennt er sicher Krethi und Plethi. Allenfalls könnte er sich für mich in einer delikaten Angelegenheit etwas umhören. Quasi als Wiedergutmachung.«

»Warum nicht?«, antwortete Neukomm und legte seinem jüngeren Double den Arm um die Schultern. »Sie können gleich mit ihm sprechen, aber zuerst gehen wir zu David. Er wird sich sicher freuen, Sie zu sehen. Die Kinder bauen gerade einen Hühnerstall.«

Als David seinen Götti erblickte, ließ er seine Säge fallen und stürmte los. Armand kniete sich nieder und bekam endlich die lang ersehnte Umarmung.

»Du bist ja ein erfolgreicher Kriminalbeamter geworden«, flachste der Hauptmann. »Muss ich mir Sorgen um meinen Posten machen?«

David strahlte über das ganze Gesicht. »Papa, Mama und Michelle werden sicher stolz auf mich sein. Aber ohne meine Freunde hätte ich das nie geschafft! Und …«, fügte er schelmisch hinzu, »… wenn ich Polizist bin, bist du sowieso schon lange pensioniert.«

»Danke, dass du mich daran erinnerst«, kommentierte Armand den sachlich korrekten Hinweis.

HEIDI INAUEN, DIE KELLNERIN

Appenzell und Zürich, 15. August

Bauer Roduner meldete sich noch am selben Abend telefonisch bei Armand. Er hatte den Wunsch des beeindruckenden Polizeichefs ohne Murren akzeptiert und war froh, sein illoyales Verhalten gegenüber der Familie Neukomm auf diese Weise wiedergutmachen zu können. Zumindest teilweise.

Roduner legte gleich los wie ein Muni. »Grüezi, Herr Muzaton. Ich habe mich umgehört und so einiges über Frau Hegel erfahren.«

Armand war ganz Ohr. »Gut gemacht, Roduner, was haben Sie herausgefunden?«

»Also, mein ehemaliger Schulschatz, die Heidi, arbeitet in einem Hotel hier in der Gegend. Die Frau Hegel ist dort regelmäßig zu Gast im Restaurant, aber nicht mit ihrem Ehemann...« Roduner machte eine Kunstpause. Mit Erfolg.

»So reden Sie doch weiter!«, sprach Armand ungeduldig ins Telefon.

»Reserviert hat jedes Mal ein gewisser Herr von Löwenstein. Anscheinend ein schlimmer Bloderi. Er habe sie oft beschimpft, also meine Ex. Bezahlt habe aber immer Frau Hegel, nicht der von Löwenstein. Die Heidi wurde dann etwas neugierig und ist ein bisschen go wöndele.«

»Mein Gott, ich versteh nur die Hälfte«, meldete sich Armand zu Wort.

Roduner riss sich zusammen und versuchte, so gut es ging, sich für den Hauptmann verständlich auszudrücken. »Meine Heidi hat spioniert. Der von Löwenstein sei Frau Hegels Schangli – also ihr Freund. Weleweg haben sie heimlich im Ferienhaus der Hegels übernachtet und globt, dass sie hier niemand kennt.«

Armand pfiff ins Telefon.

Roduner war in Fahrt gekommen und erzählte munter weiter. »Von Löwenstein habe immer die teuersten Menus bestellt und viel getrunken, bis er einen Palari zusammenhatte.«

»Palari?«, fragte Armand.

»Bis er betrunken war«, erklärte Roduner. »Er sei ein richtiger Saucheib gewesen. Einmal wollte er die Heidi betatschen, da hat sie ihm aber zünftig eins auf die Finger gegeben!«

Armand fasste sicherheitshalber zusammen: »Frau Hegel hat also mit ihrem Liebhaber, einem gewissen von Löwenstein, regelmäßig in einem Hotelrestaurant zu Abend gegessen. Reserviert hat von Löwenstein und bezahlt hat Frau Hegel. Darum kennt Ihre Heidi auch beide Namen. Danach sind sie ins nahe gelegene Ferienhaus der Hegels gegangen. Ich nehme an, Ihre Schulfreundin hat sie dabei unbeabsichtigt beobachtet.«

Roduner lachte laut. »Ich habe ja gesagt, sie ging go wöndele …«

»Gut gemacht, Herr Roduner«, sagte Armand versöhnlich. »Sie haben uns wirklich weitergeholfen.«

Roduner war erleichtert, etwas trieb ihn aber noch um. »Bekomme ich wegen dieser Geschichte mit dem Geist eine Gefängnisstrafe?«

»Nein, natürlich nicht. Aber als ehemaliger Priester muss ich Ihnen leider mitteilen, dass Sie allenfalls einen Zwischenhalt im Fegefeuer einlegen werden. Vor allem, wenn Sie die Kinder weiter behelligen sollten«, sagte Armand mit einem drohenden Unterton.

Roduner war erleichtert. »Vegöltsgott, Herr Hauptmann. Me chönd welege scho z Rank.«

Nachdem Armand das Gespräch beendet hatte, meldete er sich bei Priya, die gerade auf dem Nachhauseweg war. »Agathe Hegel hatte wahrscheinlich einen Komplizen«, sagte er und fasste das Gespräch zusammen.

»Vielleicht hat der Kerl Rahel ja ohne Frau Hegels Wissen entführt«, ergänzte Priya.

»Auch eine Möglichkeit. Ich mache mich heute Nacht noch schlau über den Casanova. Vielleicht finde ich Informationen über ihn in unseren Datenbanken.«

»Alles klar, Chef. Ich werde meinerseits die sozialen Medien nach von Löwenstein durchforsten. Morgen nehmen wir dann Frau Hegel in die Mangel«, antwortete Priya aufgeregt.

»Und wir begeben uns umgehend auf die Suche nach ihrem Lover. Wenn er etwas mit der Geschichte zu tun hat, kann er ja nicht weit sein.«

180-GRAD-WENDE

Zürich, 16. August

Frau Hegel hatte darauf bestanden, das Verhör in Anwesenheit ihres Anwalts durchzuführen. Verständlich.
Anwalt Streit war auf Streit aus und fackelte nicht lange, als Armand und Priya den Raum betraten. »Wenn Sie meine Mandantin nicht umgehend entlassen, wird Sie das teuer zu stehen kommen, Hauptmann Muzaton«, sagte er ohne Begrüßung.
Armand wartete mit der Antwort, bis er und Priya sich gesetzt hatten. »Es geht um Mord, mein lieber Herr Streit. Frau Studers Leiche wurde im Ferienhaus Ihrer Mandantin gefunden. Zudem haben wir ihren abgetrennten Zeigefinger und das Smartphone von Frau Studer im Haus Ihrer Mandantin sichergestellt. Ich denke, das sollte für eine Untersuchungshaft reichen.«
»Sie glauben doch nicht im Ernst, dass ich etwas mit dieser Sache zu tun habe«, schaltete sich Agathe Hegel ein. »Es ist offensichtlich, dass mein Mann hinter allem steckt.«
Armand kratzte sich am Kopf. »Wieso sollte er seine Freundin umbringen, sich selbst erpressen, seine Karriere ruinieren und sich gleich noch um einen großen Teil seines Vermögens bringen?«

»Sie sind der Polizist, nicht ich!«, antwortete Hegel schnippisch. »Außerdem möchte ich Sie daran erinnern, dass ich ein Alibi habe. Ich kann die Erpressernachrichten gar nicht geschrieben haben. Ich war bei Ihnen auf der Polizeiwache, als eine der Botschaften eintraf. Das haben Sie mir selber gesagt.«

Ein gutes Argument, aber nicht gut genug. Priya ließ das Kartenhaus in sich zusammenbrechen. »Vielleicht hatten Sie einen Komplizen?«

Hegel tauschte einen Blick mit ihrem Anwalt aus.

»Das ist eine infame Unterstellung!«, fauchte Streit. »Meine Mandantin wird sich nicht mehr dazu äußern.«

Doch dem war nicht so.

»Warum sollte ich denn diese Frau Studer umgebracht haben?«, fragte Hegel.

»Eifersucht? Geld? Kränkung?«, zählte Armand mögliche Motive auf. »Sagen Sie es uns.«

Agathe Hegels selbstsichere Fassade bekam Risse. »Ich habe Studer nicht umgebracht!«, rief sie beinahe panisch.

Armand hielt den Druck aufrecht. »Sie haben Studer mit einem Helfershelfer entführt, um den Professor unter Druck zu setzen, damit er seine Affäre gesteht. Sie bekommen mit der juristischen Unterstützung Ihres Anwalts nach der Scheidung das ganze Geld und genießen das neu gewonnene Singledasein. Das war der Plan. Dummerweise ist alles aus dem Ruder gelaufen.«

»Der Mann ist total übergeschnappt«, sagte Hegel zu Anwalt Streit. »Helfershelfer, wer soll das denn sein?«

Nun spielte Armand seinen Joker aus. »Zum Beispiel Max von Löwenstein?«

Hegel zuckte zusammen wie vom Blitz getroffen. »Woher wissen Sie von Max?«, fragte sie entgeistert.

»Haben Sie es schon vergessen? Ich bin Polizist«, antwortete Armand kühl. »Wir haben ihn übrigens auch in Haft genommen. Man spricht in diesem Zusammenhang von Verdunklungsgefahr.«

»Ich kenne diesen Mann ja kaum«, log Hegel.

Priya machte deutlich, dass Leugnen zwecklos war. »Sie haben regelmäßig mit Herrn von Löwenstein das Appenzellerland besucht. Dafür gibt es Zeugen. Und von Löwenstein ist laut seinem Facebook-Profil ein Hobbytaucher. Ihr Mann hat die 100.000 Franken einem Taucher übergeben. Ist das nicht ein seltsamer Zufall? Genauso wie die Nachricht, die Ihr Mann just in dem Moment erhalten hat, als Sie bei uns auf der Wache waren.«

»Von Löwenstein will übrigens von alldem nichts gewusst haben und gibt vor, von Ihnen getäuscht worden zu sein«, ergänzte Armand nicht ganz wahrheitsgetreu.

Streit legte seine Hand auf Hegels Arm und bat sie flehend: »Sagen Sie kein Wort mehr.«

Frau Hegel war bleich geworden. »Max steckt immer in Geldschwierigkeiten …, und er war am Sonntag bei mir zu Hause.« Sie schloss kurz die Augen und schien das Unfassbare gedanklich zu verarbeiten. Dann zog sie ihren Arm unter Streits Hand weg und machte eine scharfe argumentative Kehrtwende. »Max hat mich benutzt. Es ist offensichtlich, dass er dahintersteckt. Der miese Kerl hat das Smartphone und den Finger …«, sie verzog angewidert das Gesicht, »… bei mir im Haus deponiert. Sie müssen wissen, dass er geglaubt hat, an Martins Stelle treten und mich heiraten zu können. Aber ich habe ihm signalisiert, dass er sich das abschminken kann. Das muss ihn dermaßen verletzt haben, dass er Rahel umgebracht hat und mich damit belasten will.«

Streit fehlten für einmal die passenden Worte, und er schüttelte resigniert den Kopf. »Mein Gott, Frau Hegel, auf was und vor allem wen haben Sie sich da eingelassen?«

ICH

Zürich, 17. August

Polizeikommandant Guggisberg studierte die Verhörprotokolle und ein zufriedenes Lächeln überzog sein Gesicht. Er legte die Formulare auf den Schreibtisch. Der Fall war für ihn erledigt. Zeit, selber in Erscheinung zu treten.
»Es ist eindeutig. Hegel und von Löwenstein haben das Verbrechen zusammen geplant und durchgeführt. Nun schwimmen ihnen die Felle davon und sie beschuldigen sich gegenseitig. Gemäß den Aussagen von diesem von Löwenstein war die Ehe der Hegels seit Längerem reine Fassade. Von Löwenstein plante, sich nach der Scheidung der Hegels ins warme Nest zu setzen. Frau Hegel ihrerseits wollte ihren Mann loswerden und das ganze Vermögen behalten. Die Indizien sprechen eine eindeutige Sprache, vor allem Frau Hegels DNA-Spuren auf Studers Leiche und dem Smartphone. Die Sache ist klar wie ein Bergbach. Früher oder später – eher früher als später – wird das Lügengebilde in sich zusammenfallen. Gut gemacht, Hauptmann Muzaton! Sie können jetzt einige Tage freinehmen, um den Rest kümmere ich mich persönlich.«

Armand teilte den Enthusiasmus seines Vorgesetzten nur bedingt. »Wir stehen erst am Anfang der Beweisführung«, gab er zu bedenken. »Einiges ist immer noch unklar:

Wie und wann wurde Rahel entführt? Wo ist das Lösegeld? Warum hat Frau Hegel die Beweismittel in ihrem Haus aufbewahrt, wo sie von ihrer Haushälterin gefunden werden konnten? Haben Hegel und von Löwenstein zusammengespannt? Waren sie es überhaupt?« Armand blickte hilfesuchend zu Oberstaatsanwältin Emmenegger, die ihm beipflichtete.

»Ich bin derselben Meinung, bislang haben wir Vermutungen, aber noch keine unumstößlichen Beweise. Wir sollten keine voreiligen Schlüsse ziehen. Wenn wir die Presse informiert haben, gibt es kein Zurück mehr.«

Guggisberg lächelte gönnerhaft. »Sie sind jung«, sagte er zu den beiden über 50-Jährigen. »Mit meiner Erfahrung spürt man einfach, nein, man weiß, wann ein Fall aufgeklärt ist. Und je mehr Selbstsicherheit man an den Tag legt, desto schneller sehen die Schuldigen ein, dass Leugnen zwecklos ist. Ich werde für den morgigen Freitag eine Pressekonferenz einberufen und den Sack zumachen, Druck ausüben, Fakten schaffen. Sie, Frau Emmenegger, werden mir bei der Pressekonferenz assistieren, und der Hauptmann macht für einige Tage Ferien. Das nächste Verbrechen steht sicher vor der Tür, und dann brauche ich einen ausgeruhten Leiter der Kriminalpolizei. Die Verhöre kann ja Ihre so hochgelobte Priya Schweizer weiterführen. Ich kann bei dieser Gelegenheit gleich testen, ob sie wirklich so gut ist, wie Sie immer behaupten.«

Armand atmete laut aus. Es war zwecklos, Guggisberg wollte sich zweifellos nach mehreren verunglückten Interventionen wieder in den Vordergrund drängen und sein angeschlagenes Renommee aufpolieren. Nachvollziehbar, wenn auch unvernünftig. Der Hauptmann sah keinen Sinn darin, die Entscheidung seines Vorgesetzten, die sowieso schon feststand, korrigieren zu wollen.

»Sie sind der Boss«, sagte er und stand auf. »Aber behaupten Sie nicht, wir hätten Sie nicht gewarnt. Ich werde Frau Schweizer instruieren und nächste Woche freinehmen.«

Auf dem Flur wurde der Hauptmann von Oberstaatsanwältin Emmenegger eingeholt. »Ich habe da ein richtig mieses Gefühl, Armand. Die voreiligen Pressekonferenzen von Guggisberg in den Fällen um den Maskenmann und die Morde in der Zürcher Investment Bank endeten im Desaster. Wenn das noch mal passiert, ist Guggisberg Geschichte.«

Armand hob die Hände. »Der Kommandant hat sich das in den Kopf gesetzt, und dann soll er es halt machen. Ich müsste ihn verhaften, um die Pressekonferenz zu verhindern, und dafür würde mir die Staatsanwaltschaft nie die Erlaubnis erteilen.«

Emmenegger stieß Armand in die Seite. »Du hast gut reden, schließlich musst nicht du mit Guggisberg auf der Bühne Platz nehmen. Ich spreche sicherheitshalber noch mit Regierungsrätin Keller. Nur für den Fall der Fälle – ich möchte uns absichern.«

»Tu das. Ich werde die Zeit bis zum Wochenende nutzen, um unsere beiden Verdächtigen noch mal zu verhören. Ich werde auch Rektorin Fries, Hegels Assistenten Odermatt und meinen Lieblingskommissar Wellnitz erneut vorladen. Die ganze Angelegenheit ist für mich immer noch sehr undurchsichtig.«

PAUSE

KRIMIS

Zürich, 18. August

Armand überquerte das Bellevue in Richtung Bahnhof Stadelhofen. Das Jackett hatte er lässig über die Schulter gehängt und die freie Hand in die Hosentasche gesteckt. Es war ein milder Sommerabend und die Straßen und Trottoirs waren wie immer um diese Zeit heillos überfüllt. Die Autos schoben sich im Schritttempo um das Seebecken und die Fußgänger strömten in alle Himmelsrichtungen.

Er ließ das Getümmel stoisch über sich ergehen, obwohl er Menschenansammlungen wann immer möglich mied, denn er konnte zufälligen Körperkontakt mit Unbekannten nicht ausstehen. Heute jedoch blickte er dienstlich verordnet auf ein freies Wochenende, gefolgt von einer Woche Ferien. Befehl war nun mal Befehl, und Guggisberg hatte sich klar und deutlich ausgedrückt. Zuvor hatte Armand es sich aber nicht nehmen lassen, sich die beiden Hauptverdächtigen, Frau Hegel und ihren Lover, Odermatt, Fries, Huber und Wellnitz noch einmal einzeln vorzunehmen. Deren Reaktionen waren so austauschbar wie beliebig gewesen: »Die arme Rahel!«, »Was für eine schlimme Tragödie!«, »Wie kann man nur eine so schreckliche Tat begehen!«

»Ich bin unschuldig«, hatte Frau Hegel ebenso wie von Löwenstein betont.

»Wenigstens wurden die Täter gefasst«, hatten die anderen gemeint. Professor Hegel hatte am meisten Emotionen gezeigt und schon im ersten Satz abbrechen müssen.

Nachvollziehbar.

Sein Leben lag in Trümmern. Dennoch hatte Armand ihn so lange mit Fragen gelöchert, bis ihm Priya unmissverständlich signalisiert hatte, er solle mit der Quälerei aufhören. Von der Erkenntnis, dass ihn seine Frau mit von Löwenstein hintergangen hatte, war Hegel somit vorerst verschont geblieben.

Die Pressekonferenz von Guggisberg und Emmenegger hatte sich Armand gespart und entschieden, stattdessen wieder einmal eine Buchhandlung aufzusuchen. Laut Prognose würde das Wetter am Wochenende durchwachsen werden, und das sonntägliche Mittagessen mit den Humboldts fiel ebenfalls ins Wasser, denn Philipp und Sophie würden David aus dem Ferienlager abholen. Also plante Armand, die nächsten Tage mit spannenden Büchern und reichlich Kontemplation zu verbringen.

Fest entschlossen betrat er die Buchhandlung Bellevue in unmittelbarer Nähe des gleichnamigen Platzes. Suchend mäanderte der Hauptmann durch die mit Büchern gesäumten Gänge im Parterre. Er las sich Klappentexte von Bestsellerromanen durch und blieb dann vor einer Bücherwand stehen, die mit »Krimi« überschrieben war. Überfordert von der schieren Menge, betrachtete er die bunten Cover mit den meist aussagekräftigen Titeln. Die Namen der Autoren und Autorinnen sagten ihm nichts.

»Darf ich Ihnen behilflich sein?«, ertönte eine Stimme hinter ihm.

Armand drehte sich um und sah sich einer Verkäuferin gegenüber. »Sehr gerne, ich fühle mich gerade etwas – wie soll ich mich ausdrücken? – erschlagen«, sagte er dankbar.

Die Buchhändlerin musterte Armand aufmerksam. »Sind Sie nicht der berühmte Leiter der Zürcher Kriminalpolizei?«, fragte sie freudestrahlend.

Armand spürte, wie seine Wangen heiß wurden. Ihm war es peinlich, wenn er in der Öffentlichkeit erkannt wurde, auch wenn dies mittlerweile für ihn zur Gewohnheit geworden war. Seit der Aufklärung mehrerer außergewöhnlicher Fälle, die eng von der Presse verfolgt worden waren, war er zu einer bekannten Persönlichkeit geworden, weit über die Stadt- und Kantonsgrenzen hinaus.

»Wenn Sie möchten, Herr Muzaton, kann ich Ihnen gerne ein paar meiner Lieblingskrimis empfehlen.«

Armand nahm das Angebot dankbar an, und die sympathische Angestellte legte los. Kurz darauf balancierte er einen stattlichen Bücherberg zur Kasse. Einige Kunden und Kundinnen erkannten den Hauptmann ebenfalls, und eine ältere Dame ließ sich sogar ein Buch von ihm signieren.

Für Hildegard.
Ich wünsche Ihnen viel Freude beim Lesen!
Stellvertretend für die Zürcher Kriminalpolizei,
Ihr Armand Muzaton

Hildegard war sichtlich berührt von Armands Widmung. Dieser war froh, als er zahlen und dem Trubel entkommen konnte.

»Beehren Sie uns bald wieder«, verabschiedete sich die Buchhändlerin von ihm.

»Das kann ich Ihnen nicht versprechen. Ich denke, dieser Stapel reicht bis zu meiner Pensionierung.«

Mindestens.

TRÜGERISCHE RUHE

Kilchberg, 19. August

Philipp las Tageszeitungen nur noch am Samstag gründlich. Dann hatte er Zeit und Muße, und so war es zu einem Ritual geworden, zusammen mit Sophie ausgiebig zu frühstücken, mindestens fünf Milchkaffees zu trinken, sich die druckfrische »Zürcher Zeitung« zu Gemüte zu führen und dabei die Berichte zu kommentieren, was Sophie jeweils geflissentlich überhörte.

»Ich habe gerade den Bericht über die gestrige Pressekonferenz des Polizeikommandanten gelesen«, sagte Philipp, als er mit einem Milchkaffee in der Hand aus der Küche zurückkam.

Dieser Kommentar interessierte Sophie ausnahmsweise. »Ist der Fall nun definitiv gelöst?«, fragte sie. »Rahel tut mir unendlich leid. Und stell dir vor, wie sich ihre Eltern fühlen. Niemand sollte sein eigenes Kind beerdigen müssen.«

Philipp setzte sich zu Sophie aufs Sofa und stellte die Tasse vorsichtig vor sich auf den tiefen Tisch. »Laut Kommandant Guggisberg ist der Fall gelöst«, sagte er. »Die Beweise seien eindeutig und die Polizei sehr zuversichtlich, dass die nun folgende Gerichtsverhandlung zu einem klaren Urteil führen werde. Die Zeitung wundert sich, dass der Leiter der Kriminalpolizei nicht anwesend war, und spekuliert über Spannungen in der obersten Führungsebene der Kantonspolizei.«

»Wieso war Armand denn nicht dabei?«, fragte Sophie.

»Er hat mich gestern am späten Nachmittag noch angerufen. Für ihn ist die Pressekonferenz zu früh angesetzt worden, denn einige zentrale Fragen seien noch offen«, erklärte Philipp. »Die Polizei hat ja nicht nur Hegels Frau, sondern auch deren Liebhaber verhaftet, die sich nun gegenseitig beschuldigen. Die Beweise sprechen sicher für Guggisbergs These, aber du kennst ja Armand: Für ihn ist ein Fall erst gelöst, wenn die Anklage wasserdicht und der Verbrecher verurteilt ist. Aber jetzt hat er erst mal eine Woche Ferien.«

»Armand nimmt Ferien, mitten in den Ermittlungen?«, fragte Sophie überrascht.

»Guggisberg möchte allem Anschein nach die Lorbeeren ernten, nachdem er bei Armands letzten großen Fällen schlecht ausgesehen hat. Jedenfalls hat sich unser Freund gestern mit einem Stapel Bücher eingedeckt und will eine Kulturwoche machen.«

Sophie schmunzelte amüsiert. »Armand kann doch keine zehn Minuten ruhig sitzen. Was hat er denn gekauft – etwa Liebesromane?«

»Nein, Krimis!«, antwortete Philipp, was einen Lachanfall bei Sophie auslöste, der auch Philipp ansteckte. Nach all dem Stress tat es gut, loslassen zu können. Wobei er sich darüber im Klaren war, dass die Aufarbeitung der Tragödie noch einige Zeit brauchen würde. Was würde mit Hegel geschehen? Musste er die Vergehen der Rektorin und ihres Assistenten nicht dem Aufsichtsrat der Universität melden? Konnte man Wellnitz sein aufdringliches Verhalten durchgehen lassen? Wer würde sich nach einer allfälligen Entlassung von Martin Hegel um die Causa Odermatt kümmern, der sich mit gefälschten Gutachten bereichert hatte? Die Beantwortung dieser Fragen musste warten, denn das schönste Ereignis seit Langem stand am Sonntag auf dem Programm.

»Ich freue mich riesig, dass wir David wieder abholen. Ich bin so froh, dass er dort gute Freunde gefunden hat und dann gleich noch dieses Rätsel lösen konnte. Vielleicht hat er uns ja auch ein bisschen vermisst«, sagte Philipp stolz. Armand hatte sie natürlich über die Ereignisse im Appenzellerland informiert.

Sophie drückte sich liebevoll an Philipp. »Bestimmt. Aber ich bin mir sicher, dass sein Vater ihn noch mehr vermisst hat.«

Philipp legte seinen Kopf auf ihre Schulter und so versickerte die Freudenträne, die über seine Wange kullerte, von Sophie unbemerkt in deren Pullover. Er ahnte nicht, dass sich bereits das nächste Gewitter über ihm zusammenbraute.

DER REIZ DER HAUSARBEIT

Zürich, 21. August

Nachdem Ekatarina um 7 Uhr die gemeinsame Wohnung im Zürcher Seefeld verlassen hatte, studierte Armand intensiv seinen bislang unberührten Bücherstapel und entschied sich nach reiflicher Abwägung – für den Staubsauger. Hausarbeit gehörte zwar nicht zu seinen Kernkompetenzen, aber es schien ihm angebracht, seine Liebste in den Ferien nach Kräften zu unterstützen. Nach einer halben Stunde, in welcher er keine Ecke, keine Ritze, keine Nische, kein Garnichts, wo sich ein Staubkorn hätte verstecken können, ausgelassen hatte, verstaute er das Gerät wieder im Putzschrank. Zufrieden betrachtete er das Resultat seiner Arbeit – und missmutig die Bücher. Glücklicherweise befand sich noch etwas Wäsche in der Zeine, die unbedingt gebügelt werden musste. Er nahm sich Zeit, um eine Hose, zwei Blusen, drei Hemden sowie Socken, Unterhosen und Frottiertücher sorgfältig zu glätten, perfekt zusammenzufalten und fein säuberlich aufzuräumen.

Zu seinem Erstaunen zeigte seine Armbanduhr erst kurz vor 9 Uhr, als er sein Projekt abgeschlossen hatte und die Wohnung keiner Hausarbeit mehr bedurfte. Also nahm er das oberste Buch vom Stapel und setzte sich damit auf das Sofa. Er begann mit dem Klappentext und vertiefte sich dann in das erste Kapitel. Der Text war flüssig und einprägsam verfasst. Ein Genuss. Die erste Leiche ließ, wie es sich für einen Kriminalroman gehörte, auch nicht lange auf sich warten. Nach einer gefühlten Ewigkeit der vollsten Konzentration legte er das Buch um 9:03 Uhr zur Seite und rief Philipp an.

»Schon alle Bücher gelesen?«, foppte ihn dieser zur Begrüßung.

Armand log sich um Kopf und Kragen. »Mit dem ersten Roman bin ich fast fertig. Große Literatur …«

»Um was geht es denn?«, fragte Philipp nach.

»Es ist ein Krimi«, antwortete Armand so präzise, wie es ihm nach drei gelesenen Seiten möglich war. Dann wechselte er elegant das Thema und fragte nach David.

»Alles bestens«, antwortete Philipp, der seinen Freund nicht länger quälen wollte. »Ich habe unseren Sohn seit Langem nicht mehr so zufrieden und ausgeglichen erlebt. Danke für deinen Tipp, das Lager hat ihm gutgetan. Kommt ihr mit der Aufklärung von Rahels Tod voran?«

»Wenn es nach meinem Chef geht, ist der Fall gelöst. Ich hoffe, er liegt richtig. Priya hält mich auf dem neuesten Stand, die Ermittlungen laufen auf Hochtouren.«

»Du klingst nicht wirklich überzeugt«, bemerkte Philipp.

»Ich habe am Freitag nochmals mit von Löwenstein und Frau Hegel gesprochen. Von Löwenstein war völlig durch den Wind, ich kann mir beim besten Willen nicht vorstellen, dass er zu einem Mord fähig ist. Aber vielleicht ist er nur ein guter Schauspieler. Frau Hegel ist aus einem anderen Holz geschnitzt. Sie wirkte kühl und gefasst, aber sie hat kein Tauchbrevet und müsste daher einen anderen Komplizen gehabt haben, wenn wir von Löwenstein ausschließen. Am meisten ärgere ich mich, dass wir uns vom Erpresserschreiben und von Guggisberg haben bremsen lassen. Und jetzt sitze ich hier und drehe Däumchen. Es ist zum Verrücktwerden.«

»Kann ich dir irgendwie helfen?«, fragte Philipp.

»Vielleicht könntest du mit Hegel sprechen. Ich bin nicht mehr dazu gekommen, ihn über das Verhältnis seiner Frau zu diesem von Löwenstein zu informieren. Und geh doch bitte gleich noch einmal bei Fries, Huber und Odermatt vorbei. Jetzt, wo die Polizei die vermeintlichen Täter gefasst hat, werden sie allenfalls redseliger sein. Oder unvorsichtiger.«

»Das kann ich übernehmen«, antwortete Philipp. »Martin vertraut mir. Am besten lade ich ihn zum Essen ein. Der arme Kerl kann etwas Abwechslung bestimmt gut gebrauchen. Ich werde sicher auch einen Vorwand finden, um Fries, Huber und Odermatt aufzusuchen. Was machst du heute noch?«

Armand überlegte nicht lange. »Ich muss unbedingt einkaufen. Der Kühlschrank ist leer und ich bin am Verhungern.«

MATULA ERMITTELT

Zürich, 21. August

»Kommen Sie, Huber! Ich lade Sie auf einen Drink ein.«

Der Angesprochene blickte verdattert zu seiner Chefin auf und glaubte zunächst, dass sie ihn veräpple. Doch Fries wiederholte ihre Aufforderung. »Na los, ist ja kein Date, nur ein Drink!«

Dann marschierte sie los. Huber ließ alles stehen und liegen und folgte der Rektorin. Fries ging ohne weitere Worte die Schienhutgasse hinunter, überquerte den Hirschen- und den Seilergraben und bog dann über den Zähringerplatz und die Spitalgasse in die Niederdorfstrasse ein. Huber konnte nur mit Mühe Schritt halten. Wo um Himmels willen brachte sie ihn hin? Kurz darauf wurde die Frage beantwortet, und Fries betrat die Kon-Tiki Bar.

Huber war überrascht. Das Kon-Tiki war eine der ältesten Bars in Zürich, sie war bereits 1955 eröffnet worden. Für ihn war es der erste Besuch, er hatte bis anhin nur davon gehört. Die dunkle Bar war früher ein Treffpunkt für Abenteurer gewesen. Heute trafen sich darin Menschen aus allen Schichten und Generationen. Huber hätte allerdings nicht gedacht, dass Fries hier verkehrte.

Die Rektorin setzte sich an die Theke und bestellte, ohne ihren Assistenten zu fragen, zwei Bier. Als der Barkeeper die »Stangen« auf die Theke stellte, nahm Fries, ohne anzustoßen, einen kräftigen Schluck und wischte sich danach mit dem Handrücken den Schaum vom Mund.

»Ah, das tut gut«, sagte sie mit einem tiefen Seufzer. »Früher, während meiner Studienzeit, war ich Stammgast im Kon-Tiki. Mein Gott, was haben wir gefeiert. Und geträumt haben wir, was wohl aus uns werden würde. Ich wollte immer eine akademische Karriere machen.«

»Glückwunsch, Frau Rektorin, das ist Ihnen gelungen«, schmeichelte Huber.

»Ich habe es mir aber anders vorgestellt … unbeschwerter, fröhlicher, befriedigender.«

Huber hätte sich gerne hinter seinem Bier versteckt, doch dafür war das Glas zu klein. Es entstand eine peinliche Stille. Die Boxen verteilten die harten Gitarrenriffs der Foo Fighters im Raum. Huber bemerkte, dass der rechte Fuß von Fries zum Rhythmus des Songs mitwippte.

»Habe ich bei Rahel Studer einen Fehler gemacht? Vielleicht war ich zu hart zu ihr«, sinnierte die Rektorin.

Huber verneinte. »Sie haben einen Standpunkt vertreten, der nachvollziehbar ist.«

»Aber nach meiner Blockierung ihrer Beförderung ist sie verschwunden. Vielleicht habe ich etwas in Bewegung gesetzt, das außer Kontrolle geraten ist.«

»Sie haben nichts falsch gemacht, Frau Rektorin. Es war Studer, die Sie bedroht hat, nicht umgekehrt. Das hätte sie nie tun dürfen«, erwiderte Huber.

Fries sah ihrem Sekretär gerade in die Augen. Er konnte dem Blick nicht standhalten und senkte den Kopf.

»Ich werde morgen meine Kündigung einreichen. Per sofort. Das bin ich mir und der Universität schuldig«, sagte die Rektorin wie aus dem Nichts.

Die Ankündigung traf Huber wie ein nasser Putzlappen. »Das dürfen Sie nicht! Was wird denn aus der Universität … und aus mir?«, stammelte er entsetzt.

Fries winkte ab. »Ach, die Universität wird ewig existieren, auch dann noch, wenn wir beide schon lange im Grab liegen. Zudem habe ich einen geeigneten Nachfolger im Kopf. Sie müssen sich keine Sorgen machen. In meinem früheren Leben war ich Rechtsanwältin. Wahrscheinlich eröffne ich eine Kanzlei. Ich werde jemanden brauchen, der für mich dort hingeht, wo es wehtut. Einen Wadenbeißer. Also Sie!«

Huber entspannte sich. »Dann werden wir ein Team wie bei ›Ein Fall für zwei‹? Sie wären Dr. Renz und ich Josef Matula?«

»Genau so!«, antwortete Fries. Sie hatte keinen blassen Schimmer, wovon Huber da sprach.

FÜNFTER AKT

WEIN À DISCRÉTION

Zürich, 22. August

Philipp hatte Hegel in die Kronenhalle eingeladen. Präziser: Hegel hatte Philipps Einladung angenommen und selber die Kronenhalle vorgeschlagen. Für Philipp war das in Ordnung, sein Kollege hatte schließlich einiges durchgemacht und sein Leben lag in Trümmern – die Ermordung seiner Geliebten, die bevorstehende Scheidung und das abrupte Ende der Universitätslaufbahn. Das war viel auf einmal.

Zu viel.

Philipp hatte im Bistro einen ruhigen Tisch an der Seitenwand reserviert. Hier konnten sie in Ruhe diskutieren, und Ruhe, da war sich Philipp sicher, war genau das, was Hegel jetzt brauchte.

»Danke für die Einladung, Philipp«, sagte der Germanistikprofessor, als er sich mit fünf Minuten Verspätung an den Tisch setzte. »Es wird mir guttun, ein wenig unter die Leute zu kommen.«

Philipp erwog kurz, ihm sofort die Geschichte mit von Löwenstein zu erzählen, verschob es dann aber auf später. Er wollte Hegel nicht den Appetit verderben.

Ebendieser Hegel zog die Weinkarte zu sich, die so dick wie ein Buch war. Nach einigen Minuten der Konzentration winkte er den Kellner zu sich. »Wir beginnen mit einem weißen Meursault aus dem Burgund und zum

Hauptgang servieren Sie uns bitte den Château Palmer, öffnen Sie die Flasche bereits, damit der Wein Luft bekommt.«

Der Kellner zog sich mit der Andeutung einer Verbeugung zurück. »Sehr wohl, Monsieur.«

Philipp nahm einen Schluck Wasser, um Hegels Dreistigkeit hinunterzuspülen. Den Meursault für 249 Franken konnte er noch verstehen, aber dass der sonst so kostenbewusste, ja geizige Hegel gleich noch, ohne mit der Wimper zu zucken, einen Palmer für fast 900 Franken bestellt hatte, war mehr als grenzwertig. Beim Essen bewegte sich Hegel mit einem gemischten Salat, schottischem Rauchlauchs und dem klassischen Zürcher Geschnetzeltem dann wieder auf normalen Pfaden. Philipp wollte daher keine Szene machen und bestellte sich eine Tomatensuppe und das Rindsfilet – bleu.

Während der Vorspeise und beim Meursault sprachen sie kaum. Die Kronenhalle war gut besucht, und ein konstantes Rauschen von Stimmen, Schritten und klirrendem Besteck schwebte durch den Raum. Philipp nutzte die Zeit, um die edlen Gemälde, für welche die Lokalität berühmt war, zu studieren. Der ehemalige Patron des Hauses, Gustav Zumsteg, hatte der Kronenhalle seit den 1940er-Jahren einige Bilder aus seiner Sammlung geschenkt. Nicht irgendwelche Bilder. Die Gäste tafelten unter Chagall, Miró, Bonnard oder Braque. Die Gemälde hatten alle einen festen Platz und durften laut dem Testament des Spenders nicht umgehängt werden.

»Hast du Pläne für die Zukunft?«, fragte Philipp, nachdem der Kellner den Hauptgang serviert und die Gläser mit dem dunklen Margaux gefüllt hatte.

»Verzeihung, ich war in Gedanken gerade sehr weit weg«, antwortete Hegel und schwenkte das tiefe Weinglas unter seiner Nase.

Philipp tat es ihm gleich, und sie prosteten sich zu.

»Zergeht wie Butter auf der Zunge«, kommentierte Hegel unfachmännisch und hatte sein Glas bereits geleert, als Philipp die Eindrücke des ersten Nippens gerade erst verarbeitet hatte. Er schenkte Hegel selber nach, der Kellner würde es ihm nachsehen.

»Was sind deine Pläne für die Zukunft?«, fragte er nochmals, damit die Unterhaltung endlich in Gang kam.

Hegel nahm einen großen Schluck und stellte das Glas auf den Tisch. »Ach, Philipp. Ist die Zukunft nicht immer ungewiss? Wahrscheinlich ist das gut so, denn wenn wir wüssten, was auf uns zukommt, wäre das doch unerträglich. Ich werde am Roman meines eigenen Lebens weiterarbeiten, der ist hoffentlich nicht fertig geschrieben.«

»Komm, hör auf mit dem intellektuellen Gesülze«, sagte Philipp genervt. Auch er hatte in die tiefsten Abgründe des Lebens geblickt und wusste daher nur zu gut, dass die Realität herzlich wenig mit einem Roman zu tun hatte.

Wie aus dem Nichts überkam den Professor ein heftiger Niesanfall, und er hielt sich eine weiße Stoffserviette vor das Gesicht. »Da muss jemand Hunde- oder Katzenhaare mit sich rumschleppen. Irgendwann wird mich so ein Vieh umbringen ... Ist es denn so schwierig, einen Fusselroller zu benutzen?«

Philipp blickte verstohlen auf seine Kleidung. Beruhigt stellte er fest, dass kein Haar seiner nunmehr vier Fellnasen zu sehen war. Schnell wechselte er das Thema. »Wo hast du dich eigentlich mit Rahel getroffen? Ich habe nie ein Gerücht über eure Beziehung gehört und war echt überrascht, als du mir davon erzählt hast.«

Hegel zögerte lange mit einer Antwort. Er schien zu überlegen, wie viel von seinem Privatleben er preisgeben wollte. Verständlich.

»Die einzige Möglichkeit war bei ihr zu Hause. Ein Hotel war keine Option, dort muss man sich ja ausweisen. Und bei mir ging es sowieso nicht, das hätte ich nie gemacht, aus Respekt gegenüber Agathe. Also bin ich ein- bis zweimal pro Woche zu Rahel in die Wohnung gegangen. Meistens am Abend, manchmal auch über Mittag. Ich hatte ja einen Schlüssel. Lief immer alles diskret und problemlos ab.«

Philipp verfiel in eine nachdenkliche Stille. Hegel schien das nicht zu kümmern, und er schob sich eine gut gehäufte Gabel mit Kalbfleisch und Rösti in den Mund.

»Entschuldige mich kurz, Martin«, sagte Philipp und erhob sich. »Ich muss mir rasch die Hände waschen.«

Hegel reagierte nicht und widmete sich weiter genüsslich dem Hauptgang.

Auf der Toilette hielt Philipp beide Hände unter den kalten Strahl, beugte sich nach vorne und spritzte sich etwas Wasser ins Gesicht. Nachdem er sich mit einem der aufgestapelten weichen Waschlappen abgetrocknet hatte, blickte er in den Spiegel. »Das darf doch nicht wahr sein«, sagte er zu sich. Sein Gegenüber legte den Kopf schief und bewegte die Lippen: »Es gibt keine andere Erklärung ... Wir haben uns nach Strich und Faden verarschen lassen!«

Philipps Hirn lief heiß, während es sämtliche Optionen durchspielte. Es blieb keine Zeit für eine sorgfältige Evaluation, und so griff er kurz entschlossen in seine Jacketttasche und wählte einen gespeicherten Kontakt.

»Tuchel.«

»Hallo, Werner, hier ist Philipp.«

»Philipp? Mit dir hätte ich nun wirklich nicht gerechnet.« Tuchel war offensichtlich not amused über den Anruf. Doch Philipp hatte keine Zeit, um auf Befindlichkeiten einzugehen.

»Werner, ich brauche jetzt sofort deine Hilfe, es geht um Mord ...«

»Nicht schon wieder!«, stöhnte Tuchel. Die Mordfälle, welche die Zürcher Investment Bank im vergangenen Jahr erschüttert hatten, steckten dem CEO der Bank noch in den Knochen. Philipp hatte mit Armand den Fall gelöst, deshalb schuldete Tuchel ihm etwas.

Philipp erklärte ihm in der gebotenen Kürze, was dieser zu tun habe.

Tuchels Antwort kam prompt: »Philipp, was du da von mir verlangst, kann ich unmöglich ...«

»Doch, du kannst und du wirst«, unterbrach ihn Philipp schroff. »Ich war auch CEO dieser Bank, bitte vergiss das nicht. Eure Servicecenter sind rund um die Uhr besetzt. Du findest sicher jemanden, der meiner Bitte entsprechen wird.«

»Aber ...«, begann Tuchel, wurde jedoch gestoppt.

»Werner, ich würde dich nicht darum bitten, wenn es nicht um Leben und Tod ginge. Habe ich bei den Morden in der Geschäftsleitung der Bank nicht geholfen?«

Stille.

Philipp erinnerte sich an sein Gespräch mit Rektorin Fries, die Zeit lief ihm davon. »Werner, wenn du das für mich machst, werden Hauptmann Muzaton und ich dich nie mehr, wirklich *nie mehr* behelligen. Zudem wirst du vom Regierungsrat einen Orden erhalten.« Die Umsetzung des letzten Punkts lag zwar nicht in seinen Händen, aber Philipp musste alles, was er hatte, in die Waagschale werfen. Und tatsächlich kippte diese nun leicht in seine Richtung.

»Einen Orden?«, wiederholte Tuchel.

»Vom Regierungsrat persönlich. Für Zivilcourage und Dienst an der Öffentlichkeit.«

»Und du lässt mich in Zukunft in Ruhe? Muzaton ebenfalls?«, fragte Tuchel. Der Hauptmann hatte den CEO damals mit nicht immer lupenreinen Methoden unter Druck gesetzt.

»Vor allem Muzaton. Er wird nie wieder näher als hundert Meter an dich herankommen – und natürlich auch deine Telefonnummer löschen«, schob Philipp nach.

Es funktionierte. »Okay, ich versuche mein Bestes!«, sagte Tuchel endlich.

»Du hast eine Stunde Zeit, maximal!«

Tuchel legte wortlos auf. Jetzt konnte Philipp nur noch hoffen, dass er Wort hielt. Auf dem Rückweg zum Tisch stellte sich ihm ein noch größeres Problem: Wie in Gottes Namen sollte er nun die Lage eskalieren lassen?

»Du hast dir aber Zeit gelassen«, sagte Hegel, als Philipp Platz nahm.

Philipp tippte sich auf den Bauch. »Die Sache mit Rahel hat mir auf den Magen geschlagen. Möchtest du ein Dessert?«

»Ich habe schon bestellt«, erwiderte Hegel. »Eine Crème brulée parisienne …«

Philipp bat den vorbeigehenden Kellner, ihm das Gleiche zu bringen. »Und bitte außerdem noch eine Flasche Süßwein dazu – einen Château d'Yquem und für mich vorher noch einen Negroni.«

Der Kellner hob fast unmerklich die Augenbrauen, nahm den speziellen Wunsch aber professionell entgegen. »Volontiers, Monsieur Humboldt.«

»Jetzt willst du es aber wissen«, scherzte Hegel, dessen Laune sich durch das feine Essen und den vorzüglichen Wein sichtlich gebessert hatte.

»Heute lassen wir es so richtig krachen, Martin«, erwiderte Philipp.

So sollte es tatsächlich kommen.

Eine Stunde, zwei Crème brulée, zwei Flaschen Château d'Yquem und vier Negroni später herrschte am Tisch Humboldt/Hegel eine geradezu ausgelassene Stimmung. So ausgelassen, dass sich Gäste von den Nebentischen in dem sonst so distinguierten Restaurant beschweren. Der Kellner trat mit entschuldigender Miene und zwei Espressi auf einem Tablett an ihren Tisch.

»Meine sehr verehrten Herren, ein kleiner Abschiedsgruß auf Kosten des Hauses. Wir würden Ihnen nun die Rechnung bringen«, sagte der Mann.

Hegel blickte auf seine goldene Rolex. »Es ist erst kurz nach 22 Uhr. Bringen Sie uns lieber nochmals einen Süßwein.«

Dem Kellner war die Situation sichtlich unangenehm und er rang um die richtigen Worte. »Ich glaube, Sie haben bereits genug getrunken. Einige unserer Stammgäste fühlen sich gestört.«

»So, einige Stammgäste«, lallte Philipp laut in den Raum und sah sich angriffslustig um. »Warst du das etwa?«, rief er einem der Männer am Nebentisch zu.

»Herr Humboldt, bitte ...«, flehte der Mitarbeiter. Vergebens.

»Bin ich etwa kein Stammgast?«, schrie Philipp und schlug dem bemitleidenswerten Kellner das Tablett aus der Hand, das scheppernd auf den Boden fiel.

Nun trat ein Herr in schwarzem Anzug an den Tisch und stellte sich als Herr Leutenegger vor, seines Zeichens Mitglied der Geschäftsleitung der Kronenhalle. »Herr Humboldt, ich bitte Sie, umgehend unser Restaurant zu verlassen!«

»Da kannst du einen drauf lassen«, maulte Philipp und stand auf. Zahlreiche Gäste hielten ihr Smartphone in der Hand und filmten die Szene. Philipp richtete sich das Jackett und drehte sich um – dummerweise in die falsche Richtung. Der Anzugträger tippte ihm vorsichtig auf die Schulter.

»Darf ich Sie zum Ausgang begleiten?«, fragte er höflich, aber bestimmt.

»Bring mich zur Bar«, befahl Philipp und schwankte, sich am dargebotenen Arm festhaltend, zum Ausgang.

Hegel hatte zuletzt kein Wort mehr gesagt und drückte sich in die Ecke – in der Hoffnung, dass er auf keinem dieser Videos zu sehen wäre. Die Situation war schon peinlich genug.

Als Philipp mit dem Geschäftsleitungsmitglied vor dem Restaurant auf der Rämistrasse stand, löste er sofort den

Griff und legte seine Hand auf die Schulter seines Begleiters, der nicht wusste, wie ihm geschah.

»Hören Sie mir genau zu, Herr Leutenegger, ich brauche Ihre Hilfe«, sagte Philipp mit klarer Stimme. »Es ist wichtig, dass meine Anweisungen exakt befolgt werden. Die Sache mit dem Tablett tut mir leid, wir werden das später klären.«

DER PYJAMA

Zürich, 22. August

»Na, was hältst du von meinem neuen Pyjama?«, fragte Armand, als er, nachdem er geduscht, sich eingecremt und ausgiebig rasiert hatte, auf dem Sofa saß.

Ekatarina legte ihren Skizzenblock zur Seite. »Steht dir definitiv besser als das Street-Parade-Kostüm. Das war wirklich schrecklich«, sagte sie und drückte ihm einen Kuss auf die Wange.

Der Hauptmann erwiderte nichts und streckte seine kräftigen Beine aus, die in einer kurzen Pyjamahose steckten.

Ekatarina blickte ihn misstrauisch an. »Du führst irgendwas im Schilde, das sehe ich dir an.«

Armand mimte den Unschuldigen. »Nein, nein. Ich bin einfach froh, dass ich eine Woche frei habe und der Mordfall vielleicht doch schneller gelöst wurde, als ich dachte. Jetzt kann ich mich intensiv um dich kümmern.«

Ekatarina verdrehte die Augen. »Soll das eine Drohung sein?«

»Ich würde eher von einem Angebot sprechen«, sagte Armand und versuchte, so verführerisch wie möglich dreinzublicken.

Ekatarina lehnte sich auf dem Sofa zurück und musterte ihren Liebsten von Kopf bis Fuß. Ihre Augen blieben an seinen Beinen haften. »Du hast dir ja die Beine rasiert«, rief sie überrascht und strich mit der Hand über Armands Knie.

»Glatt und heiß wie ein Ceranfeld«, kommentierte er scherzhaft.

»Ich gebe dir Heizstufe 3 von 9«, witzelte Ekatarina.

»Das geht noch höher, Schatz, versprochen.«

Ekatarina stand abrupt auf und schlenderte ins Schlafzimmer. »Ich fühle mich plötzlich so müde …«

Armand wartete, bis sie verschwunden war, und streckte beide Arme in die Luft. »Gut gemacht!«, sagte er zu sich selbst und wollte gerade die Verfolgung seiner Angebeteten aufnehmen, als sein Smartphone klingelte. Die Höllenglocken von AC/DC ertönten, die er sich für die Ferien als Klingelton heruntergeladen hatte.

»Muzaton«, brummte er in das Gerät.

»Hast du meine Nummer nicht gespeichert?«, fragte Philipp am anderen Ende.

»Wenn ich auf das Display geschaut hätte, wäre ich nicht rangegangen.« Armand telefonierte jeden Tag mit Philipp, manchmal sogar öfter. Kurze Gespräche unter Freunden über belanglose Dinge.

Nicht dieses Mal.

»Du musst sofort zum Bellevue kommen«, sagte Philipp eindringlich.

»Jetzt? Das passt gerade nicht so gut …«

»Sofort ist jetzt, Armand. Ich glaube, der Mörder von Rahel ist noch auf freiem Fuß.«

DIE OFFENE RECHNUNG

Zürich, 22. August

Hegel war die Situation ausgesprochen unangenehm. Philipp war völlig ausgerastet, so hatte er ihn noch nie erlebt: besoffen, ordinär, stillos. Was ihn aber am meisten ärgerte, waren die dämlichen Gaffer mit ihren Handys. Sogar in der Kronenhalle lagen die Geräte vereinzelt auf den Tischen, als gehörten sie zum obligaten Besteck. Womöglich war sein eigenes Konterfei bereits auf irgendwelchen dümmlichen Instagram- oder Facebook-Seiten zu sehen.

Aber Hegel bewahrte die Contenance, tat, als ob nichts geschehen wäre, und richtete sich die Krawatte. Die Gäste an den Nebentischen würdigte er keines Blickes. Warum auch? Keiner dieser Typen hatte nur annähernd durchgemacht, was er hatte ertragen müssen. Tragisch, einfach nur tragisch. Rahel war eine so talentierte und attraktive Frau gewesen. Problemlos hätte sie nach seiner Pensionierung seine Position übernehmen können. Aber Fries, dieser alte Drache, hatte ja querschießen müssen und Rahel dadurch aus der Balance gebracht.

Er verdrängte die schlechten Gedanken, stand auf und schritt mit starr nach vorne gerichteten Augen durch das Bistro. Der Boden unter ihm schwankte wie ein Schiff in Seenot. Stolz erhobenen Hauptes absolvierte er den Spießrutenlauf.

Hegels Auftritt wurde am Ausgang abrupt vom Geschäftsleitungsmitglied Leutenegger gestoppt. »Verzeihen Sie bitte, Herr Dr. Hegel, die Rechnung muss noch bezahlt werden.«

Hegel drückte sein Rückgrat durch und wippte auf den Schuhen vor und zurück wie in einem Schaukelstuhl. »Professor Hegel, bitte!«, sagte er streng.

»Herr Professor, Sie müssen die Rechnung begleichen«, korrigierte sich Leutenegger, blieb in der Sache jedoch unnachgiebig.

»Ich wurde eingeladen«, monierte Hegel.

»In diesem Fall gehe ich davon aus, dass Ihnen Herr Humboldt den Betrag zurückerstatten wird.«

Hegel blickte sich um. Alle Augen waren auf ihn gerichtet und – nicht überraschend – auch einige Handys. Er wedelte verständnisvoll mit der Hand durch die Luft und zog dann seine schwarze Kreditkarte aus dem Portemonnaie. Leutenegger führte ihn zum Bezahlgerät.

»Das macht 3.650 Franken.«

Hegel verschlug es die Sprache. »Mann, sind Sie wahnsinnig? Ich will nicht das ganze Restaurant kaufen!«

»Sie haben heute Abend exzellenten Wein gekostet. Sowohl die Qualität als auch die Menge waren beeindruckend.«

Da gab es selbst für den sonst so eloquenten Hegel nichts hinzuzufügen, und er händigte seine Kreditkarte aus. Leutenegger hielt sie ans Gerät.

»Es scheint, dass die Karte nicht funktioniert. Haben Sie eine andere?«

»Versuchen Sie es noch mal!«, herrschte Hegel sein Gegenüber an. Was für ein Alptraum!

Der zweite und dritte Versuch mündeten ebenfalls in einer Fehlermeldung. Das Gleiche bei sämtlichen anderen Karten – der erlösende Pieps wollte einfach nicht ertönen. Hegel wusste, oder vielmehr glaubte zu wissen, was zu tun sei.

»Schicken Sie die Rechnung an Herrn Humboldt. Da ist heute nichts zu machen.«

Das Geschäftsleitungsmitglied hob entschuldigend die Hände. »Wir dürfen eine Rechnung in dieser Höhe nicht über Nacht stehen lassen. Wenn Sie nicht bezahlen können – wir nehmen selbstverständlich auch Bargeld entgegen –, müssen wir leider die Polizei informieren.«

Hegel bewahrte nur mit Mühe die Fassung und setzte ein joviales Lächeln auf. »Nun gut, hier ist mein Ausweis. Ich werde Ihnen das Bargeld in einer halben Stunde vorbeibringen.«

Leutenegger verbeugte sich tief. »Vielen Dank, Herr Professor. Ich werde persönlich auf Sie warten und Ihnen in unserer Bar nach Abschluss der Transaktion ein Getränk Ihrer Wahl offerieren.«

Hegel winkte ab. »Das wird nicht nötig sein. Ich werde Ihr Lokal nie mehr besuchen.«

Er sollte recht behalten.

Vor der Kronenhalle fluchte Hegel leise vor sich hin. »Humboldt, dieser Idiot!« Dann ging der Professor zu einem nahe gelegenen Geldautomaten und versuchte sein Glück. Wieder wurden seine Karten nicht akzeptiert.

Ärgerlich.

Hegel steckte das kleine Etui mit den Bankkarten zurück ins Jackett, schüttelte mit grimmiger Miene den Kopf und eilte über das Bellevue auf die Quaibrücke.

GELDWÄSCHE

Zürich, 22. August

»Deine Theorie wird vor Gericht nie und nimmer durchkommen«, sagte Armand, der seinen Pyjama gegen Jeans und T-Shirt getauscht hatte, hinter der Toilettenanlage am Bellevue, nachdem ihm Philipp erläutert hatte, warum nicht Frau, sondern Herr Hegel verantwortlich für den Mord sein müsse.

Trotz Armands Einwand blieb Philipp bei seiner Meinung. »Bis jetzt hast du natürlich recht. Doch wenn meine Vermutungen zutreffen, wird uns Hegel den Beweis selber liefern.«

»Wie das?«, fragte Armand.

»Menschen können sich verstellen, aber ihren Charakter behalten sie. Hegel ist geizig, und Geiz, mein Freund, haftet besser an einem als Kleber.«

»Bist du eigentlich betrunken?«, fragte Armand. »Du stinkst wie eine Schnapsbrennerei und redest wirres Zeug.«

Philipp konnte nicht mehr antworten. Sie sahen, dass Hegel auf der gegenüberliegenden Straßenseite zu einem Geldautomaten ging, kurz darauf kopfschüttelnd seine Karte wieder einsteckte und dann mit ausladenden, nicht gänzlich geraden Schritten das Bellevue überquerte und die Quaibrücke in Richtung Bürkliplatz betrat.

»Also los«, sagte Philipp. »Versuch, so unauffällig wie möglich zu wirken.«

Die beiden Freunde hielten, da sie auf der Quaibrücke keinen Sichtschutz hatten, einen Sicherheitsabstand zu Hegel. Dieser bog nicht wie erwartet rechts zum Hotel Widder ab, sondern lief geradeaus in Richtung Rentenanstalt. Da die Promenade hier von hohen Bäumen umgeben war, verloren sie Hegel aus dem Blick, aber Philipp wusste nun, wo der Professor hinwollte, und sie beschleunigten ihre Schritte.

Am Hafen Enge beobachteten sie, wie Hegel einen Steg betrat, vor einem eleganten Motorboot stehen blieb und sich umsah. Sie konnten sich gerade noch hinter eine Werbesäule zurückziehen. Der Wind wehte sanft über den See und die Taue bewegten sich rhythmisch im Gang der Wellen. Hegel betrat vorsichtig das Boot, kniete nieder und verschwand im vorderen Teil der Kabine.

»Jetzt oder nie!«, flüsterte Philipp und sie stürmten los. 20 Meter vor Hegels Anlagestelle verlangsamten sie ihre Schritte und schlichen hinter das Boot. Hegel kniete unter dem Steuerrad und kramte in einer dort eingelassenen Aushöhlung. Er zog eine Schwimmweste heraus und legte sie behutsam neben sich; es folgten zwei Feuerdecken, ein Abschleppseil und schließlich eine schwarze Tasche. Dann stand er auf, um sich sogleich auf den Kapitänssitz fallen zu lassen, und legte sich die Tasche auf seine Knie. Philipp und Armand hörten, wie der Reißverschluss mit einem leisen Zurren geöffnet wurde. Hegel beugte sich über die Tasche und entnahm ihr ein dickes rechteckiges Bündel. Anschließend verstaute er alles in umgekehrter Reihenfolge wieder im Fach. Er drückte dies sorgfältig zu und erhob sich. Als er sich umdrehte, erstarrte das Lächeln in seinem Gesicht.

»Herr Hegel, ich verhafte Sie wegen Mordes an Rahel Studer«, sagte Armand scharf.

»Philipp, du hinterhältiger Bock!«, entfuhr es Hegel, und er warf das Bündel über Bord.

»Schade um das Geld«, erwiderte Philipp. »Aber es gibt sicher noch mehr als genug davon in der Tasche.«

DER CO-CHEF – TEIL 1

Zürich, 23. August

Die Bücher mussten warten. Nach der überraschenden Wendung im Fall Rahel Studer war Armand wieder in die reale Welt der Verbrechensbekämpfung eingetaucht. Hegel war noch in der Nacht in Polizeihaft genommen worden, und der Hauptmann erschien pünktlich um 8 Uhr im Büro von Oberstaatsanwältin Emmenegger zum Rapport.

Zu seiner Überraschung war auch Regierungsrätin Barbara Keller anwesend. Keller war Vorsteherin der Sicherheitsdirektion und damit die politische Chefin der Kantonspolizei. Guggisberg, deren Kommandant, war nicht im Büro.

Nun ja, dachte Armand. Schade für ihn, aber nicht mein Problem.

Der Hauptmann schilderte die Ereignisse des Vorabends, wie er sie selbst erlebt und von Philipp mitgeteilt bekommen hatte. Natürlich hob er die herausragende Leistung seines Freundes hervor.

Regierungsrätin Keller war zufrieden. »Ich werde mich bei Gelegenheit persönlich bei Herrn Humboldt bedanken. Von diesem Orden für CEO Tuchel habe ich dagegen noch nie gehört.«

Tuchel war Armand egal, nicht aber Philipp. »Professor Humboldt wird, während wir hier sprechen, von einem sogenannten Shitstorm überrollt. Auf allen Titelseiten der hiesigen Medien wird von dem Vorfall in der Kronenhalle berichtet, und die Szene im Restaurant geht in den sozialen Medien viral. Ich wäre Ihnen sehr dankbar, Frau Regierungsrätin Keller, wenn Ihre Pressestelle das geradebiegen würde. Es kann nicht sein, dass Professor Humboldt und seine Familie in irgendeiner Form geschädigt werden.«

Keller war einverstanden. »Mein Kommunikationschef wird sich umgehend darum kümmern. Richten Sie das bitte Herrn Humboldt aus.«

»Danke, er wartet unten in meinem Büro.«

»Er ist hier?«, fragte Emmenegger überrascht.

»Hegel hat auf einen Anwalt verzichtet, besteht aber darauf, mit Philipp zu sprechen. Wir werden das Gespräch über Video live mitverfolgen. Wenn Sie keine weiteren Fragen haben, würde ich jetzt gerne alles mit Herrn Humboldt vorab besprechen.« Armand erhob sich.

Keller bat ihn, noch einmal Platz zu nehmen. »Lieber Herr Muzaton«, begann sie so freundlich, dass bei Armand sofort die Warnglocken anschlugen. »Ich habe Oberstaatsanwältin Emmenegger bereits darüber informiert, dass ich mich von Polizeikommandant Guggisberg trennen werde. Seine wiederholten Fehleinschätzungen sind zu einer politischen Belastung geworden. Um einen reibungslosen Übergang zu gewährleisten, wünsche ich, dass Sie seinen Posten übernehmen.«

Armand zog nicht nur die Augenbrauen gefühlt bis zum Hinterkopf, er hob gleichzeitig abwehrend beide Hände.

War Guggisberg ersetzbar? Natürlich.

War er über das Ziel hinausgeschossen? Definitiv.

Wollte Armand den Job? Nein!

»Ihr Angebot ehrt mich, liebe Frau Regierungsrätin, aber ich sehe meine Zukunft nicht hinter dem Schreibtisch. Ich muss an der Front arbeiten, Administration und Politik sind nicht mein Ding.«

Keller blieb hartnäckig. »Das Korps und die Zürcher Bevölkerung würden es nicht verstehen, wenn ich Sie übergehen würde.«

Wo sie recht hatte, hatte sie recht. Das wusste auch Armand. Er überlegte, wie er seinen Kopf aus der Schlinge ziehen konnte. Dann kam ihm die rettende Idee. »Oberstaatsanwältin Emmenegger wäre viel besser geeignet als ich. Sie kennt die Kantonspolizei wie niemand sonst, denkt strategisch und ist politisch bestens vernetzt. Damit wiegt sie meine Praxiskenntnisse bei Weitem auf.« Er lehnte sich lächelnd im Stuhl zurück.

Zu früh.

Denn auch auf dem Gesicht der Regierungsrätin zeigte sich ein breites Grinsen. »Ich gehe völlig mit Ihnen d'accord, Hauptmann Muzaton. Genauso machen wir es: Ich habe bereits mit Oberstaatsanwältin Emmenegger gesprochen. Sie beide werden die Zürcher Kantonspolizei in einer Co-Leitung führen, und Sie können Chef der Kriminalpolizei bleiben.«

»Wunderbar!«, sagte Armand.

Um Himmels willen, dachte er.

*

»Co-Leitung? Das ist doch Blödsinn«, kommentierte Philipp die Beförderung seines Freundes. »Verantwortung kann man nicht teilen. Du bist der Regierungsrätin auf den Leim gegangen.«

»Was hätte ich denn sagen sollen? Guggisberg hat keine Autorität mehr, aber er ist kein böser Mensch. Ich werde mich für ihn einsetzen, er hat schließlich Familie. Wir finden sicher einen Posten, wo er sein Wissen einbringen und mir Arbeit abnehmen kann. Weißt du noch, was wir neulich besprochen haben: das Richtige tun, Verantwortung übernehmen, nach den offiziellen Regeln spielen?«

»Keller hat dich aufs Glatteis geführt, Punkt«, wiederholte Philipp. »Aber du wirst mit Sicherheit der beste Leiter, den die Zürcher Kantonspolizei je hatte. Sorry – Co-Leiter …«

»Pass nur auf, dass dir nicht das Gleiche passiert«, sagte Armand.

»Nie im Leben«, antwortete Philipp aus tiefster Überzeugung. »Im Ernst, ich bin stolz auf dich, Armand. Gratulation! Lass uns jetzt das Gespräch mit Hegel durchziehen. Das liegt mir echt im Magen.«

DIE UMARMUNG

Zürich, 23. August

Das Gespräch mit Hegel fand in einem Verhörzimmer im Polizei- und Justizzentrum Zürich statt. Die beiden Professoren saßen sich nach einer kühlen Begrüßung eine Zeit lang schweigend gegenüber. Jeder von ihnen trug beige Stoffhosen und ein weißes Hemd. Auf den ersten Blick hätte es sich um eine normale Besprechung über ein universitäres Fachproblem handeln können, wären da nicht die Gitterstäbe vor dem Fenster gewesen.

Der Literaturprofessor spielte nervös mit dem Ehering an seinem Finger. »Philipp, das ist ein schreckliches Missverständnis! Du musst mir glauben«, begann er das Gespräch.

Wenig überzeugend.

»Wir haben dich in flagranti erwischt. Hör endlich auf mit den Spielchen. Warum hast du Rahel ermordet?«

»Ich habe sie nicht ermordet!«, erwiderte Hegel mit fester Stimme.

Philipp war für einen Moment durch die klare Antwort verunsichert, ließ sich aber nichts anmerken. »Wir wissen, dass du das Geld nicht übergeben, sondern behalten hast. Die Geschichte mit dem Taucher war erstunken und erlogen. Clever, dennoch gelogen.«

Hegel breitete flehend die Hände vor sich aus. »Ja, ich

habe das Geld behalten. Deswegen bin ich doch kein Mörder. Ich konnte es nicht über mich bringen, den Verbrechern 100.000 Franken in den Rachen zu werfen.«

»Ach, hör doch auf mit dem verdammten Schwachsinn!«, enervierte sich Philipp. »Du vergeudest meine Zeit.«

Hegel gab nicht klein bei. »Ich kann dich nicht zwingen, mir zu glauben. Warum hast du mich überhaupt verdächtigt? Was ist in der Kronenhalle passiert?«

Philipps Stimme wurde bedrohlich leise. Die beiden Männer saßen sich an der Längsseite des Tisches mit einem Sicherheitsabstand zwischen ihnen gegenüber, sodass sich Hegel nach vorne beugen musste, um Philipps Worte zu verstehen. Seine Augen hatten sich während des Gesprächs gerötet, und er wischte sich mit dem Handrücken über die Nase.

»Rahels Katze hat dich überführt …«, erklärte Philipp ruhig. Er lehnte sich im Stuhl zurück und ließ seine Worte wirken.

»Was für eine Katze?«, fragte Hegel irritiert.

»Du hast mir in der Kronenhalle erzählt, dass du dich mit Rahel immer bei ihr zu Hause getroffen hast. Als die Polizei ihre Wohnung durchsucht hat, war ihre Katze noch dort, halb verhungert und verdurstet. Du als Allergiker hättest es dort keine Sekunde ausgehalten. Mein gespielter Vollsuff diente nur dazu, dass du uns zum Versteck des Geldes führst. Martin, du bist am Ende!«

Hegel starrte ihn fassungslos an. »Die Katze … Ich habe schon immer geahnt, dass mich so ein haarendes Vieh ins Grab bringen wird. Studer muss immer einen Fusselroller benutzt haben. Aber wie konntest du wissen, dass ich das Geld noch habe?«

»Martin, du bist ein Geizhals. Es war mir klar, dass du die 100.000 Franken nie und nimmer im See versenkt hast. Jemand, den sogar einige Franken Trinkgeld reuen, würde niemals auf so viel Geld verzichten – quod erat demonstrandum.«

Hegel deutete ein hämisches Beifallklatschen an. »Ich hätte dich nicht in die Sache involvieren sollen. Ja, ich habe zwei schwarze Taschen gekauft und eine davon mit dem Schiffsfeuerlöscher beschwert in den See geworfen. Die wird nie mehr gefunden. Die Geschichte mit dem Taucher war frei erfunden. Ich musste die Übergabe der Tasche ja irgendwie vortäuschen.«

»Warum hast du Rahel umgebracht, Martin? Wollte sie dich mit eurer Affäre erpressen?« Philipp brauchte endlich Klarheit, für sich und die Polizei.

Hegel war darüber informiert worden, dass das Gespräch durch eine an der Decke montierte Kamera und ein Tischmikrofon aufgezeichnet und von der Polizei in Echtzeit mitverfolgt wurde. »Ich hatte nie ein Verhältnis mit Rahel«, sagte er schließlich.

Sein Widerstand war gebrochen.

»Was?«, rief Philipp ungläubig. »Warum hast du das dann behauptet? Deine Frau hat sich deshalb von dir getrennt.« Philipp war fassungslos. Und noch etwas verstand er nicht. »Warum musste Rahel dann sterben?«

Hegel blickte in die Kamera. »Sie hat den Bestseller geschrieben, der verfilmt wurde. Sie war die Autorin, nicht ich.«

Philipp war baff. »Du hast ihr Werk gestohlen?«

Hegel schüttelte den Kopf. »Nein, so war es nicht. Sie hat mir das Manuskript damals auf den Tisch gelegt mit der Bitte, es gegenzulesen und meine Meinung dazu abzugeben. Das habe ich getan. Ich war – wie soll ich sagen? – fasziniert. Es war weniger die Geschichte als die Sprache, die mich sofort in den Bann zog. Leicht wie ein Schmetterling und zugleich bedeutungsvoll wie das Leben selbst. Die Verfilmung wird dem Werk nicht gerecht, ich würde es eher in Stockholm beim Literaturnobelpreis ansiedeln als am Sonntagabend im Fernsehen.«

»Und weshalb steht dein Name auf dem Cover und nicht Rahels?«, fragte Philipp, der Hegel animieren wollte, weiterzusprechen.

»Rahel spürte, wie ergriffen ich von ihrem Manuskript war. Und sie wusste auch, dass ich seit vielen Jahren nichts mehr geschrieben hatte. Der gesellschaftliche Druck nach der Heirat mit Agathe und die Angst, von ihrer Familie ausgelacht zu werden, hatten meine Kreativität verkümmern lassen. Die Eitelkeit hat uns zusammengeführt.«

Philipp schwieg und Hegel erzählte weiter. »Rahel wollte unbedingt Professorin werden. Nicht irgendwo – sie wollte meine Nachfolgerin in Zürich werden. Das Talent dafür hatte sie, aber sie wusste auch, dass man eine wissenschaftliche Karriere in Zürich ohne das nötige Netzwerk vergessen kann. Also bot sie mir einen Deal an. Ich sollte ihr die Beförderung zur Professorin ermöglichen und sie als meine Nachfolgerin aufbauen. Als Gegenleistung würde sie mir das Manuskript überlassen und sämtliche Spuren ihrer Urheberschaft vernichten. Das war der

Deal – aber ich habe nicht mit Fries gerechnet. Sie hat sich quergestellt, und dadurch ist der ganze Plan gescheitert. Nach einem Gespräch mit der Rektorin tauchte Rahel am Montagabend bei mir zu Hause auf. Sie stand völlig neben sich, schrie herum und stieß die wildesten Drohungen gegen mich, Fries, Huber, Wellnitz und Odermatt aus. Sie wollte alles erzählen. Zum Glück war Agathe an diesem Abend nicht daheim, sonst wäre ich aufgeflogen. Ich versuchte Rahel zu beruhigen – vergebens. Ich wusste mir nicht mehr zu helfen und habe sie schließlich mit einem Taser, den ich zur Sicherheit im Eingangsbereich aufbewahrte, außer Gefecht gesetzt. Das war nicht geplant, Philipp, das musst du mir glauben.«

Philipp glaubte Hegel, aber er konnte es nicht verstehen. »Du hast sie aus Eitelkeit ermordet?«

»Ich wollte sie nicht ermorden! Nachdem ich sie ruhiggestellt hatte, wusste ich nicht, was ich machen sollte. Also habe ich sie geknebelt und gefesselt und in unser Ferienhaus im Appenzellerland gebracht. Ich wollte Zeit gewinnen und habe mir die Geschichte mit der Erpressung ausgedacht. Das war improvisiert, weder vorbereitet noch bis ins letzte Detail durchdacht. Ich habe gehofft, dass ich Rahel mit den 100.000 Franken besänftigen könnte. Dass sie erstickt ist, war ein schreckliches Unglück«, versuchte sich Hegel zu rechtfertigen.

»Wer hat dir denn die Nachrichten geschickt?«, fragte Philipp. »Du musst einen Komplizen haben. Steckt deine Frau mit drin?«

Hegels Mundwinkel zuckten leicht. »Der Komplize war die Technik. Man kann mit den passenden Hilfsmitteln problemlos Nachrichten auf dem Smartphone zeitverschoben versenden und auch das Gerät auf einen bestimmten Zeitpunkt sich selbst abstellen lassen. Ich habe mir das bestmögliche Alibi verschafft, als ich in eurer Anwesenheit mit einem fiktiven Entführer getextet habe. Ich musste lediglich aufpassen, dass ich die Zeit bis zur nächsten Antwort im Auge behielt. So ergab sich der Eindruck einer Konversation. Bei meinem letzten Besuch bei Muzaton deponierte ich Rahels Smartphone in einem Schließfach am Hauptbahnhof, und es stellte sich selbst ab, während ich noch auf dem Revier war. Als Agathe dann am Dienstag vergangener Woche wie immer ins Beauty-Center ging, habe ich den Beutel so im Schlafzimmer versteckt, dass ihn unsere Haushälterin mit Bestimmtheit finden würde. Einen Reserveschlüssel für meine Villa und das Ferienhaus hatte ich natürlich behalten. Niemand verwehrt mir den Eintritt in meine eigenen vier Wände.«

»Statt die Verantwortung für Rahels Tod zu übernehmen, wolltest du dich also noch an deiner Frau rächen«, sagte Philipp angewidert.

Hegel verstand nicht. »Warum sollte ich mich an Agathe rächen wollen? Ich habe sie geliebt. Die erfundene Affäre war aus der Not entstanden, spontan. Ihrer Familie wollte ich eins auswischen, diesen blasierten Heuchlern. Sie wäre auch ohne mein Auffliegen nie und nimmer ins Gefängnis gekommen. Ihr Anwalt hätte sie sicher rausgeboxt.« Hegel rieb sich die Nase. »Wobei, das mit der Scheidung hat mich schon etwas gewurmt. Ging mir alles zu schnell. Ich wollte sie einfach ein bisschen ärgern und habe einige Haare von ihr, die ich in unserer Villa besorgt habe, auf

Rahels Kleidung hinterlassen. Den Finger abzuschneiden, war schlimm. Aber wie sonst hätte Rahels Smartphone von einer Drittperson aktiviert werden können? Mir selber war der Code bekannt, denn ich habe ihn geändert, nachdem ich Rahels Handy mit ihrem Finger entsperrt hatte.«

»Es war dir also egal, dass Agathe dich mit Max von Löwenstein betrogen hat?«, ließ Philipp die Bombe platzen.

Hegel blickte ihn schockiert an. »Agathe hat was?« Seine Überraschung schien echt zu sein.

»Deine Frau hat dich betrogen, Martin! Wir haben das bei unseren Ermittlungen im Appenzellerland herausgefunden.« Dass sein eigener Sohn David daran nicht ganz unbeteiligt war, behielt er für sich.

Hegel verschränkte die Arme hinter dem Kopf und begann laut zu lachen, ja er bekam einen regelrechten Lachkrampf. »Du meine Güte! Philipp, you made my day …« Er bekam sich kaum wieder ein und grölte, bis ihm die Augen tränten.

»Bist du jetzt völlig übergeschnappt?« Philipp betrachtete die skurrile Szene mit Abscheu.

Hegel atmete einige Male tief durch und fing sich mit Mühe wieder. »Philipp, du hast mich soeben zu einem mehrfachen Millionär gemacht. Ich habe einen Ehevertrag mit Agathe, der bei einer Scheidung der betrogenen Seite das gesamte Vermögen zuspricht. Da ich kein Verhältnis mit Rahel hatte, bekomme ich nun dank dieses Taugenichts von Löwenstein und eurer Beweisführung nach der Scheidung das ganze Vermögen. Ich habe Rahel nicht absichtlich ermordet, also werde ich mit guter Führung nach einigen Jahren entlassen werden und dann noch genügend Zeit haben, das Leben in vollen Zügen zu genießen, frei nach dem Motto: Ist der Ruf erst ruiniert, lebt es sich ganz ungeniert. Vielleicht ziehe ich nach meiner vorzeitigen Entlassung nach Amerika und schreibe dort meine Memoiren.«

Philipp blickte Hegel entgeistert an. Wie hatte er sich nur dermaßen in einer Person täuschen können? Am liebsten hätte er dem Professor eine Ohrfeige verpasst. Aber er beherrschte sich, nicht nur wegen der Kamera. Es war nun an der Zeit für Hegels Bestrafung, die Philipp sicherheitshalber vorbereitet hatte. Er schob seinen Stuhl zurück und stand auf. Hegel hatte sich immer noch nicht beruhigt und schüttelte sich vor Lachen.

»Ich wünsche dir alles Gute, Martin, und hoffe, dass du bald wieder rauskommst. Lass uns bei Gelegenheit das Abendessen in der Kronenhalle wiederholen.« Philipp ging auf seinen ehemaligen Kollegen zu und breitete die Arme aus.

Hegel sah ihn überrascht an. »Das ist lieb von dir, Philipp. Ich hätte nicht gedacht, dass du meine Beweggründe verstehst.«

»Niemand ist perfekt«, erwiderte Philipp.

Hegel stand ebenfalls auf, und die beiden Männer umarmten sich innig. In diesem Moment wurde die Tür aufgerissen und Armand stürmte herein.

»Philipp, komm mit nach draußen«, befahl der Hauptmann ungehalten.

Philipp nickte Hegel zu und begleitete seinen Freund vor die Tür. Dort traf er auf Priya, die Hegel zusammen mit einem Polizeibeamten zurück in seine Zelle führen sollte. Armand zog Philipp am Arm in eine ruhige Ecke.

»Bist du total übergeschnappt? Was sollte diese Umarmung? Wir haben doch abgemacht, dass wir keine Sympathien mehr für Mörder aufbringen und uns streng an die Regeln halten. Play by the book, so haben wir gesagt. Ich finde deine Aktion echt zum Kotzen!« Der Hauptmann war enttäuscht.

»Warte einen Moment, dann wirst du verstehen ...«, antwortete Philipp.

Armand konnte nicht nachhaken, da Priya in diesem Moment aus dem Verhörzimmer stürmte. »Schnell, wir brauchen einen Notarzt! Hegel erstickt, er muss einen allergischen Anfall haben.«

Armand starrte seinen Freund entgeistert an. »Mein Gott, Philipp, was hast du getan?«

Dieser zuckte nur mit den Schultern. »Gar nichts habe ich getan, das hast du ja auf deinem Monitor gesehen.« Er blickte sich kurz um und senkte seine Stimme. »Einmal abgesehen davon, dass ich zu Hause vor dem Gespräch lange mit meinen Katzen geschmust habe. Vor allem Rahels Kätzchen braucht sehr viel Zuneigung. Ich habe es auf den Arm genommen und gestreichelt. Du glaubst nicht, wie viele Haare es verliert, noch mehr als du in jungen Jahren. Und diese Haare befinden sich nun in Hegels Luftröhre. Er soll am eigenen Leib erfahren, wie es sich anfühlt zu ersticken. Im Gegensatz zu Rahel wird er jedoch mit dem Schrecken davonkommen.«

Armand strich sich über den kahlen Schädel und zog Philipp zum Ausgang. »Ich schau zu, dass diesem Mistkerl geholfen wird und er dann seiner gerechten Strafe zugeführt wird. Und du verschwindest am besten von hier.«

GELD GESPART

Zürich, 23. August

Philipp wäre am liebsten sofort nach Hause gefahren. Das Verhör mit Hegel hatte ihm zugesetzt, und er fühlte sich leer. Dummerweise stand noch ein Termin mit Rektorin Fries auf der Agenda. Weiß der Kuckuck, was sie von ihm wollte. Philipp verspürte jedenfalls keine Lust, sie heute mit dem Vorwurf der versuchten Rufschädigung der ETH zu konfrontieren. Er würde ihr über die Rolle Hegels im tragischen Fall von Rahel Studer berichten und sich dann für einige Tage verabschieden. Was er jetzt brauchte, waren Ruhe und seine Familie.

Am Bellevue hielt er an einer Ampel und blickte auf die Uhr im Display des Wagens. Es war kurz vor zwölf, und da der Termin mit Fries erst in einer Stunde anstand, entschied er sich, vorher der Kronenhalle einen Besuch abzustatten. Er schuldete dem ganzen Team ein großes Dankeschön und eine Erklärung. Er parkte den Wagen direkt vor dem Eingang auf dem Trottoir.

Als er das Restaurant betrat, schien die Welt für einen Moment stillzustehen. Das Personal verharrte in der Bewegung, und die Gäste unterbrachen ihre Konversation. Es wurde ruhig wie in einem voll besetzten Wartezimmer. Philipp beschlich ein unangenehmes Gefühl, er erwartete, dass man ihn gleich hinausbugsieren würde. Doch das Gegenteil war der Fall. Ein Gast nach dem anderen begann zu klatschen, bis schließlich das Personal mitmachte. Sogar einige »Bravo«-Rufe waren zu vernehmen. Philipp war es ausgesprochen peinlich. Er legte seine rechte Hand aufs Herz und deutete eine Verbeugung an.

Leutenegger erlöste ihn. Unbemerkt war er von hinten an Philipp herangetreten. »Herr Professor Humboldt! Ich bin ja so froh, dass die abscheulichen Berichte in den Medien korrigiert wurden. Sie sind ein Held! Alle Newsportale berichten über Sie.«

Er zog Philipp in eine ruhige Ecke und erzählte ihm stolz, dass die Kronenhalle von Reservationen überrollt werde. Das Telefon läute ununterbrochen, und die Webseite mit der Online-Buchung sei zusammengebrochen.

Philipp nahm es erfreut zur Kenntnis. »Das freut mich. Ich bin gekommen, um mich für Ihre Kooperation zu bedanken und mich für das ungehobelte Verhalten, das aus der Not geboren war, zu entschuldigen.«

Leutenegger strahlte. »Es war mir ein Vergnügen, wenn auch ein ungewöhnliches. Die Entschuldigung nehme ich jedoch nicht an, da es keinen Grund dafür gibt. Sie haben einmal mehr Zivilcourage bewiesen. Zum Dank schenken wir Ihnen das Essen und die Getränke.«

»Das ist lieb von Ihnen, aber ich muss leider weiter«, antwortete Philipp.

»Herr Humboldt, ich rede nicht von jetzt. Die Rechnung vom Dienstagabend über fast 4.000 Franken ist immer noch offen. Das ist unser Geschenk an Sie!«

Als Philipp auf die Straße trat, war eine Politesse gerade dabei, einen Strafzettel zu drucken. Wie immer, wenn er selber schuld war, suchte Philipp keine Ausreden, sondern wartete geduldig auf das Ausstellen der Buße. Die Politesse hielt ihm die Strafbescheinigung über 40 Franken entgegen, zog sie dann aber zurück. »Diese Rechnung lassen wir für heute mal verschwinden«, sagte sie bestimmt. »Was Sie für uns geleistet haben, Herr Humboldt, war ganz große Klasse.«

Philipp bedankte sich artig und fuhr die Rämistrasse hoch in Richtung Universität. Was wird mir wohl Fries offerieren, dachte er schmunzelnd.

DER CO-CHEF – TEIL 2

Zürich, 23. August

»Setzen Sie sich, Herr Humboldt«, begrüßte Rektorin Fries Philipp förmlich.

Philipps Blick blieb an der Leiterin der Universität Zürich haften. Trug sie wirklich Jeans, Turnschuhe und eine schwarze Bluse mit einem um einen Knopf zu weit geöffneten Ausschnitt? Er war dermaßen irritiert, dass er die dritte Person im Raum zunächst nicht bemerkte. Sie stellte sich selbst vor.

»Guten Tag, ich bin Regierungsrat Walter Honegger, Vorsteher des Bildungsdepartementes und Präsident des Universitätsrates.«

Honegger schüttelte Philipp kräftig die Hand, er machte einen umgänglichen Eindruck. Warum der hohe Politiker hier war, erschloss sich Philipp nicht.

Nachdem sich die drei an den Sitzungstisch gesetzt hatten, lächelte Fries entspannt in die kleine Runde. Sie legte beide Hände vor sich auf die Tischplatte und kam gleich zur Sache.

»Professor Humboldt, ich habe beim Universitätsrat meine Kündigung eingereicht. Es ist eine gute Zeit, weiterzuziehen – für mich und die Universität.«

Philipp war baff, damit hatte er nun wirklich nicht gerechnet. »Darf ich den Grund Ihrer unerwarteten Entscheidung erfahren?«, fragte er zweideutig.

Fries' Augen blitzten auf, aber sie blieb souverän. »Der tragische Fall von Rahel Studer hat mich daran erinnert, dass das Leben endlich ist. Egal was Sie denken, die Sache ist mir sehr nahegegangen, und ich sehe mich nicht in der Verfassung, die Universität durch diese schwierige Zeit zu führen. Ich bin müde und möchte Platz für meinen Nachfolger machen – für Sie.«

»Können Sie das bitte wiederholen?«, fragte Philipp ungläubig.

Honegger übernahm diesen Part. »Die Universität braucht eine starke und krisenerprobte Führungskraft. Sie sind unsere erste Wahl, Professor Humboldt. Sie bringen alles dafür mit und sind im Kollegium und bei der Studentenschaft hoch angesehen.«

»Ihr Angebot ehrt mich«, versuchte Philipp den Kopf aus der Schlinge zu ziehen, die sich gerade um seinen Hals zuzog. »Aber ich liebe meinen Job. Ich bin kein Typ für die Verwaltung. Ich will forschen und an der Basis arbeiten. Zudem habe ich eine Familie, ich kann keine Aufgabe übernehmen, die mich zeitlich noch stärker beansprucht.«

»Schade«, sagte Fries. »Gäbe es doch nur eine Möglichkeit, das alles unter einen Hut zu bringen, nicht wahr?«

Philipp nickte Fries dankbar zu. Sie schien nicht nur ihren Kleidungsstil gewechselt zu haben, sondern zudem empathischer geworden zu sein. Vielleicht war er nur zu müde, um einen Hinterhalt zu erwarten. »Ja, leider«, sagte er. »Wenn das möglich wäre, könnte ich fast nicht Nein sagen, oder?«

Honegger sprang auf und rieb sich vergnügt die Hände. »Das sind wunderbare Neuigkeiten, Professor Humboldt.

Ich habe mich mit Rektorin Fries und dem Universitätsrat bereits über die Option unterhalten, eine Co-Leitung zu ernennen. So können Sie weiterhin Ihr Institut leiten und gleichzeitig Rektor werden. Selbstverständlich stellen wir Ihnen eine Verwaltungsspezialistin als Co-Leiterin zur Seite, die Ihnen den administrativen Aufwand abnehmen wird. Es lässt sich sicher eine zusätzliche Assistenzprofessur für Ihr Institut finanzieren. Dann wäre das ja alles geklärt. Eine Win-win-Situation. Herrlich! Wir halten Sie auf dem Laufenden, lieber Herr Humboldt. Und nochmals vielen Dank!«

»Gern geschehen«, sagte Philipp.

Was zum Teufel, dachte er.

Nachdem Regierungsrat Honegger das Büro verlassen hatte, blieben Philipp und Fries einen Augenblick alleine zurück. Die Noch-Rektorin setzte ein siegessicheres Lächeln auf.

»Sie haben mich unterschätzt, lieber Humboldt.«

Dem war nicht zu widersprechen. Aber Philipp dachte schon einen Schritt weiter. »Ich freue mich auf Ihren offiziellen Abschiedsbrief, den Sie auf der Webseite der Universität veröffentlichen und an die Presse verschicken werden.«

»Danke, das ist nett von Ihnen«, antwortete Fries ahnungslos.

»Vor allem auf den Teil, in dem Sie die ETH als stetige Quelle der Inspiration loben und dem Institut weiterhin viel Erfolg wünschen. Ansonsten sehe ich mich gezwungen, Herrn Honegger über Ihre dubiosen Aktivitäten zu informieren.«

Fries erkannte ihre aussichtslose Lage sofort. »Ich habe Sie unterschätzt, Humboldt.«

»Dann haben wir wenigstens etwas gemeinsam«, quittierte der frisch erkorene Co-Rektor.

»Was werden Sie nun mit Odermatt machen?«, fragte Fries und stand auf, als Zeichen, dass sie das Gespräch so rasch wie möglich beenden wollte.

»Seine Zeit an der Uni ist abgelaufen, genau wie Ihre«, antwortete Philipp knapp und verließ das Büro.

EPILOG

Kilchberg, im Dezember

Endlich war es so weit, die Schweizer Folge des Sonntagskrimis nach der Romanvorlage von Rahel Studer wurde ausgestrahlt. Aufgrund der Vorgeschichte und des daraus resultierenden Pressehypes war mit einem vollen Erfolg zu rechnen, und der Film würde mit großer Wahrscheinlichkeit sämtliche Quotenrekorde sprengen.

Kurz vor acht versammelten sich alle im Wohnzimmer der Familie Humboldt vor dem Fernseher. Sophie und Ekatarina hatten es sich mit einem Glas Champagner in den Sesseln bequem gemacht, David lag mit Michelle auf dem Teppich, und die beiden frisch gekürten Co-Chefs fläzten mit ihren Rotweingläsern auf dem Sofa – zusammen mit den vier Katzen.

»Ich bin ja mal gespannt auf unseren Hermann«, kommentierte Armand.

»Pssst«, mahnte David eine Stufe tiefer. »Der Film fängt an, Ruhe jetzt.«

Der Sonntagskrimi hielt sein Versprechen: guter Schnitt, durchdringende Musik, eine spannende Handlung mit überraschenden Wendungen, ein widerwärtiger Schurke ... und ein Hauptkommissar in Höchstform. Das Beste wurde für den Schluss aufgespart: Der Hauptsitz der dubiosen Technologiefirma ging in Flammen auf. Vor dem Gebäude hatten sich unzählige Schaulustige eingefunden, auch die Presse war vor Ort und filmte das Geschehen. Die Polizei und die Feuerwehr versuchten, Ordnung in das Chaos zu bringen.

»Wir können nicht löschen«, schrie der Feuerwehrkommandant. »Die Hitze ist zu gewaltig und es kann jeden Moment alles in die Luft fliegen.«

Die Kamera schwenkte auf eine schöne, groß gewachsene Frau in Uniform. Ihre blonden Haare wirbelten im Wind wild umher, und ihre Wangen waren tränenüberströmt. »Hermann ist noch da drin«, schluchzte sie herzzerreißend.

Der Feuerwehrmann legte einen Arm um ihre Schultern. »Es ist zu spät. Niemand kann diese Hitze überleben.«

Plötzlich ging ein Raunen durch die Schaulustigen. Im dichten Rauch vor der Eingangshalle zeichnete sich ein Schatten ab, der sich langsam in einen Menschen aus Fleisch und Blut verwandelte.

»Hermann lebt!«, rief die blonde Polizistin.

Tosender Applaus erklang im Hintergrund. Wellnitz, der Tausendsassa, hatte es also wieder einmal geschafft. Der rußgeschwärzte Kommissar winkte seinem Publikum zu, als das Gebäude hinter ihm von einer mächtigen Explosion erschüttert wurde und in sich zusammenbrach.

»Rest in Peace, du Dreckskerl!«, sprach Wellnitz ins Feuerinferno. Er rieb sich mit dem Handrücken über die Augen. Dabei bemerkte er, dass der Ärmel seiner Lederjacke in Flammen stand. In aller Ruhe nahm er eine zerknitterte Packung Zigaretten aus der Innentasche und zündete sich eine davon an der brennenden Jacke an. Dann zog er die Jacke aus und warf sie auf den Boden. »Es wird Zeit für ein neues Outfit«, kommentierte er mit einem melancholischen Gesichtsausdruck. Dieser hellte sich auf, als er seine Kollegin bemerkte. Mit einem breiten Grinsen schlenderte er auf sie zu. »Keine Angst, ich bin zu alt geworden, um jung zu sterben. Komm, lass uns ein Bier trinken. Meine Kehle ist trockener als die Sahelzone.«

Cut. Ende. Aus.

Die Kinder jubelten und freuten sich für den Titelhelden.

Sophie und Ekatarina prosteten sich zu. »Was für ein Prachtkerl«, sagte Ekatarina mit einem verschmitzten Seitenblick zu Armand.

Philipp nickte anerkennend. »Unterhaltsam war es.«

Alle warteten auf den abschließenden Kommentar von Armand.

David konnte die Spannung nicht mehr ertragen. »Wie fandest du den Film, Armand?«

Der Hauptmann behielt seine Meinung zunächst für sich. Er hatte einen nicht unbedeutenden Informationsvorsprung, den er nun in vollen Zügen auskostete. »Ich kann mein Fazit erst nach dem Abspann abgeben. Ein Film ist dann fertig, wenn er fertig ist.«

»Ach, Armand, du Spielverderber«, protestierte David. »Im Abspann sieht man doch nur blöde Namen. Sag schon, wie fandest du es?«

Armand schwieg und zeigte auf den Bildschirm. Nachdem die letzten Zeilen mit den Nennungen der beteiligten Produktionsfirmen und Sponsoren über den Bildschirm geflimmert waren, wurde plötzlich Wellnitz wieder eingeblendet. Diesmal ohne Schminke, Brillantine und Zigarette.

Die Krähenfüße um seine Augen waren deutlich sichtbar, die Hautfarbe weniger braun als sonst, seine Miene war ernst. Er trug einen schlichten schwarzen Rollkragenpullover und stand vor der Universität Zürich. Nach einer kleinen Kunstpause – Wellnitz war nun mal Schauspieler – sprach er in die Kamera. »Sehr verehrte Damen und Herren. Rahel Studer war eine talentierte Wissenschaftlerin und eine begnadete Schriftstellerin. Das Drehbuch für diesen Film basiert auf ihrem Bestsellerroman. Rahel wurde viel zu früh auf grausame Weise aus dem Leben gerissen und ihrer Zukunft beraubt. Wir werden sie nie vergessen. Für mich war es heute mein letzter Auftritt als Hermann Wellnitz, und ich bedanke mich bei Rahel für diese wundervolle Rolle. Ich werde nun wieder zu Anton Müller und darf zum Gesicht einer Stiftung werden, die sich gegen häusliche Gewalt einsetzt. Sie werden sich fragen, warum ein Mann diese Funktion einnimmt und nicht eine Frau. Nun, primär müssen wir Männer uns ändern und nicht die Frauen. Passen Sie auf sich auf. Ich wünsche Ihnen frohe Festtage!«

»Wusstest du davon, du Schlitzohr?«, fragte Ekatarina ihren Liebsten, obwohl sie die Antwort bereits ahnte.

»Wellnitz, ich meine natürlich Anton, hat mich darüber informiert und gefragt, was ich davon halte. Die Stiftung wurde übrigens von Frau Hegel gegründet. Sie hat die Scheidung zurückgezogen, und ihr Mann klagt nun dagegen. Solange sie Zugriff auf das Geld hat, will sie damit etwas Gutes tun. Die Stiftung trägt den Namen Studer-Stiftung. Eine tolle Geste! Und von Löwenstein hat sie gleich auch noch von der Bettkante gestoßen.«

David interessierte etwas ganz anderes. »Wie fandest du den Film denn nun, Armand? Du hast versprochen, es uns zu sagen, wenn alles fertig ist.«

»Versprochen ist versprochen«, antwortete Armand. »Ich fand den Film völlig übertrieben. Im Buch von Rahel Studer wird der Quantencomputer nicht gesprengt, sondern er zerstört sich selber. Die künstliche Intelligenz ist intelligenter und moralischer als die Menschen, die sie programmiert haben. Die Figur von Hauptkommissar Wellnitz halte ich für einen Witz. Aber Anton Müller scheint mir ein guter Typ zu sein … mit dem gehe ich sicher mal ein Bier trinken.«

DANKSAGUNG

Die Arbeit an diesem Buch hat mir viel Freude bereitet. Allen, die mich dabei unterstützt haben, möchte ich herzlich dafür danken. Meine Frau Dominique war und ist mir seit unserer gemeinsamen Schulzeit der größte Rückhalt. Sie kommt jeweils in den zweifelhaften Genuss, als Erste mein Manuskript zu lesen. Dieses Mal habe ich auch zwei literaturaffine Testleser eingespannt. Vielen Dank an Gaby und Emil für die wertvollen Rückmeldungen. Meine Lektorin vom Gmeiner-Verlag, Frau Ernst, hat wie immer mit scharfem Blick meinen Text kritisch überprüft und mit detektivischem Gespür die kleinsten Ungereimtheiten entdeckt. Mein größter Dank gilt jedoch Ihnen, meine lieben Leserinnen und Leser. Für Sie schreibe ich, und ich hoffe natürlich, dass Ihnen dieser Roman gefallen hat. Und ja – es geht natürlich weiter …

www.andreas-russenberger.ch

*Weitere Titel finden Sie auf den
folgenden Seiten und im Internet:*

WWW.GMEINER-VERLAG.DE

Alle Bücher von Andreas Russenberger:

Phillipp Humboldt ermittelt:

1. Fall: Paradeplatz
ISBN 978-3-8392-2746-6

2. Fall: Bahnhofstrasse
ISBN 978-3-8392-0002-5

3. Fall: Langstrasse
ISBN 978-3-8392-0275-3

4. Fall: Geschäftsleitung
ISBN 978-3-8392-0469-6

5. Fall: Bellevue
ISBN 978-3-8392-0673-7

WWW.GMEINER-VERLAG.DE
Wir machen's spannend

Annemarie Regez
**Die Lago Maggiore-Morde –
Tod im Kamelienpark**
Kriminalroman
272 Seiten, 12,5 x 20,5 cm,
Broschur
ISBN 978-3-8392-0686-7

Im märchenhaften Kamelienpark in Locarno wird eine kopflose Leiche gefunden. Commissaria Roberta Casanova erkennt in dem Toten einen alten Bekannten: Marco della Valle, den Leiter der Wellnessoase, die zwei Jahre zuvor Schauplatz eines Mordes war. Die Commissaria vermutet einen Zusammenhang mit dem ersten Mordfall, tappt aber zunächst im Dunkeln. Marco della Valle hat ein sehr zurückgezogenes Leben geführt – und offenbar ein Geheimnis gehütet. Wurde er etwa von Schatten aus seiner Vergangenheit eingeholt?

GMEINER SPANNUNG

WWW.GMEINER-VERLAG.DE
Wir machen's spannend

Peter Blaikner
Schatten über Salzburg
Roman
288 Seiten, 12,5 x 20,5 cm,
Broschur
ISBN 978-3-8392-0727-7

Salzburg, 1993. Neonazis besetzen einen leerstehenden Gutshof. Harald Schauer, Lehrer an einem Gymnasium, lebt mit seiner Familie in der Nähe. Er ist beunruhigt und versucht vehement, diesem rechtsradikalen Treiben in seiner Nachbarschaft entgegenzuwirken. Dabei wird er immer weiter in den Strudel dubioser Machenschaften gezogen und verfängt sich im verhängnisvollen Netz eines gefährlichen Spiels. Die Verstrickungen reichen vom Krieg in Jugoslawien über die deutsche Neonazi-Szene bis in einflussreiche Kreise von Politik und Gesellschaft.

GMEINER SPANNUNG

WWW.GMEINER-VERLAG.DE
Wir machen's spannend

Martina Parker
Eintunkt
Kriminalroman
432 Seiten, 13,5 x 21 cm,
Klappenbroschur
ISBN 978-3-8392-0694-2

Sommer, Sonne, Festival-Zeit. Eigentlich wollten Lokaljournalistin Vera Horvath und ihre Freundinnen vom Klub der Grünen Daumen den August geruhsam angehen. Doch dann kommt alles anders als gedacht. Statt Love & Peace gibt es am legendären Musik-Festival »picture on« Mord und Totschlag. Ein seltsamer Stalker geht um, Vera wird in einen hochpeinlichen Sexunfall verwickelt und Rocksängerin Alex Woods verschwindet nach einer exzessiven After Show Party. Die Gartenladies nehmen sich der Sache an und graben bei ihren Ermittlungen statt Stauden eine Leiche aus …

GMEINER SPANNUNG

WWW.GMEINER-VERLAG.DE
Wir machen's spannend